Pasukan Lawan

Pasukan Lawan

Aldivan Torres

CONTENTS

1

Pasukan Lawan

Aldivan Torres

Pengarang: Aldivan Torres

Ulang kaji: Aldivan Torres

Biografi Pendek: Aldivan Torres, dilahirkan di Brazil, adalah penulis yang disatukan dalam pelbagai genre. Setakat ini, mempunyai tajuk yang diterbitkan dalam berpuluh-puluh bahasa. Sejak kecil, dia selalu menjadi pencinta seni penulisan, setelah menyatukan kerjaya profesional dari separuh kedu tahun 2013. Beliau berharap dengan tulisannya untuk menyumbang kepada budaya antarabangsa, membangkitkan keseronokan membaca pada mereka yang tidak mempunyai tabiat itu. Misi anda adalah untuk menakluki hati setiap pembaca anda. Sebagai tambahan kepada kesusasteraan, lencongan utamanya adalah muzik, perjalanan, rakan, keluarga, dan keseronokan hidup itu sendiri. "Untuk kesusasteraan, kesaksamaan, persaudaraan, keadilan, maruah, dan kehormatan manusia sentiasa" adalah moto beliau.

Ringkasan

Pasukan Lawan

Testimoni
Kembali ke Hotel
Idea ini
Tokoh Utama
Pekerjaan
Pertemuan Pertama dengan Christine
Kembali ke Istana
Mesej II
Lawatan ke Climério
Keputusan
Pengalaman di Gurun
Penyembah Kegelapan
Pengalaman Pemilikan
Penjara
Kotak dialog
Lawatan Renato
Pertemuan Ketiga dengan Christine
Pengabdian Malaikat
Pertempuran Terakhir
Keruntuhan struktur sedia ada
Perbualan dengan Mejar
Selamat tinggal
Pulangan
Di rumah
Epilog

Era Baharu

Selepas percubaan gagal untuk menerbitkan buku, saya merasakan kekuatan saya memulihkan dan mengukuhkan. Lagipun, saya percaya pada bakat saya, dan saya percaya bahawa saya akan memenuhi impian saya. Saya belajar bahawa segala-galanya berlaku pada masa itu, dan saya percaya diri saya cukup matang untuk merealisasikan matlamat saya.

Sentiasa Ingat: apabila kita benar-benar mahukan matlamat, dunia berkomplot untuk ia berlaku. Itulah perasaan saya: diperbaharui dengan kekuatan. Menjeling kembali, saya memikirkan karya-karya yang saya baca lama dahulu yang pastinya memperkayakan budaya dan pengetahuan saya. Buku membawa kita melalui atmosfera dan alam semesta yang tidak diketahui oleh kita. Saya merasakan bahawa saya perlu menjadi sebahagian daripada sejarah ini, sejarah hebat yang merupakan kesusasteraan. Tidak kira sama ada saya kekal tanpa nama atau menjadi pengarang hebat yang diiktiraf di seluruh dunia. Apa yang penting ialah sumbangan yang masing-masing berikan kepada alam semesta yang hebat ini.

Saya gembira dengan sikap baru ini, dan saya bersedia untuk dilakukan pelayaran yang hebat. Perjalanan ini akan mengubah nasib saya dan nasib mereka yang dapat membaca buku ini dengan sabar. Marilah kita bersama-sama dalam pengembaraan ini.

Persediaan

Saya mengemas beg pakaian saya dengan objek peribadi saya yang sangat penting: Sesetengah pakaian, beberapa buku yang baik, salib dan kitab Suci saya yang tidak dapat dipisahkan dan beberapa kertas untuk ditulis. Saya merasakan bahawa saya akan mendapat banyak inspirasi daripada perjalanan ini. Siapa tahu, mungkin saya akan menjadi pengarang cerita yang tidak dapat dilupakan yang turun dalam sejarah. Walau bagaimanapun, sebelum saya pergi, saya mesti mengucapkan selamat tinggal kepada semua (terutamanya ibu saya). Dia terlalu melindungi dan tidak akan membiarkan saya pergi tanpa alasan yang baik atau sekurang-kurangnya dengan janji bahawa saya akan kembali tidak lama lagi. Saya merasakan bahawa saya perlu, suatu hari, memberi tangisan kebebasan dan terbang sebagai burung yang telah mencipta sayapnya ... dan dia perlu memahami perkara ini kerana saya bukan miliknya, tetapi lebih kepada alam semesta yang mengalu-alukan saya tanpa memerlukan apa-apa sebagai balasannya. Ia adalah untuk alam semesta bahawa saya telah memutuskan untuk menjadi seorang penulis dan memenuhi peranan saya dan mengembangkan bakat saya. Apabila saya tiba di hujung jalan dan telah untuk dilakukan sesuatu dari diri saya sendiri, saya akan bersedia untuk memasuki persekutuan dengan pencipta dan mempelajari rancangan baru. Saya yakin bahawa saya juga akan mempunyai peranan khas di dalamnya.

Saya memegang beg pakaian saya dan dengan ini saya berasa kesedihan naik dalam diri saya. Soalan terlintas di fikiran dan mengganggu saya: Bagaimana perjalanan ini? Adakah yang tidak diketahui berbahaya? Apakah langkah berjaga-jaga yang perlu saya ambil? Apa yang saya tahu ialah ia akan mencetuskan pemikiran untuk kerjaya saya, dan saya bersedia melakukannya. Saya mencengkam beg pakaian saya (sekali lagi) dan sebelum pergi, saya mencari keluarga saya untuk mengucapkan selamat tinggal. Ibu saya berada di dapur menyediakan makan tengah hari dengan kakak saya. Saya semakin dekat dan menangani isu penting.

"Lihat beg ini? Ia akan menjadi satu-satunya teman saya (kecuali anda, pembaca) dalam perjalanan yang saya bersedia untuk dilakukan. Saya mencari kebijaksanaan, pengetahuan, dan kesenangan profesion saya. Saya harap anda berdua memahami dan meluluskan keputusan yang telah saya ambil. Datang; Beri saya pelukan dan ucapan yang baik.

"Anak saya, lupakan matlamat anda kerana mereka mustahil untuk orang miskin seperti kami. Saya telah berkata seribu kali: Anda tidak akan menjadi model atau apa-apa yang serupa. Faham: Anda tidak dilahirkan untuk menjadi lelaki yang hebat," kata Julieta, ibu saya.

"Dengarkan ibu kami. Dia tahu apa yang dia bicarakan dan betul. Impian anda adalah mustahil kerana anda tidak mempunyai bakat. Terimalah bahawa misi anda hanyalah untuk menjadi guru matematik yang mudah. Anda tidak akan pergi lebih jauh daripada itu" Kata Dalva, kakak saya.

"Jadi, tiada pelukan? Mengapa kalian tidak percaya bahawa saya boleh berjaya? Saya menjamin anda: Walaupun saya membayar untuk merealisasikan impian saya, saya akan berjaya kerana seorang lelaki yang hebat adalah orang yang percaya pada dirinya sendiri. Saya akan untuk dilakukan perjalanan ini dan saya akan menemui segala-galanya yang perlu didedahkan. Tambahan pula, saya akan gembira kerana kebahagiaan terdiri daripada mengikuti jalan yang Tuhan pen cerahkan di sekeliling kita supaya kita menjadi pemenang.

Setelah mengatakan itu, saya mengarahkan diri saya ke pintu dengan kepastian bahawa saya akan menjadi pemenang dalam perjalanan ini: perjalanan yang akan membawa saya ke destinasi yang tidak diketahui.

Gunung Suci

Suatu masa dahulu, saya mendengar gunung yang sangat tidak ramah di sekitar Pesqueira. Ia adalah sebahagian daripada banjaran gunung Ororubá (nama asli) di mana orang Xukuru asli tinggal. Mereka mengatakan bahawa ia menjadi suci selepas kematian seorang lelaki perubatan misteri dari salah satu suku Xukuru. Ia boleh menjadikan apa-apa harapan menjadi kenyataan jika niat itu tulen dan ikhlas. Ini adalah titik permulaan perjalanan saya, yang objektifnya adalah untuk dilakukan mustahil mungkin. Adakah anda percaya, pembaca? Kemudian kekal bersama saya, memberi perhatian khusus kepada naratif.

Berikutan lebuh raya BR-232, sampai ke perbandaran Pesqueira, kira-kira lima belas batu dari pusat, adalah Mimoso, salah satu daerahnya. Jambatan moden, yang baru dibina, memberikan laluan ke tempat yang berada di antara pergunungan Mimoso dan Ororubá, dimandikan oleh Sungai Mimoso yang berjalan ke dasar lembah. Gunung suci betul-betul pada ketika ini dan di sinilah saya memandu.

Gunung suci terletak di sebelah daerah dan dalam masa yang singkat saya berada di bawahnya. Fikiran saya mengembara melalui ruang dan masa yang jauh, membayangkan situasi dan fenomena yang tidak diketahui. Apa yang menanti saya semasa mendaki gunung ini? Ini pastinya akan menghidupkan semula dan merangsang pengalaman. Gunung ini bertubuh pendek (2300 kaki (0.7 km).) dan dengan setiap langkah, saya berasa lebih yakin, tetapi juga mengharapkan. Kenangan datang ke fikiran pengalaman sengit yang saya telah hidup selama dua puluh enam tahun saya. Dalam tempoh yang singkat ini, terdapat banyak kejadian hebat yang untuk dilakukan saya percaya bahawa saya istimewa. Secara beransur-ansur, saya dapat berkongsi kenangan ini dengan anda, pembaca, tanpa rasa bersalah. Walau bagaimanapun, ini bukan masa. Saya akan meneruskan laluan gunung, mencari semua keinginan saya. Inilah yang saya harapkan, dan buat kali pertama saya letih. Saya telah melakukan perjalanan separuh daripada laluan. Saya tidak merasa keletihan fizikal tetapi terutamanya mental kerana suara aneh yang meminta saya kembali. Mereka menegaskan sedikit. Walau bagaimanapun, saya tidak mudah berputus asa. Saya mahu sampai ke puncak gunung untuk semua yang bernilai. Gunung ini bernafas untuk saya dengan udara perubahan yang memancarkan bagi mereka yang percaya pada kesuciannya. Apabila saya sampai di sana, saya fikir saya akan tahu dengan tepat apa yang perlu dilakukan untuk mencapai jalan yang akan membawa saya melalui perjalanan ini yang telah saya tunggu begitu lama. Saya menyimpan iman dan matlamat saya kerana saya mempunyai Tuhan yang mustahil. Mari terus berjalan.

Saya sudah pergi tiga perempat jalan tetapi masih, saya dikejar oleh suara. Siapa saya? Ke mana saya pergi? Mengapa saya merasakan bahawa hidup saya akan berubah secara dramatik selepas pengalaman di gunung? Selain daripada suara, nampaknya saya bersendirian di jalan raya. Mangkinkah penulis lain merasakan perkara yang sama berlaku di jalan suci? Saya fikir mistik saya tidak seperti yang lain. Saya mesti teruskan; Saya mesti mengatasi dan menahan semua halangan. Duri yang mencederakan tubuh saya sangat berbahaya kepada manusia. Sekiranya saya bertahan dalam pendakian ini, saya akan menganggap diri saya sebagai pemenang.

Langkah demi langkah, saya lebih dekat ke atas. Saya sudah hanya beberapa kaki dari situ. Peluh yang mengalir ke bawah badan saya seolah-olah tertanam dengan bau suci gunung. Saya berhenti sebentar. Adakah orang yang saya sayangi akan prihatin? Nah, tidak menjadi masalah sekarang. Saya mesti berfikir tentang diri saya, sekarang, untuk sampai ke puncak gunung. Masa depan saya bergantung kepadanya. Hanya beberapa langkah lagi dan saya tiba di bahagian atas. Angin sejuk bertiup, suara yang diseksa mengelirukan penaakulan saya dan saya tidak berasa sihat. Suara menjerit:

"Beliau berjaya; dia akan dianugerahkan! "Adakah dia layak? " Bagaimana dia berjaya mendaki seluruh gunung? Saya keliru dan pening; Saya tidak fikir saya sihat.

Burung menangis, dan sinar matahari menjaga wajah saya secara keseluruhannya. Di manakah saya? Saya rasa seolah-olah saya mabuk sehari sebelumnya. Saya cuba bangun, tetapi lengan menghalang saya. Tambahan pula, saya melihat bahawa di sisi saya adalah wanita pertengahan umur, dengan rambut merah dan kulit yang disamak.

"Siapa awak? Apa yang berlaku kepada saya? Seluruh badan saya sakit. Fikiran saya berasa keliru dan samar-samar. Adakah berada di puncak gunung menyebabkan semua ini? Saya fikir saya sepatutnya tinggal di rumah saya. Impian saya telah mendorong saya sehingga ke tahap ini. Saya mendaki gunung perlahan-lahan, penuh harapan untuk masa depan yang lebih baik dan beberapa arah ke arah pertumbuhan peribadi. Walau bagaimanapun, saya praktikal tidak boleh bergerak. Terangkan semua ini kepada saya, saya mohon.

"Saya adalah penjaga gunung. Aku adalah roh Bumi yang meniup sana sini. Saya dihantar ke sini kerana anda memenangi cabaran. Adakah anda mahu menjadikan impian anda menjadi kenyataan? Saya akan membantu anda berbuat demikian, anak Tuhan! Anda masih mempunyai banyak cabaran untuk dihadapi. Saya akan menyediakan anda. Jangan takut. Tuhan anda bersama anda. Berehat sedikit. Saya akan kembali dengan makanan dan air untuk memenuhi keperluan anda. Sementara itu, berehat dan bermeditasi seperti yang selalu anda lakukan.

Setelah mengatakan itu, wanita itu hilang dari penglihatan saya. Imej yang mengganggu ini menyebabkan saya lebih tertekan dan penuh keraguan. Apakah cabaran yang perlu saya menangi? Apakah langkah-langkah yang terdiri daripada cabaran-cabaran ini? Puncak gunung itu benar-benar tempat yang sangat indah dan tenang. Dari tinggi, seseorang dapat melihat orang ramai kecil rumah di Mimoso. Ia adalah dataran tinggi yang dipenuhi dengan laluan curam yang penuh dengan tumbuh-tumbuhan di semua pihak. Tempat suci ini, yang tidak disentuh oleh alam semula jadi, adakah ia benar-benar akan mencapai rancangan saya? Adakah ia akan menjadikan saya seorang penulis semasa pemergian saya? Hanya masa yang boleh menjawab soalan-soalan ini. Sejak wanita itu mengambil sedikit masa, saya mula bermeditasi di puncak gunung. Saya menggunakan teknik berikut: Pertama, saya membersihkan fikiran saya (bebas daripada sebarang pemikiran). Saya mula harmoni dengan alam semula jadi di sekeliling saya, merenung secara mental seluruh tempat. Dari sana, saya mula memahami bahawa saya adalah sebahagian daripada alam semula jadi dan bahawa kita saling berkaitan sepenuhnya dalam ritual persekutuan yang hebat. Kesunyian saya adalah kesunyian Alam Ibu; tangisan saya juga tangisannya; Secara beransur-ansur, saya mula merasakan keinginan dan aspirasinya, dan sebaliknya. Saya merasakan tangisannya yang tertekan untuk meminta pertolongan merayu agar nyawanya diselamatkan dari kemusnahan manusia: Penebangan hutan, perlombongan berlebihan, memburu, dan memancing, pelepasan gas pencemar ke atmosfera dan kekejaman manusia yang lain. Begitu juga, dia mendengar saya dan menyokong saya dalam semua rancangan saya. Kami benar-benar bersambung semasa meditasi saya. Semua keharmonian dan penglibatan telah untuk dilakukan saya benar-benar tenang dan menumpukan perhatian kepada keinginan saya. Sehingga sesuatu berubah: Saya merasakan sentuhan yang sama yang pernah membangkitkan saya. Saya membuka mata saya, perlahan-lahan, dan melihat bahawa saya bersemuka dengan wanita yang sama yang memanggil dirinya penjaga gunung suci.

"Saya melihat bahawa anda memahami rahsia meditasi. Gunung ini telah membantu anda untuk menemui sedikit potensi anda. Anda akan berkembang dalam pelbagai cara. Saya akan membantu anda semasa proses ini. Pertama, saya meminta anda beralih kepada alam semula jadi untuk mencari khemah, selat, prop, dan garisan untuk mendirikan sebuah pondok, kemudian kayu api untuk dilakukan api unggun. Malam sudah menghampiri, dan anda perlu melindungi diri anda daripada binatang ganas. Bermula esok, saya akan mengajar anda kebijaksanaan hutan supaya anda dapat mengatasi cabaran sebenar: Gua putus asa. Hanya murni hati yang bertahan dalam api analisisnya. Adakah anda mahu menjadikan impian anda menjadi kenyataan? Kemudian bayar harga untuk mereka. Alam semesta tidak memberikan apa-apa secara percuma kepada sesiapa pun. Kitalah yang mesti menjadi layak untuk mencapai kejayaan. Ini adalah pelajaran yang mesti anda pelajari, anak saya.

"Saya faham. Saya mudah-mudahan akan belajar semua yang saya perlukan untuk mengatasi cabaran gua. Saya tidak tahu apa itu, tetapi saya yakin. Sekiranya saya mengatasi gunung, saya juga akan berjaya di dalam gua. Apabila saya pergi, saya fikir saya akan bersedia untuk menang dan berjaya.

"Tunggu, jangan terlalu yakin. Anda tidak tahu gua yang saya bicarakan. Ketahuilah bahawa banyak pahlawan telah dicuba oleh apinya dan telah musnah. Gua itu tidak menunjukkan kasihan kepada sesiapa pun, bahkan para pemimpin. Bersabarlah dan belajar segala-galanya yang akan saya ajarkan kepada anda. Oleh itu, anda akan menjadi pemenang sebenar. Ingat: Keyakinan diri membantu, tetapi hanya dengan jumlah yang betul.

"Saya faham. Terima kasih atas semua nasihat anda. Saya berjanji kepada anda bahawa saya akan mengikutinya sehingga akhir. Apabila putus asa keraguan menyumbat saya, saya akan mengingatkan diri saya tentang kata-kata anda dan mengingatkan diri saya bahawa Tuhan saya akan sentiasa menyelamatkan saya. Apabila tidak ada melarikan diri di malam gelap jiwa, saya tidak akan takut. Saya akan mengalahkan gua putus asa, gua yang tidak pernah melarikan diri!

Wanita itu mengucapkan selamat tinggal dengan menjanjikan pulangan pada hari yang lain.

Pondok

Hari baru muncul. Burung bersiul dan menyanyi melodi mereka, angin adalah timur laut, dan anginnya menyegarkan matahari yang naik sangat panas kali ini tahun ini. Pada masa ini, ia adalah Disember dan bagi saya, bulan ini mewakili salah satu bulan yang paling indah kerana ia adalah permulaan percutian sekolah. Ia adalah rehat yang sewajarnya selepas setahun yang panjang khusus untuk belajar di kolej kursus Matematik; Pada masa ini anda boleh melupakan semua integral, derivasi, dan koordinat kutub. Sekarang saya perlu bimbang tentang semua cabaran yang akan dilemparkan oleh kehidupan kepada saya. Impian saya bergantung padanya. Punggung saya sakit kerana malam tidur yang buruk berbaring di bumi yang dipukul yang saya sediakan sebagai katil. Pondok yang saya bina dengan usaha yang luar biasa dan api yang saya nyalakan memberi saya sejumlah keselamatan pada waktu malam. Walau bagaimanapun, saya mendengar melolong dan menjejakkan kaki di luarnya. Di mana impian saya membawa saya? Jawapannya adalah hingga akhir dunia, di mana tamadun belum tiba. Apa yang akan anda lakukan, pembaca? Adakah anda juga akan mempertaruhkan perjalanan untuk menjadikan impian anda yang paling mendalam menjadi kenyataan? Mari kita teruskan naratif.

Dibungkus dengan pemikiran dan soalan saya, sedikit pun saya menyedari bahawa, di sisi saya, adalah wanita pelik yang berjanji untuk membantu saya dalam perjalanan saya.

"Adakah anda tidur lena?

"Kalau betul bermakna saya masih keseluruhan, ya.

"Sebelum apa-apa, saya mesti memberi amaran kepada anda bahawa tanah yang anda baca adalah suci. Oleh itu, jangan disesatkan oleh penampilan atau impulsif. Hari ini adalah cabaran pertama anda. Saya tidak akan membawa anda lagi makanan atau air. Anda akan menemuinya mengikut akaun anda. Ikuti hati anda dalam semua situasi. Anda mesti membuktikan bahawa anda layak.

"Ada makanan dan air dalam berus bawah ini, dan saya perlu mengumpulkannya? Lihatlah, Puan, saya terbiasa membeli-belah di pasar raya. Lihat kabin ini? Ia telah menyebabkan saya berpeluh dan air mata dan masih, saya tidak yakin bahawa ia selamat. Mengapa anda tidak memberi saya hadiah yang saya perlukan? Saya fikir saya telah membuktikan diri saya layak ketika saya mendaki gunung curam itu.

"Memburu makanan dan air. Gunung ini hanya satu langkah dalam proses peningkatan rohani anda. Anda masih belum bersedia. Saya mesti mengingatkan anda bahawa saya tidak memberikan hadiah. Saya tidak mempunyai kuasa untuk berbuat demikian. Tambahan pula, saya hanya anak panah yang menunjukkan laluan. Gua adalah orang yang memberikan kehendak anda. Ia dipanggil gua putus asa, dicari oleh mereka yang impiannya sejak itu menjadi mustahil.

"Saya akan cuba. Saya tidak mempunyai apa-apa lagi untuk kalah. Gua ini adalah harapan terakhir saya untuk berjaya.

Setelah mengatakan ini, saya bangun dan memulakan cabaran pertama. Wanita itu hilang seperti asap.

Cabaran Pertama

Pada pandangan pertama, saya melihat bahawa di hadapan saya adalah jalan yang dipukul. Saya mula berjalan ke bawah. Sebagai ganti berus bawah yang penuh dengan duri, yang terbaik adalah mengikuti jejak. Batu-batu yang langkah-langkah saya menyapu seolah-olah memberitahu saya sesuatu. Bolehkah saya berada di jalan yang betul? Saya berfikir tentang semua yang saya tinggalkan mencari impian saya: Rumah, makanan, pakaian bersih, dan buku matematik saya. Adakah ini berbaloi? Saya fikir saya akan mengetahui. (Masa akan memberitahu). Wanita pelik itu nampaknya tidak memberitahu saya segala-galanya. Semakin saya berjalan, semakin kurang saya dapati. Bahagian atas nampaknya tidak begitu luas sekarang bahawa saya telah tiba. Cahaya... Saya melihat cahaya di hadapan. Saya perlu pergi ke sana. Tambahan pula, saya tiba di pembersihan yang luas di mana sinaran matahari jelas mencerminkan rupa gunung. Laluan ini berakhir dan dilahirkan semula ke dalam dua laluan yang berbeza. Apa yang patut saya buat?

Saya telah berjalan selama berjam-jam, dan kekuatan saya nampaknya telah habis. Saya duduk sejenak untuk berehat. Dua laluan dan dua pilihan. Berapa kali dalam hidup kita menghadapi situasi seperti ini; Usahawan yang perlu memilih antara kelangsungan hidup syarikat atau penamatan beberapa pekerja; Ibu miskin di kawasan pedalaman di bahagian Timur Laut Brazil, yang perlu memilih salah seorang anaknya untuk memberi makan; Suami yang tidak setia yang mesti memilih antara isterinya dan perempuan simpanannya; Bagaimanapun, terdapat banyak situasi dalam kehidupan. Kelebihan saya ialah pilihan saya hanya akan memberi kesan kepada saya. Saya perlu mengikuti gerak hati saya, seperti yang disyorkan oleh wanita itu.

Saya bangun, dan saya memilih jalan di sebelah kanan. Tambahan pula, saya untuk dilakukan kemajuan besar di jalan ini, dan saya tidak mengambil masa yang lama untuk melihat penjelasan lain. Kali ini, saya menemui kolam air dan beberapa haiwan di sekelilingnya. Mereka menyejukkan diri dalam air yang jelas dan telus. Bagaimana saya perlu teruskan? Saya akhirnya menemui air, tetapi ia penuh dengan haiwan. Saya berunding dengan hati saya, dan ia memberitahu saya bahawa setiap orang mempunyai hak untuk air. Tambahan pula, saya tidak boleh menembak mereka dan melucutkannya juga. Alam semula jadi memberikan banyak sumber untuk kelangsungan hidup rakyatnya. Saya tetapi salah satu helai di alam semula jadi yang menenunnya. Saya tidak lebih tinggi daripada maksud bahawa saya menganggap diri saya sebagai Tuan Itu. Dengan tangan saya, saya sampai ke dalam air dan tuangkannya ke dalam periuk kecil yang saya bawa dari rumah. Bahagian pertama cabaran dipenuhi. Sekarang saya mesti mencari makanan.

Saya terus berjalan, di laluan, dengan harapan dapat mencari sesuatu untuk dimakan. Perut saya menggeram kerana sudah melepasi tengah hari. Saya mula melihat ke sisi laluan. Mungkin makanan itu ada di dalam hutan. Berapa kerap kita mencari jalan yang paling mudah, tetapi bukan yang membawa kepada kejayaan? (Tidak semua pendaki yang mengikuti laluan adalah yang pertama sampai ke puncak gunung). Pintasan dengan cepat membawa anda ke sasaran anda. Dengan pemikiran ini, saya meninggalkan laluan dan tidak lama selepas mencari pisang dan pokok kelapa. Ia adalah dari mereka bahawa saya akan mendapatkan makanan saya. Saya mesti memanjat mereka dengan kekuatan dan kepercayaan yang sama yang saya mendaki gunung. Saya cuba satu, dua, tiga kali. Tambahan pula, saya berjaya. Saya akan kembali ke pondok sekarang kerana saya telah menyelesaikan cabaran pertama.

Cabaran Kedua

Tiba di pondok saya, saya dapati penjaga gunung yang kelihatan lebih cemerlang daripada sebelumnya. Matanya tidak pernah tersasar dari saya sendiri. Saya fikir saya luar biasa kepada Tuhan. Saya sentiasa merasakan kehadirannya. Dia membangkitkan saya dalam segala cara. Semasa saya menganggur, Dia membuka pintu; apabila saya tidak mempunyai peluang untuk berkembang secara profesional, Dia memberi saya jalan baru; ketika dalam masa krisis, Dia membebaskan saya dari ikatan Syaitan. Bagaimanapun, pandangan itu mendapat persetujuan daripada wanita pelik itu mengingatkan saya tentang lelaki yang saya naiki sehingga baru-baru ini. Matlamat saya sekarang adalah untuk menang, tanpa mengira halangan yang perlu saya atasi.

"Jadi, anda memenangi cabaran pertama. Saya mengucapkan tahniah kepada anda. (Berseru wanita itu). Cabaran pertama bertujuan untuk meneroka kebijaksanaan dan keupayaan anda untuk dilakukan keputusan dan berkongsi. Kedua-dua laluan mewakili "kuasa lawan" yang memerintah alam semesta (baik dan jahat). Manusia benar-benar bebas untuk memilih mana-mana jalan. Jika seseorang memilih jalan di sebelah kanan, seseorang akan diterangi terima kasih kepada malaikat dalam semua momen hidupnya. Itulah jalan yang anda pilih. Walau bagaimanapun, ia bukan jalan yang mudah. Selalunya, keraguan akan menyerang anda, dan anda akan tertanya-tanya sama ada jalan ini berbaloi. Orang-orang di dunia akan sentiasa terluka dan mengambil kesempatan daripada kehendak baik anda. Lebih-lebih lagi, keyakinan yang anda masukkan kepada orang lain hampir selalu mengecewakan anda. Apabila anda kecewa, ingatlah: Tuhan anda kuat, dan dia tidak akan pernah meninggalkan anda. Jangan biarkan kekayaan atau nafsu sesat hati anda. Anda istimewa dan kerana nilai anda Tuhan menganggap anda, anaknya. Jangan sekali-kali jatuh dari rahmat ini. Jalan di sebelah kiri adalah milik semua orang yang memberontak atas panggilan Tuhan. Kita semua dilahirkan dengan misi Ilahi. Walau bagaimanapun, ada yang menyimpang daripadanya dengan materialisme, pengaruh buruk, rasuah hati. Mereka yang memilih jalan di sebelah kiri tidak berakhir dengan masa depan yang menyenangkan, Yesus mengajar kita. Setiap pokok yang tidak memberikan buah yang baik akan dicabut dan dibuang ke dalam kegelapan luar. Inilah takdir orang jahat kerana Tuhan adil. Pada masa itu anda mendapati lubang air dan haiwan yang menyedihkan itu, hati anda bercakap lebih kuat. Dengarkan selalu dan anda akan pergi jauh. Hadiah perkongsian bersinar pada anda pada masa itu dan pertumbuhan rohani anda mengejutkan. Kebijaksanaan yang anda telah membantu anda mencari makanan. Laluan yang paling mudah tidak selalu menjadi yang betul untuk diikuti. Saya fikir sekarang anda sudah bersedia untuk cabaran kedua. Dalam masa tiga hari, anda akan keluar dari pondok anda dan mencari fakta. Bertindak mengikut hati nurani anda. Sekiranya anda lulus, anda akan beralih ke cabaran ketiga dan terakhir.

"Terima kasih kerana menemani saya selama ini. Saya tidak tahu apa yang menanti saya di dalam gua, dan saya juga tidak tahu apa yang akan berlaku kepada saya. Sumbangan anda sangat penting bagi saya. Sejak saya mendaki gunung, saya merasakan bahawa hidup saya telah berubah. Saya lebih tenang dan lebih yakin dengan apa yang saya mahukan. Saya akan selesaikan cabaran kedua.

"Sangat baik. Saya akan berjumpa dengan anda tiga hari dari sekarang.

Setelah mengatakan itu, wanita itu hilang sekali lagi. Dia meninggalkan saya sendirian dalam ketenangan petang bersama-sama dengan cengkerik, nyamuk, dan serangga lain.

Hantu Gunung

Malam jatuh ke atas gunung. Saya menyalakan api dan retaknya menenangkan hati saya. Sudah dua hari sejak saya mendaki gunung, dan ia masih kelihatan seperti orang asing kepada saya. Fikiran saya mengembara dan mendarat di zaman kanak-kanak saya: Jenaka, ketakutan, tragedi. Saya masih ingat dengan baik hari saya berpakaian sebagai orang India: Dengan busur, anak panah. Sekarang, saya berada di gunung suci, tepat kerana kematian seorang lelaki asli misteri (Lelaki Perubatan suku). Saya mesti memikirkan sesuatu yang lain, kerana ketakutan membekukan jiwa saya. Bunyi pekak mengelilingi pondok saya, dan saya tidak tahu apa atau siapa mereka. Bagaimanakah seseorang mengatasi ketakutannya pada kesempatan seperti ini? Jawab saya, pembaca kerana saya tidak tahu. Gunung ini masih tidak diketahui oleh saya.

Bunyi bising bergerak lebih dekat, dan saya tidak mempunyai tempat untuk melarikan diri. Meninggalkan pondok itu akan menjadi bodoh kerana saya boleh ditelan oleh binatang ganas. Saya perlu menghadapi apa sahaja. Bunyi bising berhenti dan cahaya muncul. Ia untuk dilakukan kan saya lebih takut. Dengan tergesa-gesa keberanian, saya berseru:

"Bagi Allah, siapa yang ada?

Suara, hidung dengan yang tidak jelas, menjawab:

"Saya adalah pahlawan berani yang gua putus asa telah musnah. Berputus asa dengan impian anda, atau anda akan mendapat nasib yang sama. Saya seorang lelaki kecil dan asli dari sebuah kampung dalam Negara Xukuru. Saya bercita-cita untuk menjadi ketua suku saya dan menjadi lebih kuat daripada singa. Jadi, saya melihat ke gunung suci untuk mencapai matlamat saya. Saya memenangi tiga cabaran yang dipaksa oleh penjaga gunung kepada saya. Walau bagaimanapun, apabila memasuki gua, saya ditelan oleh apinya, yang menghancurkan hati saya dan matlamat saya. Hari ini, semangat saya menderita dan terperangkap tanpa harapan ke gunung ini. Dengarkan saya, atau anda akan mendapat nasib yang sama.

Suara saya beku di kerongkong saya dan sejenak, saya tidak dapat bertindak balas terhadap semangat yang diseksa. Dia telah meninggalkan tempat perlindungan, makanan, persekitaran keluarga yang hangat. Saya mempunyai dua cabaran yang tersisa di dalam gua, gua yang boleh untuk dilakukan mustahil menjadi kenyataan. Saya tidak akan mudah berputus asa dengan impian saya.

"Dengarkan saya, pahlawan yang berani. Gua ini tidak melakukan keajaiban kecil. Jika saya di sini, ia adalah untuk alasan yang mulia. Saya tidak membayangkan barangan material. Impian saya melangkaui itu. Saya ingin mengembangkan diri saya secara profesional dan rohani. Pendek kata, saya ingin bekerja melakukan apa yang saya suka, menjana wang secara bertanggungjawab dan menyumbang dengan bakat saya untuk alam semesta yang lebih baik. Saya tidak berputus asa dengan impian saya dengan mudah.

Hantu itu menjawab:

"Anda tahu gua dan perangkapnya? Anda tidak lain hanyalah seorang pemuda miskin yang tidak menyedari bahaya melampau dalam jalan yang dia ikuti. Penjaga adalah penipu yang menipu anda. Dia mahu merosakkan anda.

Desakan hantu itu mengganggu saya. Adakah dia mengenali saya, secara kebetulan? Tuhan, dalam belas kasihannya, tidak akan membenarkan kegagalan saya. Tuhan dan Perawan Maria sentiasa berkesan di sisi saya. Bukti ini adalah pelbagai penampilan Perawan sepanjang hidup saya. Dalam " Visi Sederhana " (sebuah buku yang belum saya terbitkan) adegan digambarkan di mana saya duduk di bangku simpanan di plaza, burung dan angin yang mengagungkan saya, dan saya sangat memikirkan dunia dan kehidupan secara umum. Tiba-tiba, muncul sosok seorang wanita yang, apabila melihat saya, bertanya:

"Adakah anda percaya kepada Tuhan, anak saya?

Saya segera menjawab:

"Sudah tentu, dan dengan semua makhluk saya.

Seketika, dia meletakkan tangannya di kepala saya dan berdoa:

"Semoga Allah kemuliaan melindungi kamu dengan cahaya dan mengurniakan banyak kurniaan kepada anda.

Mengatakan ini, dia pergi, dan ketika saya menyedarinya, dia tidak lagi berada di sisi saya. Dia hanya hilang.

Ia adalah penampilan pertama Perawan dalam hidup saya. Sekali lagi, menyamar sebagai pengemis, dia datang kepada saya meminta beberapa perubahan. Katanya, beliau merupakan seorang petani dan masih belum bersara. Mudah, saya memberinya beberapa syiling yang saya ada di dalam poket saya. Setelah menerima wang itu, dia mengucapkan terima kasih kepada saya dan ketika saya menyedarinya, dia telah hilang. Di gunung, pada masa itu, saya tidak sedikit pun ragu-ragu bahawa Tuhan mengasihi saya dan bahawa dia berada di pihak saya. Oleh itu, saya bertindak balas terhadap hantu dengan kekasaran tertentu.

"Saya tidak akan mendengar nasihat anda. Saya tahu had saya dan iman saya. Pergilah! Pergi menghantui rumah atau sesuatu. Biarkan saya sendirian!

Lampu keluar, dan saya mendengar bunyi langkah meninggalkan pondok. Saya bebas daripada hantu.

Hari yang menentukan

Tiga hari itu telah berlalu sejak cabaran kedua. Ia adalah pagi Jumaat, jelas, cerah, dan cerah. Saya merenung ufuk pada pagi ini apabila wanita pelik itu menghampiri.

"Adakah anda sudah bersedia? Cari peristiwa luar biasa di hutan dan bertindak mengikut prinsip anda. Ini adalah ujian kedua anda.

"Baiklah, selama tiga hari saya menunggu masa ini. Saya fikir saya bersedia.

Tergesa-gesa, saya menuju ke laluan terdekat yang memberi laluan ke hutan. Langkah-langkah saya diikuti dalam irama hampir muzik. Apakah cabaran kedua ini? Kebimbangan memegang saya, dan langkah-langkah saya mempercepatkan mencari objektif yang tidak diketahui. Tepat di hadapan muncul penjelasan di laluan di mana ia menyimpang dan berpisah. Tetapi apabila saya sampai di sana, saya terkejut, bercabang dua itu hilang, dan saya sebaliknya melihat adegan berikut: seorang budak lelaki, diseret oleh orang dewasa, menangis dengan kuat. Emosi mengawal saya dengan kehadiran ketidakadilan, dan oleh itu saya berseru:

"Biarkan budak lelaki itu pergi! Dia lebih kecil daripada anda dan tidak dapat mempertahankannya.

"Saya tidak akan! Saya melayannya dengan cara ini kerana dia mahu mengelak daripada bekerja.

"Kamu raksasa! Kanak-kanak lelaki kecil tidak perlu bekerja. Mereka perlu belajar dan berpendidikan tinggi. Lepaskan dia!

"Siapa yang akan untuk dilakukan saya, awak?

Saya benar-benar menentang keganasan tetapi pada masa ini hati saya meminta saya bertindak balas sebelum sampah ini. Kanak-kanak harus dibebaskan.

Perlahan-lahan, saya menolak budak lelaki itu dari kasar dan kemudian mula memukul lelaki itu. Bajingan itu bertindak balas dan menangani saya beberapa pukulan. Salah seorang daripada mereka memukul saya titik kosong. Dunia berputar dan angin yang kuat dan menembusi menyerang seluruh makhluk saya: Awan putih dan biru bersama-sama dengan burung pantas menyerang fikiran saya. Sejenak, nampaknya seluruh badan saya terapung di langit. Suara samar memanggil saya dari jauh. Dalam masa yang lain, seolah-olah saya melalui pintu, satu demi satu sebagai halangan. Pintu dikunci dengan baik, dan memerlukan banyak usaha untuk membukanya. Setiap pintu memberi laluan kepada sama ada ruang istirahat atau tempat perlindungan, secara bergantian. Di ruang rehat pertama saya mendapati orang muda berpakaian putih, berkumpul di sekeliling meja, di mana, di tengah, adalah kitab suci terbuka. Ini adalah anak dara yang dipilih untuk memerintah di dunia masa depan. Satu pasukan menolak saya keluar dari bilik dan apabila saya membuka pintu kedua, saya berakhir di tempat perlindungan pertama. Di pinggir altar, kayu kemenyan dengan permintaan orang miskin Brazil sedang dibakar. Di sebelah kanan, seorang imam berdoa dengan kuat dan tiba-tiba mula mengulangi: Pelihat! Pelihat! Pelihat! Di sebelahnya terdapat dua wanita dengan baju putih. Pada mereka ditulis: Mimpi yang mungkin. Segala-galanya mula gelap, dan apabila saya mendapat takdir saya, saya diseret dengan ganas dan dengan kelajuan sedemikian sehingga menyebabkan saya sedikit pening. Saya membuka pintu ketiga, dan kali ini menemui pertemuan orang: Seorang paderi, seorang imam, seorang Buddha, seorang Muslim, seorang Spirituilisme, seorang Yahudi, dan wakil agama Afrika. Mereka disusun dalam bulatan dan di tengah-tengah adalah api dan apinya menggariskan nama, "Kesatuan orang dan jalan kepada Tuhan." Akhirnya, mereka memeluk dan memanggil saya kepada kumpulan itu. Api bergerak dari pusat, mendarat di tangan saya, dan menarik perkataan "perantisan." Api itu adalah cahaya tulen dan tidak terbakar. Kumpulan itu berpecah, api keluar, dan sekali lagi saya ditolak keluar dari bilik di mana saya membuka pintu keempat. Tempat perlindungan kedua kosong, dan saya menghampiri altar. Saya berlutut sebagai penghormatan kepada Upacara keagamaan Yang Diberkati, mengambil kertas yang ada di atas lantai, dan saya menulis permintaan saya. Saya melipat kertas dan meletakkannya di kaki imej. Suara yang jauh secara beransur-ansur menjadi lebih jelas dan lebih tajam. Saya meninggalkan tempat perlindungan, membuka pintu, dan akhirnya bangun. Di sisi saya adalah penjaga gunung.

"Jadi, awak terjaga. Tahniah! Anda memenangi cabaran ini. Cabaran kedua bertujuan untuk meneroka keupayaan diri dan tindakan anda. Kedua-dua laluan yang mewakili "Pasukan Lawan" telah menjadi satu, dan ini bermakna anda mesti melakukan perjalanan ke sebelah kanan tanpa melupakan pengetahuan yang anda akan ada semasa bertemu di sebelah kiri. Sikap anda menyelamatkan kanak-kanak itu, walaupun dia tidak memerlukannya. Keseluruhan adegan itu adalah unjuran mental saya sendiri untuk menilai anda. Anda mengambil pendekatan yang betul. Kebanyakan orang apabila berhadapan dengan adegan ketidakadilan lebih suka tidak campur tangan. Peninggalan adalah dosa yang serius, dan orang itu menjadi rakan sejenayah pesalah. Anda memberi diri anda, seperti yang dilakukan oleh Yesus untuk kami. Ini adalah pelajaran yang akan anda ambil sepanjang hidup anda.

"Terima kasih kerana mengucapkan tahniah kepada saya. Saya akan sentiasa bertindak memihak kepada mereka yang telah dikecualikan. Apa yang membingungkan saya adalah pengalaman rohani yang saya alami sebelum ini. Apa maksudnya? Bolehkah anda menerangkan kepada saya, sila?

"Kita semua mempunyai keupayaan untuk menembusi dunia lain melalui pemikiran. Inilah yang dipanggil perjalanan sampingan. Terdapat beberapa pakar yang berkaitan dengan perkara ini. Apa yang anda lihat mesti berkaitan dengan masa depan anda atau orang lain, anda tidak pernah tahu.

"Saya faham. Saya mendaki gunung, menyelesaikan dua cabaran pertama, dan saya mesti berkembang secara rohani. Saya fikir tidak lama lagi saya akan bersedia menghadapi gua putus asa. Gua yang melakukan keajaiban dan menjadikan impian lebih mendalam.

"Anda mesti melakukan yang ketiga, dan saya akan memberitahu anda apa itu esok. Tunggu arahan.

"Ya, Jeneral. Saya akan menunggu dengan cemas. Anak Tuhan ini, seperti yang anda panggil saya, terkenal, dan akan menyediakan sup untuk kemudian. Anda dijemput, saya ada.

"Hebat. Saya suka sup. Saya akan menggunakan ini untuk kelebihan saya untuk mengenali anda dengan lebih baik.

Wanita pelik itu berlepas dan meninggalkan saya sendirian dengan pemikiran saya. Saya pergi mencari di hutan untuk bahan-bahan untuk sup.

Gadis muda itu

Gunung itu sudah menjadi gelap apabila sup sudah siap. Angin sejuk malam dan bunyi serangga menjadikan persekitaran lebih luar bandar. Wanita pelik itu belum datang ke pondok itu. Saya berharap untuk mempunyai segala-galanya dengan teratur apabila dia tiba. Saya rasa sup: Ia benar-benar baik, walaupun saya tidak mempunyai semua perasa yang diperlukan. Tambahan pula, saya melangkah ke luar pondok untuk sedikit dan merenung langit: Bintang-bintang adalah saksi usaha saya. Saya naik gunung, menemui penjaganya, menyelesaikan dua cabaran (satu lebih sukar daripada yang lain), bertemu hantu, dan saya masih berdiri. "Orang miskin berusaha lebih untuk impian mereka." Saya melihat susunan bintang dan kilauan mereka. Masing-masing mempunyai kepentingannya dalam alam semesta besar yang kita hidup. Orang juga penting dengan cara yang sama. Mereka berkulit putih, hitam, kaya, miskin, agama A, atau agama B atau mana-mana sistem kepercayaan. Mereka semua adalah kanak-kanak dengan bapa yang sama. Saya juga mahu mengambil tempat saya di alam semesta ini. Saya berfikir tanpa had. Tambahan pula, saya berpendapat bahawa mimpi tidak ternilai, tetapi saya sanggup membayarnya untuk memasuki gua putus asa. Saya merenung langit sekali lagi dan kemudian kembali ke pondok. Saya tidak terkejut apabila mencari penjaga di sana.

"Adakah anda sudah lama berada di sini? Saya tidak sedar.

"Anda begitu tertumpu dalam merenung langit yang saya tidak mahu memecahkan mantera masa ini. Di samping itu, saya berasa seperti di rumah.

"Cemerlang. Duduk di bangku improvisasi ini yang saya buat. Saya akan menghidangkan sup.

Dengan sup masih panas, saya melayani wanita pelik itu dalam labu yang saya dapati di hutan. Angin merengek pada waktu malam mempedulikan wajah saya dan kata-kata berbisik di telinga saya. Siapa wanita pelik yang saya berkhidmat? Saya tertanya-tanya sama ada dia benar-benar mahu memusnahkan saya, seperti yang ditunjukkan oleh hantu. Saya mempunyai banyak keraguan tentang dia, dan ini adalah peluang yang baik untuk membersihkannya.

"Adakah sup itu bagus? Saya menyediakannya dengan berhati-hati.

"Ianya indah! Apa yang anda gunakan untuk menyediakannya?

"Ia diperbuat daripada batu. Bergurau sahaja! Saya membeli seekor burung dari pemburu dan menggunakan beberapa perasa semula jadi dari hutan. Tetapi, mengubah subjek, siapa anda sebenarnya?

"Ia menunjukkan layanan yang baik kepada tuan rumah untuk bercakap terlebih dahulu mengenai dirinya. Sudah empat hari sejak anda tiba di sini di puncak gunung, dan saya tidak pasti apa nama anda.

"Sangat baik. Tetapi ia adalah cerita panjang. Pergi bersiap. Nama saya Aldivan Teixeira Tôrres dan saya mengajar Matematik peringkat kolej. Dua minat besar saya ialah kesusasteraan dan matematik. Saya selalu menjadi pencinta buku, dan sejak saya minimum, saya ingin menulis salah satu daripada saya sendiri. Semasa saya berada di tahun pertama sekolah menengah saya, saya mengumpulkan beberapa petikan dari buku-buku Pengkhutbah, kebijaksanaan, dan peribahasa. Saya gembira, walaupun teks tidak menjadi milik saya. Saya menunjukkan kepada semua orang, dengan bangga. Tambahan pula, saya menamatkan Sekolah Menengah, mengambil kursus komputer, dan berhenti belajar sebentar. Selepas itu, saya mencuba kursus teknikal di sebuah kolej tempatan. Walau bagaimanapun, saya menyedari bahawa ia bukan bidang saya dengan tanda nasib. Saya bersedia untuk latihan di kawasan ini. Walau bagaimanapun, sehari sebelum ujian, satu pasukan pelik menuntut secara berterusan untuk saya berputus asa. Semakin banyak masa berlalu, semakin banyak tekanan yang saya rasakan dari kekuatan ini sehingga saya memutuskan untuk tidak mengambil ujian. Tekanan reda, dan hati saya juga tenang. Saya fikir ia adalah nasib yang untuk dilakukan saya tidak pergi. Kita mesti menghormati had kita. Saya melakukan beberapa tender, telah diluluskan, dan kini memegang peranan sebagai pembantu tadbir pendidikan. Tiga tahun yang lalu, saya menerima satu lagi tanda nasib. Saya mempunyai beberapa masalah dan saya akhirnya mengalami kerosakan saraf. Saya mula menulis, dan dalam masa yang singkat ia membantu saya untuk memperbaiki. Hasilnya ialah buku " Visi Sederhana " yang belum saya terbitkan. Semua ini menunjukkan kepada saya bahawa saya dapat menulis dan mempunyai profesion yang bermaruah. Inilah yang saya fikirkan: Saya mahu bekerja melakukan apa yang saya suka, dan saya mahu gembira. Adakah itu terlalu banyak untuk orang miskin bertanya?

"Sudah tentu tidak, Aldivan. Anda mempunyai bakat, dan itu jarang berlaku di dunia ini. Pada masa yang sesuai, anda akan berjaya. Menang adalah mereka yang percaya pada impian mereka.

"Saya percaya. Itulah sebabnya saya berada di sini di tengah-tengah tempat, di mana komoditi tamadun belum tiba. Saya menemui cara untuk mendaki gunung, untuk mengatasi cabaran. Apa yang tinggal sekarang adalah untuk saya memasuki gua dan menjalankan impian saya.

"Saya di sini untuk membantu anda. Saya telah menjadi penjaga gunung sejak ia menjadi suci. Misi saya adalah untuk membantu semua pemimpin mencari gua putus asa. Ada yang berusaha untuk dilakukan impian material menjadi kenyataan seperti wang, kuasa, kesombongan sosial, atau impian mementingkan diri sendiri . Semua telah gagal setakat ini, dan mereka tidak sedikit. Gua ini adil dengan pemberian hasratnya.

Perbualan berterusan dengan cara yang meriah untuk beberapa waktu. Saya secara beransur-ansur kehilangan minat terhadapnya kerana suara pelik memanggil saya keluar dari pondok. Setiap kali suara ini memanggil saya, saya merasa terpaksa keluar dari rasa ingin tahu. Saya terpaksa pergi. Saya ingin tahu apa maksud suara pelik itu dalam fikiran saya. Perlahan-lahan, saya mengucapkan selamat tinggal kepada wanita itu dan menyatakan ke arah yang ditunjukkan oleh suara. Apa yang menanti saya? Marilah kita terus bersama, pembaca.

Malam itu sejuk, dan suara yang mendesak tetap ada di fikiran saya. Terdapat sejenis hubungan pelik antara kita. Saya sudah berjalan beberapa kaki di luar pondok, tetapi nampaknya jauh dengan keletihan yang dirasai oleh badan saya. Arahan yang saya terima secara mental membimbing saya dalam kegelapan. Campuran keletihan, ketakutan terhadap yang tidak diketahui dan rasa ingin tahu mengawal saya. Suara pelik siapa ini? Apa yang dia mahu dengan saya? Gunung dan rahsianya ... Sejak saya mengenali gunung itu, saya telah belajar menghormatinya.

Penjaga dan misterinya, cabaran yang harus saya hadapi, pertemuan dengan hantu; semuanya menjadi istimewa. Ia bukan yang tertinggi di timur laut atau bahkan yang paling mengagumkan, tetapi ia adalah suci. Mitos lelaki perubatan dan impian saya telah membawa saya kepadanya. Saya mahu memenangi semua cabaran, memasuki gua, dan untuk dilakukan permintaan saya. Saya akan menjadi lelaki yang berubah. Tambahan pula, saya tidak akan lagi menjadi saya, tetapi saya akan menjadi orang yang mengatasi gua dan apinya. Saya masih ingat dengan baik kata-kata penjaga, tidak terlalu percaya. Saya masih ingat kata-kata Yesus yang berkata:

" Dia yang beriman kepadaku akan mempunyai kehidupan yang kekal.

Risiko yang terlibat tidak akan untuk dilakukan saya berhenti dari impian saya. Ia adalah dengan pemikiran ini bahawa saya semakin setia. Suara menjadi lebih kuat dan kuat. Saya fikir saya tiba di destinasi saya. Betul-betul di hadapan, saya melihat sebuah pondok. Suara itu memberitahu saya untuk pergi ke sana.

Pondok dan unggun api yang meneranginya berada di tempat yang luas dan rata. Seorang gadis muda, tinggi, nipis dengan rambut gelap memanggang sejenis makanan ringan di atas api.

"Jadi, anda telah tiba. Saya tahu bahawa anda akan menjawab panggilan saya.

"Siapa awak? Apa yang awak mahu daripada saya?

"Saya seorang lagi pemimpin yang mahu masuk ke dalam gua.

"Apakah kuasa khas yang perlu anda panggil kepada saya dengan fikiran anda?

"Ini telepati, bodoh. Tidakkah anda biasa dengannya?

"Saya pernah mendengarnya. Bolehkah anda mengajar saya?

"Anda akan belajar satu hari nanti tetapi bukan daripada saya. Beritahu saya impian apa yang membawa anda ke sini?

"Sebelum ini, nama saya Aldivan. Saya mendaki gunung dengan harapan dapat mencari pasukan lawan saya. Mereka akan menentukan takdir saya. Apabila seseorang dapat mengawal pasukan lawan mereka,

mereka akan dapat melakukan mukjizat. Itulah yang saya perlukan untuk mencapai impian saya untuk bekerja di kawasan yang saya nikmati, dan dengan itu, saya akan untuk dilakukan banyak jiwa bermimpi. Saya mahu pergi ke gua bukan sahaja untuk saya tetapi untuk seluruh alam semesta yang telah memberi saya hadiah ini. Saya akan mempunyai tempat saya di dunia dan itulah bagaimana saya akan gembira.

"Nama saya Nadja. Saya adalah penduduk Pantai Negeri Pernambuco. Di tanah saya, saya pernah mendengar ceramah gunung ajaib ini dan guanya. Segera saya berminat untuk dilakukan perjalanan di sini, walaupun saya fikir semuanya hanyalah legenda. Saya mengumpulkan barang-barang saya, pergi, tiba di Mimoso, dan naik gunung. Saya memukul anugerah. Sekarang saya di sini, saya akan masuk ke dalam gua dan akan memenuhi hasrat saya. Saya akan menjadi Dewi yang hebat, dihiasi dengan kuasa dan kekayaan. Semua akan berkhidmat kepada saya. Impian anda hanya bodoh. Mengapa meminta sedikit jika kita boleh mempunyai dunia?

"Anda salah. Gua ini tidak melakukan keajaiban kecil. Anda akan gagal. Penjaga tidak akan membenarkan anda masuk. Untuk memasuki gua, anda mesti memenangi tiga cabaran. Saya telah menakluki dua peringkat. Berapa ramai yang anda menang?

"Betapa bodoh, cabaran dan penjaga. Gua ini hanya menghormati yang paling kuat dan paling yakin. Saya akan mencapai keinginan saya esok dan tiada siapa yang akan menghalang saya, anda mendengar?

"Anda tahu yang terbaik. Apabila anda menyesal, ia akan terlambat? Baiklah, saya rasa saya akan pergi. Saya memerlukan rehat kerana sudah terlambat. Bagi anda, saya tidak boleh mengucapkan selamat maju jaya di dalam gua kerana anda mahu menjadi lebih besar daripada Tuhan sendiri. Apabila manusia mencapai tahap ini, mereka memusnahkan diri mereka sendiri.

"Omong kosong, anda semua kata-kata. Tiada apa-apa yang akan untuk dilakukan saya kembali kepada keputusan saya.

Melihat bahawa dia berkeras saya berputus asa, merasa kasihan padanya. Bagaimana orang boleh menjadi begitu kecil setiap kali?

Manusia hanya layak apabila dia berjuang untuk cita-cita soleh dan egalitarian. Berjalan di laluan itu, saya teringat masa saya telah dianiaya, sama ada dengan pemeriksaan yang tidak bertanda atau bahkan dari pengabaian orang lain. Ia untuk dilakukan kan saya tidak berpuas hati. Selain itu, keluarga saya benar-benar menentang impian saya dan tidak mempercayai saya. Sakitnya. Suatu hari, mereka akan melihat alasan dan melihat bahawa impian boleh dilakukan. Pada hari itu saya akan menyanyikan kemenangan saya dan saya akan memuliakan Pencipta. Dia memberi saya segala-galanya dan hanya memerlukan saya untuk berkongsi hadiah saya kerana, seperti yang dikatakan Kitab suci, jangan menyalakan lampu dan meletakkannya di bawah meja. Sebaliknya, letakkan di atas untuk semua bertepuk tangan dan tercerahkah. Laluan itu pecah, dan segera saya melihat pondok yang telah menyebabkan saya berpeluh begitu banyak untuk dibina. Saya perlu tidur kerana esok adalah hari lain dan saya mempunyai rancangan untuk saya dan dunia. Selamat malam, pembaca. Sehingga bab seterusnya ...

Gegaran

Hari baru bermula. Cahaya muncul, angin pagi menjaga rambut, burung, dan serangga saya mengadakan perayaan, dan tumbuh-tumbuhan seolah-olah dilahirkan semula. Ia berlaku setiap hari. Saya menggosok mata saya, mencuci muka saya, berus gigi saya, dan mandi. Ini adalah rutin saya sebelum sarapan pagi. Hutan tidak menawarkan kelebihan atau pilihan. Saya tidak terbiasa dengan ini. Ibu saya merosakkan saya hingga menghidangkan kopi saya. Saya makan sarapan pagi saya dalam diam, tetapi sesuatu yang berat di fikiran saya. Apakah cabaran ketiga dan terakhir? Apa yang akan berlaku kepada saya di dalam gua? Terdapat begitu banyak soalan tanpa jawapan, ia untuk dilakukan kan saya pening. Pagi berlangsung dan dengannya begitu juga berdebar-debar, ketakutan, dan menggigil saya. Siapa saya sekarang? Sudah tentu, tidak sama. Saya naik gunung suci mencari takdir yang tidak saya tahu. Saya menemui penjaga dan menemui nilai-nilai baru dan dunia yang lebih besar daripada yang pernah saya bayangkan wujud sebelum ini. Tambahan pula, saya memenangi dua cabaran dan kini hanya perlu menghadapi yang ketiga. Cabaran ketiga yang sejuk yang jauh dan tidak diketahui. Daun-daun di sekitar pondok bergerak sedikit-sedikit. Saya telah belajar memahami alam semula jadi dan isyaratnya. Seseorang sedang menghampiri.

"Halo! Adakah awak di sana?

Saya melompat, mengubah arah pandangan saya, dan merenung tokoh misteri penjaga. Dia kelihatan lebih bahagia dan cerah walaupun usianya jelas.

"Saya di sini, seperti yang anda lihat. Berita apa yang anda bawa untuk saya?

"Seperti yang anda tahu, hari ini, saya datang untuk mengumumkan cabaran ketiga dan terakhir anda. Ia akan diadakan pada hari ketujuh anda di sini di gunung kerana itulah masa maksimum manusia boleh kekal di sini. Ia mudah dan terdiri daripada yang berikut: Bunuh lelaki atau binatang pertama yang anda temui semasa meninggalkan pondok anda pada hari yang sama. Jika tidak, anda tidak berhak memasuki gua yang memberikan keinginan anda yang paling mendalam. Apa kata awak? Bukankah itu mudah?

"Bagaimana begitu? Membunuh? Adakah saya kelihatan seperti pembunuh?

"Ini satu-satunya cara untuk anda masuk ke dalam gua. Sediakan diri anda kerana hanya ada dua hari dan...

Gempa bumi dengan magnitud 3.7 pada skala Richter menggegarkan seluruh puncak gunung. Gegaran itu menyebabkan saya pening, dan saya fikir saya akan pengsan. Semakin banyak pemikiran terlintas di fikiran. Saya merasakan kekuatan saya berkurangan dan merasakan gari tangan yang kuat mengamankan tangan dan kaki saya. Dengan cepat, saya melihat diri saya sebagai hamba, bekerja di bidang yang dikuasai oleh tuan. Saya melihat belenggu, darah dan mendengar tangisan sahabat saya. Saya melihat kekayaan, kebanggaan, dan pengkhianatan kolonel. Tambahan pula, saya juga melihat laungan kebebasan dan keadilan bagi mereka yang ditindas. Oh, bagaimana dunia tidak adil! Walaupun ada yang menang, yang lain dibiarkan reput, dilupakan. Gari pecah. Saya sebahagiannya bebas. Saya masih di diskriminasi, dibenci dan dianiaya. Tambahan pula, saya masih melihat kejahatan lelaki putih yang memanggil saya "hitam." Saya masih berasa rendah diri. Sekali lagi, saya mendengar tangisan kerang, tetapi sekarang suaranya jelas, tajam, dan dikenali. Gegaran hilang dan sedikit demi sedikit saya kembali sedar. Seseorang mengangkat saya. Masih sedikit pening, saya berseru:

"Apa yang berlaku?

Penjaga, dengan air mata, nampaknya tidak dapat mencari jawapan.

"Anak saya, gua itu baru sahaja memusnahkan jiwa lain. Sila menang cabaran ketiga dan kalahkan kutukan ini. Alam semesta berkomplot untuk kemenangan anda.

"Saya tidak tahu bagaimana untuk menang. Hanya cahaya pencipta yang dapat menerangi pemikiran saya dan tindakan saya. Saya jamin saya tidak akan berputus asa dengan impian saya dengan mudah.

"Saya percaya kepada anda dan dalam pendidikan yang anda terima. Semoga berjaya, Anak Tuhan! Jumpa tak lama lagi!

Setelah mengatakan itu, wanita pelik itu berlepas dan dibubarkan dalam asap. Sekarang saya bersendirian dan perlu bersedia untuk menghadapi cabaran akhir.

Sehari sebelum Cabaran Terakhir

Sudah enam hari sejak saya naik gunung. Sepanjang masa cabaran dan pengalaman ini telah untuk dilakukan saya berkembang banyak. Saya lebih mudah memahami alam semula jadi, diri saya, dan orang lain. Alam semula jadi berarak ke rentaknya dan menentang anggapan manusia. Kami memusnahkan hutan, mencemarkan perairan, dan melepaskan gas ke atmosfera. Apa yang kita dapat daripadanya? Apa yang benar-benar penting bagi kita, wang, atau kelangsungan hidup kita? Akibatnya ada: Pemanasan global, pengurangan flora dan fauna, bencana alam. Adakah manusia tidak melihat bahawa ini semua salahnya? Masih ada masa. Ada masa untuk hidup. Lakukan bahagian anda: Jimat air dan tenaga, kitar semula sisa, jangan mencemarkan alam sekitar. Memerlukan kerajaan anda komited terhadap isu-isu alam sekitar. Sekurang-kurangnya kita boleh lakukan untuk diri kita sendiri dan untuk dunia. Kembali ke pengembaraan saya, sebaik sahaja saya naik gunung, saya lebih memahami kehendak dan had saya. Saya faham bahawa mimpi hanya dapat dilakukan jika mereka mulia dan soleh. Gua ini adil dan jika saya memenangi cabaran ketiga, ia akan menjadikan impian saya menjadi kenyataan. Apabila saya memenangi cabaran pertama dan kedua, saya lebih memahami kehendak orang lain. Kebanyakan orang bermimpi untuk mempunyai kekayaan, prestij sosial, dan tahap arahan yang tinggi. Mereka tidak lagi melihat apa yang terbaik dalam hidup: Kejayaan profesional, cinta, dan kebahagiaan. Apa yang untuk dilakukan kan manusia luar biasa adalah sifat-sifatnya yang bersinar melalui karyanya. Kuasa, kekayaan, dan kecenderungan sosial tidak untuk dilakukan sesiapa bahagia. Inilah yang saya cari di gunung suci: Kebahagiaan dan jumlah domain "pasukan lawan." Saya perlu keluar sebentar. Langkah demi langkah, kaki saya memimpin saya di luar pondok yang saya bina. Saya berharap untuk tanda takdir.

Matahari menjadi panas, angin menjadi lebih kuat, dan tiada tanda muncul. Bagaimanakah saya akan memenangi cabaran ketiga? Bagaimanakah saya akan hidup dengan kegagalan jika saya tidak dapat melaksanakan impian saya? Saya cuba mengalihkan pemikiran negatif dari fikiran saya, tetapi ketakutan lebih kuat. Siapa saya sebelum mendaki gunung? Seorang lelaki muda, sama sekali tidak selamat, takut menghadapi dunia dan rakyatnya. Seorang lelaki muda yang satu hari berjuang di mahkamah untuk hak-haknya, tetapi mereka tidak diberikan. Masa depan telah menunjukkan kepada saya bahawa ini adalah yang terbaik. Kadang-kadang, kita menang dengan kalah. Kehidupan telah mengajar saya bahawa. Sesetengah burung mengejek saya. Mereka seolah-olah memahami kebimbangan saya. Esok akan menjadi hari baru, ketujuh di atas gunung. Takdir saya berisiko dengan cabaran ketiga ini. Berdoa, pembaca, bahawa saya boleh menang.

Cabaran Ketiga

Hari baru muncul. Suhu itu menyenangkan, dan langit biru dalam semua keabadiannya. Malas, saya bangun, menggosok mata saya yang mengantuk. Hari besar telah tiba, dan saya bersedia untuknya. Sebelum apa-apa, saya perlu menyediakan sarapan pagi saya. Dengan bahan-bahan yang saya berjaya mencari hari sebelumnya, ia tidak akan begitu terhad. Saya menyediakan kuali dan mula membuka telur ayam yang menyelerakan. Percikan lemak dan hampir memukul mata saya. Berapa kali dalam hidup, yang lain seolah-olah menyakiti kita dengan kebimbangan mereka? Saya makan sarapan pagi, berehat sedikit dan menyediakan strategi saya. Cabaran ketiga nampaknya apa-apa tetapi mudah. Membunuh saya tidak dapat difikirkan. Walaupun begitu, saya perlu menghadapinya. Dengan resolusi ini, saya mula berjalan, dan tidak lama lagi saya keluar dari pondok. Cabaran ketiga bermula di sini, dan saya bersedia untuknya. Saya mengambil laluan pertama dan saya mula berjalan. Pokok-pokok di tepi jalan adalah luas dengan akar yang mendalam. Apa sebenarnya yang saya cari? Kejayaan, kemenangan, dan pencapaian. Walau bagaimanapun, saya tidak akan melakukan apa-apa yang bertentangan dengan prinsip saya. Reputasi saya pergi sebelum kemasyhuran, kejayaan, dan kuasa. Cabaran ketiga ialah mengganggu saya. Membunuh saya adalah jenayah, walaupun ia hanya haiwan. Sebaliknya, saya mahu memasuki gua dan untuk dilakukan permintaan saya. Ini mewakili dua "pasukan lawan" atau "laluan bertentangan."

Saya tetap berada di laluan dan berdoa agar saya tidak menemui apa-apa. Siapa tahu, mungkin cabaran ketiga akan ditolak. Saya tidak fikir bahawa penjaga akan menjadi murah hati. Peraturan mesti diikuti oleh semua. Saya berhenti sedikit dan tidak percaya adegan yang saya lihat: auns dan tiga anaknya, bermain-main di sekeliling saya. Itu sahaja. Saya tidak akan membunuh ibu kepada tiga anak kecil. Saya tidak mempunyai hati. Selamat tinggal kejayaan, selamat tinggal gua putus asa. Impian yang cukup. Saya tidak melengkapkan cabaran ketiga dan saya akan pergi. Saya akan kembali ke rumah saya dan orang tersayang. Tergesa-gesa, saya kembali ke kabin untuk mengemas beg saya. Saya tidak menyelesaikan cabaran ketiga.

Kabin dirobohkan. Apakah maksud semua ini? Tangan menyentuh bahu saya dengan ringan. Saya melihat ke belakang dan saya melihat penjaga.

"Tahniah saya, sayang! Anda telah memenuhi cabaran dan kini mempunyai hak untuk memasuki gua putus asa. Anda menang!

Pelukan kuat yang dia berikan kepada saya kemudian untuk dilakukan saya lebih keliru. Apa kata wanita ini? Impian saya dan gua dapat dijumpai? Saya tidak mempercayainya.

"Apa maksud awak? Saya tidak menyelesaikan cabaran ketiga. Lihatlah tangan saya: Mereka bersih. Saya tidak akan mengotorkan nama saya dengan darah.

"Tidakkah kamu tahu? Adakah anda berfikir bahawa seorang anak Tuhan akan mampu melakukan kekejaman seperti yang saya tanya? Saya tidak ragu-ragu bahawa anda cukup layak untuk merealisasikan impian anda, walaupun mungkin memerlukan sedikit masa untuk mereka menjadi kenyataan. Cabaran ketiga menilai anda dan anda menunjukkan kasih sayang tanpa syarat kepada makhluk Tuhan. Ini adalah perkara yang paling penting bagi manusia. Satu lagi perkara: Hanya hati yang murni akan bertahan di dalam gua. Pastikan hati dan fikiran anda bersih untuk mengatasinya.

"Terima kasih, Tuhan! Terima kasih, hidup, untuk peluang ini. Saya berjanji untuk tidak mengecewakan anda.

Emosi memegang saya kerana tidak pernah ada sebelum saya mendaki gunung. Adakah gua itu mampu melakukan mukjizat? Saya hendak mengetahui.

Gua Keputusasaan

Selepas memenangi cabaran ketiga, saya sudah bersedia untuk memasuki gua yang ditakuti putus asa, gua yang merealisasikan impian yang mustahil. Saya seorang lagi pemimpin yang akan mencuba nasib mereka. Sejak saya naik gunung, saya tidak lagi sama. Sekarang saya yakin dengan diri saya sendiri dan di alam semesta yang indah yang memegang saya. Pelukan sebelumnya yang diberikan oleh wanita pelik itu juga untuk dilakukan kan saya lebih santai. Sekarang dia berada di sana di sisi saya menyokong saya dalam segala cara. Inilah sokongan yang tidak pernah saya dapat daripada orang yang saya sayangi. Beg pakaian saya yang tidak boleh dipisahkan berada di bawah lengan saya. Sudah tiba masanya untuk saya mengucapkan selamat tinggal kepada gunung itu dan misterinya. Cabaran, penjaga, hantu, gadis muda, dan gunung itu sendiri yang seolah-olah hidup, mereka semua telah membantu saya berkembang. Saya sudah bersedia untuk pergi dan menghadapi gua yang ditakuti. Penjaga berada di sisi saya dan akan menemani saya dalam perjalanan ini ke pintu masuk gua. Kami pergi kerana matahari sudah turun ke arah ufuk. Rancangan kami adalah dalam keharmonian total. Tumbuh-tumbuhan di sekitar laluan yang telah kami lalui, dan bunyi haiwan menjadikan alam sekitar sangat luar bandar. Kesunyian penjaga sepanjang perjalanan seolah-olah meramalkan bahaya yang disertakan oleh gua itu. Kami berhenti sedikit. Suara gunung seolah-olah mahu mengatakan sesuatu kepada saya. Saya mengambil kesempatan ini untuk memecahkan kesunyian.

"Bolehkah saya bertanya sesuatu? Apakah suara-suara ini yang menyeksa saya begitu banyak?

"Anda mendengar suara. Menarik. Gunung suci mempunyai keupayaan sihir untuk menyatukan semula semua hati yang bermimpi. Anda boleh merasakan getaran ajaib ini dan mentafsirkannya. Walau bagaimanapun, jangan memberi perhatian kepada mereka kerana mereka boleh menyebabkan anda gagal. Cuba menumpukan perhatian kepada pemikiran anda sendiri dan aktiviti mereka akan kurang. Berhati-hati. Gua ini dapat mengesan kelemahan anda dan menggunakannya terhadap anda.

"Saya berjanji untuk menjaga diri saya sendiri. Saya tidak tahu apa yang menanti saya di dalam gua, tetapi saya percaya bahawa roh yang menerangi akan membantu saya. Takdir saya dipertaruhkan dan sedikit sebanyak bahawa seluruh dunia juga.

"Baiklah, kami sudah cukup berehat. Mari kita terus berjalan kerana ia tidak akan lama sehingga matahari terbenam. Gua itu sepatutnya kira-kira seperempat batu dari sini.

Gemuruh langkah kaki disambung semula. Seperempat batu memisahkan impian saya dari kesedarannya. Kami berada di sebelah barat puncak gunung di mana angin semakin kuat. Gunung dan misterinya... Saya fikir saya tidak akan tahu sepenuhnya. Apa yang mendorong saya untuk memanjatnya? Janji yang mustahil menjadi mungkin dan naluri pengembara dan pengakap saya. Apa yang mungkin, dan rutin harian membunuh saya. Sekarang saya berasa hidup dan bersedia untuk mengatasi cabaran. Gua sedang menghampiri. Saya sudah dapat melihat pintu masuknya. Nampaknya mengenakan, tetapi saya tidak digalakkan. Pelbagai pemikiran menyerang seluruh makhluk saya. Saya perlu mengawal saraf saya. Mereka boleh mengkhianati saya tepat pada masanya. Penjaga memberi isyarat untuk berhenti. Saya patuh.

"Ini yang paling dekat saya boleh pergi ke gua. Dengarkan dengan baik apa yang akan saya katakan kerana saya tidak akan mengulanginya: Sebelum masuk, doakan satu Bapa Kami untuk malaikat penjaga anda. Ia akan melindungi anda daripada bahaya. Apabila anda masuk, teruskan dengan berhati-hati agar tidak jatuh ke dalam perangkap. Selepas melakukan perjalanan di laluan utama gua, sejumlah masa, anda akan menghadapi tiga pilihan: Kebahagiaan, kegagalan, dan ketakutan. Pilih kebahagiaan. Sekiranya anda memilih kegagalan, anda akan tetap menjadi gila miskin yang biasa bermimpi. Jika anda memilih untuk takut anda akan kehilangan diri sepenuhnya. Kebahagiaan memberi laluan kepada dua lagi senario yang tidak diketahui oleh saya. Ingat: Hanya murni hati yang dapat bertahan di dalam gua. Jadilah bijak dan penuhi impian anda.

"Saya faham. Masa yang saya tunggu sejak saya naik gunung telah tiba. Terima kasih, penjaga, atas semua kesabaran dan semangat anda dengan saya. Saya tidak akan melupakan anda atau saat-saat yang telah kita habiskan bersama.

Kesian memegang hati saya ketika saya mengucapkan selamat tinggal kepadanya. Sekarang hanya saya dan gua, pertarungan yang akan mengubah sejarah dunia dan saya sendiri. Saya melihatnya dengan betul dan mendapatkan lampu suluh saya dari beg pakaian saya untuk menerangi jalan. Saya bersedia untuk masuk. Kaki saya kelihatan beku sebelum gergasi ini. Saya perlu mengumpulkan kekuatan untuk meneruskan jalan. Saya Brazil dan saya tidak pernah berputus asa. Tambahan pula, saya mengambil langkah pertama saya dan saya mempunyai sedikit perasaan bahawa seseorang menemani saya. Selain itu, saya rasa saya luar biasa kepada Tuhan. Dia melayan saya seolah-olah saya adalah anaknya. Langkah-langkah saya mula mempercepatkan, dan akhirnya, saya memasuki gua. Daya tarikan awal sangat luar biasa, tetapi saya perlu berhati-hati kerana perangkap. Kelembapan udara tinggi dan sejuk sengit. Stalaktit dan stalagmit mengisi hampir di mana-mana di sekeliling saya. Saya telah pergi kira-kira lima puluh meter masuk, dan menggigil mula memberi saya Meremang bulu roma di seluruh badan saya. Semua yang saya lalui sebelum mendaki gunung mula terlintas di fikiran saya: Penghinaan, ketidakadilan, dan iri hati orang lain. Nampaknya setiap musuh saya berada di dalam gua itu, menunggu masa terbaik untuk menyerang saya. Dengan lompatan yang menakjubkan, saya mengatasi perangkap pertama. Api gua hampir memakan saya. Nadja tidak begitu bernasib baik. Berpaut pada stalaktit dari siling yang secara ajaib menanggung berat badan saya, saya berjaya bertahan. Saya perlu turun dan meneruskan perjalanan saya ke arah yang tidak diketahui. Langkah saya mempercepatkan, tetapi dengan berhati-hati. Kebanyakan orang bergegas, bergegas untuk menang, atau menyelesaikan matlamat. Ketangkasan yang hebat baru sahaja menyelamatkan saya dari perangkap kedua. Lembing yang tidak terkira banyaknya ditujukan kepada saya. Salah seorang daripada mereka datang sedekat menggaru muka saya. Gua itu mahu memusnahkan saya. Saya mesti lebih berhati-hati mulai sekarang. Sudah kira-kira satu jam sejak saya memasuki gua, dan masih, saya tidak sampai ke titik di mana penjaga bercakap. Saya sepatutnya dekat. Langkah saya berterusan, dipercepatkan, dan hati saya memberikan tanda amaran. Kadang-kadang, kita tidak memberi perhatian kepada tanda-tanda yang diberikan oleh tubuh kita. Ini adalah apabila kegagalan dan kekecewaan berlaku. Nasib baik, itu tidak berlaku untuk saya. Saya mendengar bunyi yang sangat kuat datang ke arah saya. Saya mula berlari. Dalam beberapa saat, saya menyedari bahawa saya sedang dikejar oleh batu gergasi yang jatuh pada kelajuan yang hebat. Saya berlari sebentar dan dengan pergerakan secara tiba-tiba, saya dapat melarikan diri dari batu, mencari tempat perlindungan di tepi gua. Apabila batu berlalu, bahagian depan gua ditutup dan kemudian betul-betul di hadapan tiga pintu muncul. Mereka mewakili kebahagiaan, kegagalan, dan ketakutan. Jika saya memilih kegagalan, saya tidak akan menjadi apa-apa kecuali seorang gila miskin yang merupakan seorang yang berkhayal untuk menjadi seorang penulis. Orang akan kasihan kepada saya. Sekiranya saya memilih untuk takut, saya tidak akan berkembang atau dikenali oleh dunia. Saya boleh memukul bahagian bawah batu dan kehilangan diri saya selama-lamanya. Sekiranya saya memilih kebahagiaan, saya akan meneruskan impian saya dan saya akan masuk ke senario kedua.

Terdapat tiga pilihan: Pintu ke kanan, di sebelah kiri dan satu di tengah. Setiap daripada mereka mewakili salah satu pilihan: Kebahagiaan, kegagalan, atau ketakutan. Saya mesti untuk dilakukan pilihan yang tepat. Saya telah belajar dengan masa untuk mengatasi ketakutan saya: Takut akan kegelapan, takut bersendirian dan takut akan yang tidak diketahui. Tambahan pula, saya tidak takut kejayaan atau masa depan. Ketakutan mesti mewakili pintu di sebelah kanan. Kegagalan adalah hasil daripada perancangan yang lemah. Saya telah gagal beberapa kali, tetapi ia tidak untuk dilakukan saya berputus asa dengan matlamat saya. Kegagalan harus menjadi pengajaran untuk kemenangan kemudian. Kegagalan mesti mewakili pintu di sebelah kiri. Akhirnya, pintu tengah mesti mewakili kebahagiaan kerana orang yang benar tidak berpaling ke arah kanan atau ke kiri. Kebenaran sentiasa gembira. Saya mengumpulkan kekuatan saya dan saya memilih pintu di tengah. Apabila membukanya, saya mempunyai laluan yang mencukupi ke ruang rehat dan di atas bumbung ditulis nama Kebahagiaan. Di tengah adalah kunci yang memberikan laluan ke pintu lain. Saya betul-betul betul. Saya memenuhi langkah pertama. Itu meninggalkan saya dua lagi. Saya mendapat kunci dan mencubanya di pintu. Ia sesuai dengan sempurna. Saya membuka pintu. Ia memberi saya laluan kepada galeri baru. Saya mula turun. Banyak pemikiran membanjiri fikiran saya: Apakah perangkap baru yang mesti saya hadapi? Apakah senario seperti apa yang akan membawa saya ke galeri ini? Terdapat banyak soalan yang tidak dijawab. Saya terus berjalan, dan pernafasan saya menjadi tegang kerana udara semakin terhad. Saya sudah pergi kira-kira sepersepuluh batu, dan saya mesti tetap prihatin. Tambahan pula, saya mendengar bunyi bising dan jatuh ke tanah untuk melindungi diri saya. Ia adalah bunyi kelawar kecil yang menembak sekeliling saya. Adakah mereka akan menghisap darah saya? Adakah mereka karnivor? Nasib baik bagi saya, mereka hilang ke dalam keluasan galeri. Saya melihat wajah dan badan saya menggigil, Adakah ia hantu? Tidak. Ia adalah daging dan darah, dan ia datang kepada saya, bersedia untuk bertarung. Ia adalah salah satu pahlawan imam gua. Perjuangan bermula. Dia sangat pantas dan cuba memukul saya di tempat yang penting. Saya cuba melarikan diri dari serangannya. Saya melawan dengan beberapa gerakan yang saya pelajari menghadiri filem. Strategi ini berfungsi. Ia menakutkannya dan dia bergerak sedikit ke belakang. Dia menyerang kembali dengan seni mempertahankan dirinya, tetapi saya bersedia untuknya. Saya memukulnya di kepala dengan batu yang saya ambil di dalam gua. Dia jatuh tidak sedarkan diri. Saya sama sekali tidak suka keganasan, tetapi dalam kes ini, ia sangat diperlukan. Saya ingin pergi ke senario kedua dan menemui rahsia gua. Tambahan pula, saya mula berjalan lagi, dan saya tetap prihatin dan melindungi diri saya daripada sebarang perangkap baru. Dengan kelembapan yang rendah, angin bertiup, dan saya menjadi lebih selesa. Saya merasakan arus pemikiran positif yang dihantar oleh Penjaga. Gua itu semakin gelap, mengubah dirinya sendiri.

Labirin maya menunjukkan dirinya lurus ke hadapan. Satu lagi perangkap gua. Pintu masuk labirin kelihatan sempurna. Tetapi di mana jalan keluar? Bagaimana saya masuk dan tidak tersesat? Saya hanya mempunyai satu pilihan: Menyeberangi labirin dan mengambil risiko. Saya membina keberanian saya dan mula mengambil langkah pertama ke arah pintu masuk labirin. Berdoa, pembaca, bahawa saya dapati jalan keluar. Saya tidak mempunyai strategi dalam fikiran. Saya fikir saya harus menggunakan pengetahuan saya untuk mengeluarkan saya daripada kekacauan ini. Dengan keberanian dan iman, saya menyelidiki labirin. Nampaknya lebih mengelirukan di bahagian dalam daripada keluar. Dindingnya lebar dan bertukar menjadi bulatan. Saya mula mengingati detik-detik dalam kehidupan di mana saya mendapati diri saya hilang seolah-olah dalam labirin. Kematian ayah saya, begitu muda, adalah tamparan sebenar dalam hidup saya. Masa yang saya habiskan menganggur dan tidak belajar juga untuk dilakukan saya merasa hilang, seolah-olah dalam labirin. Saya sekarang berada dalam keadaan yang sama. Saya terus berjalan, dan nampaknya tidak ada penghujung labirin. Adakah anda pernah merasa putus asa? Itulah perasaan saya, benar-benar putus asa. Oleh itu, ia mempunyai nama gua putus asa. Saya mengumpulkan kekuatan terakhir saya dan bangun. Saya perlu mencari jalan keluar dengan apa-apa kos. Satu idea terakhir memukul saya; Saya melihat ke siling dan melihat banyak kelawar. Saya akan mengikuti salah seorang daripada mereka. Saya akan memanggilnya "ahli sihir." Seorang ahli sihir akan dapat menakluk labirin. Inilah yang saya perlukan. Kelawar terbang dengan kelajuan yang tinggi dan saya mesti mengikutinya. Adalah baik bahawa saya sihat secara fizikal, hampir seorang atlet. Saya melihat cahaya di hujung terowong, atau lebih baik lagi, pada akhir labirin. Saya diselamatkan.

Akhir labirin telah membawa saya ke adegan aneh di galeri gua. Sebuah bilik yang diperbuat daripada cermin. Saya berjalan-jalan dengan berhati-hati kerana takut melanggar sesuatu. Saya melihat pantulan saya di cermin. Siapa saya sekarang? Seorang pemimpin muda yang miskin akan menemui nasibnya. Saya kelihatan sangat risau. Apa maksud semua ini? Dinding, siling, lantai, semuanya terdiri daripada kaca. Saya menyentuh permukaan cermin. Bahannya sangat rapuh tetapi setia mencerminkan aspek diri sendiri. Seketika imej yang berbeza muncul dalam tiga cermin, seorang kanak-kanak, orang muda yang memegang keranda, dan seorang lelaki tua. Mereka semua saya. Adakah ia visi? Sebenarnya, saya mempunyai aspek seperti kanak-kanak seperti kesucian, tidak bersalah, dan iman pada orang. Saya ragu-ragu bahawa saya ingin menyingkirkan sifat-sifat ini. Pemuda lima belas mewakili fasa yang menyakitkan dalam hidup saya: Kehilangan ayah saya. Walaupun caranya yang tegar dan menyendiri, dia adalah ayah saya. Saya masih ingat dia dengan nostalgia. Lelaki tua itu mewakili masa depan saya. Bagaimana ia akan berlaku? Adakah saya akan berjaya? Berkahwin, bujang atau janda? Saya rasa lebih baik tidak menjadi orang tua yang memberontak atau sakit. Cukup dengan imej-imej ini. Hadiah saya sekarang. Saya seorang pemuda dua puluh enam, dengan ijazah dalam Matematik, seorang penulis. Saya bukan lagi kanak-kanak, mahupun kanak-kanak berusia lima belas tahun yang kehilangan bapanya. Tambahan pula, saya juga bukan lelaki tua. Saya mempunyai masa depan saya di hadapan saya dan saya mahu gembira. Saya bukan salah satu daripada tiga imej ini. Tambahan pula, saya sendiri. Dengan kesan, ketiga-tiga cermin di mana individu kelihatan pecah dan pintu muncul. Ini adalah kemasukan saya ke senario ketiga dan terakhir.

Saya membuka pintu yang memberi laluan kepada galeri baru. Apa yang menanti saya dalam senario ketiga? Bersama-sama, marilah kita teruskan, pembaca. Saya mula berjalan, dan hati saya mempercepatkan seolah-olah saya masih dalam babak pertama. Saya telah mengatasi banyak cabaran dan perangkap dan sudah menganggap diri saya sebagai pemenang. Dalam fikiran saya, saya mencari kenangan masa lalu ketika saya bermain di gua-gua kecil. Keadaan sekarang sama sekali berbeza. Gua ini besar dan penuh dengan perangkap. Lampu suluh saya hampir mati. Saya terus berjalan, dan lurus ke hadapan muncul perangkap baru: Dua pintu. "Pasukan lawan" menjerit dalam diri saya. Ia perlu untuk dilakukan pilihan baru. Salah satu cabaran datang ke fikiran, dan saya ingat bagaimana saya mempunyai keberanian untuk mengatasinya. Saya memilih jalan di sebelah kanan. Keadaannya berbeza walaupun kerana saya berada di dalam gua yang gelap dan lembap. Saya telah untuk dilakukan pilihan saya, tetapi juga mula mengingati kata-kata penjaga yang bercakap tentang pembelajaran. Saya perlu mengenali kedua-dua pasukan untuk mempunyai kawalan penuh ke atas mereka. Tambahan pula, saya memilih pintu di sebelah kiri. Saya membukanya perlahan-lahan; takut dengan apa yang mungkin disembunyikan. Semasa saya membukanya, saya merenung visi: Saya berada di dalam kuil, dipenuhi dengan imej orang kudus dengan piala di altar. Mangkinkah Piala suci, piala Ilahi yang hilang yang memberikan pemuda abadi kepada mereka yang minum daripadanya? Kaki saya bergegar. Secara impulsif, saya berlari ke arah piala dan mula minum daripadanya. Wain merasakan syurga, tuhan-tuhan. Saya berasa pening, dunia berputar, malaikat menyanyi dan alasan gua menggigil. Saya mempunyai visi pertama saya: Saya melihat seorang Yahudi bernama Yesus, bersama-sama dengan rasul-rasulnya, penyembuhan, membebaskan, dan mengajar perspektif baru kepada umat-Nyah. Tambahan pula, saya melihat keseluruhan laluan mukjizat dan cintanya. Saya juga melihat pengkhianatan Yudas dan Syaitan bertindak di belakangnya. Akhirnya, saya melihat kebangkitan dan kemuliaannya. Saya mendengar suara berkata kepada saya: Buat permintaan anda. Bergema dengan gembira, saya berseru saya mahu menjadi Pelihat!

Mukjizat

Tidak lama selepas permintaan saya, kuil itu menggigil, dipenuhi dengan asap dan saya dapat mendengar suara yang diubah. Apa yang mereka dedahkan adalah rahsia sepenuhnya. Api kecil naik dari piala dan tanah di tangan saya. Cahayanya menembusi dan menerangi seluruh gua. Dinding gua berubah dan memberi laluan kepada pintu kecil yang muncul. Ia terbuka dan angin kencang mula mendorong saya ke sana. Semua usaha saya terlintas di fikiran: Dedikasi saya untuk belajar, cara saya mengikuti undang-undang Tuhan dengan sempurna, pendakian gunung, cabaran, dan bahkan laluan ini ke dalam gua. Semua ini telah membawa saya pertumbuhan rohani yang menakjubkan. Saya kini bersedia untuk gembira dan memenuhi impian saya. Gua putus asa yang sangat ditakuti telah memaksa saya untuk dilakukan permintaan saya. Saya masih ingat juga dalam masa yang hebat ini semua orang yang telah menyumbang kepada kemenangan saya secara langsung atau tidak langsung: Guru sekolah rendah saya, Puan Socorro, yang mengajar saya membaca dan menulis, guru hidup saya, rakan sekolah dan rakan kerja saya, keluarga saya dan penjaga yang membantu saya mengatasi cabaran dan gua ini. Angin kencang terus mendorong saya ke arah pintu dan tidak lama lagi saya akan berada di dalam ruang rahsia.

Kekuatan yang mendorong saya akhirnya berhenti. Pintu ditutup. Saya berada di ruang gergasi yang tinggi dan gelap. Di sebelah kanan adalah topeng, lilin, dan Kitab suci. Di sebelah kiri adalah tanjung, tiket, dan salib. Di tengah-tengah, tinggi, adalah alat bulat yang menarik yang diperbuat daripada besi. Saya berjalan ke arah sebelah kanan: Saya memakai topeng, ambil lilin, dan buka Kitab suci ke halaman rawak. Saya berjalan ke arah sebelah kiri: Saya memakai tanjung, menulis nama saya, dan alias pada tiket dan selamatkan salib dengan tangan yang lain. Tambahan pula, saya berjalan ke arah pusat, dan saya meletakkan diri saya betul-betul di bawah radas. Saya mengucapkan empat huruf ajaib: S-e-e-r. Segera, bulatan cahaya dipancarkan oleh peranti dan menyelubungi saya sepenuhnya. Saya menghidu kemenyan yang dibakar setiap hari mengingati pemimpin besar: Martin Luther King, Nelson Mandela, Ibu Teresa, Francis dari Assisi, dan Yesus . Badan saya bergetar dan mula terapung. Deria saya mula terjaga dan dengan mereka, saya dapat mengenali perasaan dan niat dengan lebih mendalam. Hadiah saya diperkuatkan dan dengan mereka, saya boleh melakukan keajaiban dalam masa dan ruang. Bulatan ditutup semakin banyak, dan setiap perasaan bersalah, sikap tidak bertoleransi, dan ketakutan dipadamkan dari fikiran saya. Saya hampir bersedia: Urutan penglihatan mula muncul dan mengelirukan saya. Akhirnya, bulatan keluar. Seketika, urutan pintu dibuka dan dengan hadiah baru saya dapat melihat, merasa, dan mendengar dengan sempurna. Jeritan watak-watak yang ingin nyata, masa dan tempat yang berbeza mula muncul, dan soalan-soalan penting mula menghancurkan hati saya. Cabaran menjadi peramal dilancarkan.

Keluar dari Gua

Dengan segala-galanya dicapai, semua yang ditinggalkan sekarang adalah untuk saya meninggalkan gua dan untuk dilakukan perjalanan sebenar saya. Impian saya diberikan dan kini hanya perlu diletakkan untuk bekerja. Saya mula berjalan dan dengan sedikit masa, saya meninggalkan ruang rahsia. Saya merasakan bahawa tidak ada manusia lain yang akan senang memasukinya. Gua putus asa tidak akan sama lagi selepas saya meninggalkan kemenangan, yakin, dan gembira. Saya kembali ke senario ketiga: Imej orang-orang kudus tetap utuh dan nampaknya gembira dengan kemenangan saya. Cawan telah jatuh dan kering. Wain itu lazat. Saya bekerja dengan tenang di sekitar senario ketiga dan merasakan suasana tempat itu. Ia benar-benar suci seperti gua dan gunung. Saya menjerit kegembiraan dan gema yang dihasilkan meluas di seluruh gua. Dunia tidak lagi sama selepas Pelihat. Saya berhenti, berfikir, dan merenung diri saya dalam segala cara. Dengan ciuman perpisahan terakhir, saya meninggalkan senario ketiga dan saya kembali ke pintu yang sama di sebelah kiri yang saya pilih. Jalan Pelihat tidak akan menjadi mudah kerana ia akan mencabar untuk mengawal sepenuhnya kekuatan lawan hati dan kemudian harus mengajarnya kepada orang lain. Jalan di sebelah kiri, yang merupakan pilihan saya, mewakili pengetahuan dan pembelajaran berterusan, sama ada dengan kekuatan tersembunyi, taubat, atau kematian itu sendiri. Berjalan menjadi menyeluruh kerana gua itu luas, gelap, dan sangat lembap. Cabaran Pelihat mungkin lebih besar daripada yang saya sedar: Cabaran mendamaikan hati, kehidupan, dan perasaan. Bukan itu sahaja: Saya masih belum menjaga jalan saya. Galeri menjadi sempit, dan dengan itu begitu juga pemikiran saya. Perasaan saya terhadap lonjakan rindu, serta nostalgia untuk matematik dan kehidupan peribadi saya sendiri. Akhir sekali, datang nostalgia saya. Saya mempercepatkan langkah saya, dan tidak lama lagi saya berada dalam senario kedua. Cermin pecah kini mewakili bahagian-bahagian fikiran saya yang dipelihara dan diperluaskan: perasaan yang baik, kebaikan, hadiah, dan keupayaan untuk mengenali apabila saya telah terserempak. Senario cermin mencerminkan jiwa saya. Pengetahuan diri ini saya akan bawa sepanjang hidup saya. Masih disimpan dalam ingatan saya adalah tokoh kanak-kanak, anak muda berusia lima belas tahun dan lelaki tua. Mereka adalah tiga daripada banyak wajah saya yang saya pelihara kerana ia adalah sejarah saya. Saya meninggalkan senario kedua, dan dengan itu, saya meninggalkan kenangan saya. Saya berada di galeri yang membawa kepada senario pertama. Harapan saya tentang masa depan dan harapan saya diperbaharui. Saya adalah Pelihat, makhluk yang berkembang dan istimewa, ditakdirkan untuk dilakukan banyak jiwa bermimpi. Tempoh selepas gua akan berfungsi sebagai latihan dan peningkatan kemahiran yang sedia ada. Saya pergi sedikit lebih jauh dan melihat kelibat labirin. Cabaran ini hampir memusnahkan saya. Keselamatan saya adalah Ahli sihir, kelawar yang membantu saya mencari jalan keluar. Sekarang saya tidak memerlukannya lagi kerana dengan kuasa saya yang bijak, saya dapat dengan mudah melewatinya. Saya mempunyai hadiah bimbingan dalam lima pesawat. Berapa kerapkah kita merasa seolah-olah kita hilang dalam labirin: Apabila kita kehilangan pekerjaan; Apabila kita kecewa dengan cinta yang besar dalam hidup kita; Apabila kita menentang kuasa atasan kita; Apabila kita kehilangan harapan dan keupayaan untuk bermimpi; Apabila kita berhenti menjadi perantis kehidupan dan apabila kita kehilangan keupayaan untuk mengarahkan nasib kita? Ingat: Alam semesta mempengaruhi orang itu, tetapi kitalah yang mesti melakukannya dan membuktikan bahawa kita layak. Itulah yang saya lakukan. Saya naik gunung, melakukan tiga cabaran, memasuki gua, mengalahkan perangkapnya dan saya sampai ke destinasi saya. Saya melalui labirin, dan ia tidak untuk dilakukan saya gembira kerana saya sudah memenangi cabaran. Tambahan pula, saya berhasrat untuk mencari cakerawala baru. Begitu juga, Tambahan pula, saya telah berjalan kira-kira dua batu antara ruang rahsia, senario kedua dan ketiga dan dengan kesedaran ini, saya berasa sedikit letih. Saya rasa peluh berpeluh ke bawah; Saya juga merasakan tekanan udara dan kelembapan yang rendah. Saya mendekati pahlawan, musuh saya yang hebat. Dia masih kelihatan tersingkir. Saya minta maaf saya melayan anda dengan cara itu, tetapi impian saya, harapan saya, dan nasib saya dipertaruhkan. Seseorang mesti untuk dilakukan keputusan penting dalam situasi penting. Ketakutan, rasa malu, dan moral hanya menghalang dan bukannya membantu. Saya peduli wajahnya dan saya cuba memulihkan kehidupan di dalam badannya. Saya bertindak dengan cara ini kerana kita bukan lagi musuh tetapi sahabat episod ini. Dia mengangkat dan dengan haluan yang mendalam, dia mengucapkan tahniah kepada saya. Segala-galanya ditinggalkan: Pertarungan, "pasukan lawan" kami, bahasa kami yang berbeza, dan objektif kami yang berbeza. Kita hidup dalam keadaan yang berbeza dari yang sebelumnya. Kita boleh bercakap, memahami satu sama lain, dan siapa tahu, mungkin juga berkawan. Oleh itu, peribahasa berikut: Jadikan musuh anda kawan yang bersemangat dan setia. Akhirnya, dia memeluk saya, mengucapkan selamat tinggal, dan mengucapkan selamat maju jaya kepada saya. Saya membalas. Dia akan terus membentuk sebahagian daripada misteri gua, dan saya akan menjadi sebahagian daripada misteri kehidupan dan dunia. Kami adalah "pasukan lawan" yang telah menemui satu sama lain. Inilah matlamat saya dalam buku ini: untuk menyatukan semula "pasukan lawan." Saya terus berjalan di galeri yang memberikan laluan kepada senario pertama. Saya berasa yakin dan tenang, tidak seperti ketika pertama kali masuk ke dalam gua. Ketakutan, kegelapan dan yang tidak dijangka semua menakutkan saya. Tiga pintu yang menandakan kebahagiaan, ketakutan, dan kegagalan membantu saya berkembang dan memahami rasa sesuatu. Kegagalan mewakili semua yang kita lari dari tanpa mengetahui mengapa. Gagal mesti sentiasa menjadi saat pembelajaran. Ini adalah titik di mana manusia mendapati bahawa ia tidak sempurna, bahawa jalan itu masih tidak ditarik, dan ini adalah saat pembinaan semula. Inilah yang harus selalu kita lakukan: Dilahirkan semula. Ambil, sebagai contoh, pokok: Mereka kehilangan daun mereka, tetapi bukan kehidupan mereka. Marilah kita kerana mereka berjalan metamorfosis. Kehidupan memerlukan ini. Ketakutan hadir setiap kali kita merasa terancam atau ditindas. Ia adalah titik permulaan untuk kegagalan baru. Atasi ketakutan anda dan mendapati bahawa mereka hanya wujud dalam imaginasi anda. Saya telah menutup sebahagian besar galeri gua dan pada masa ini, saya melewati pintu kebahagiaan. Semua orang boleh melalui pintu ini dan meyakinkan diri mereka bahawa kebahagiaan wujud dan dapat dicapai jika kita sepenuhnya bersetuju dengan alam semesta. Ia agak mudah. Pekerja, tukang batu, penjaga gembira untuk memenuhi misi mereka; Petani, penanam tebu, koboi semuanya gembira untuk mengumpul produk buruh mereka; guru dalam pengajaran dan pembelajaran; penulis secara bertulis dan membaca; imam mengisytiharkan mesej Ilahi, dan anak-anak yang memerlukan, anak yatim, dan pengemis gembira menerima kata-kata kasih sayang dan penjagaan. Kebahagiaan ada dalam diri kita dan mengharapkan terus ditemui. Untuk menjadi benar-benar gembira kita harus melupakan kebencian, gosip, kegagalan, ketakutan, dan rasa malu. Saya terus berjalan, dan saya melihat semua perangkap yang saya uruskan dan tertanya-tanya apa yang orang selesai jika mereka tidak mempunyai kepercayaan, jalan, atau takdir. Tiada seorang pun daripada mereka akan terselamat daripada perangkap kerana mereka tidak mempunyai jaring keselamatan, cahaya, atau daya yang menyokong mereka. Manusia tidak ada apa-apa jika dia bersendirian. Dia hanya untuk dilakukan sesuatu dari dirinya sendiri apabila dia dihubungkan dengan kuasa manusia. Dia hanya boleh untuk dilakukan tempatnya jika dia harmoni sepenuhnya dengan alam semesta. Itulah perasaan saya sekarang: Dengan penuh keharmonian kerana saya naik gunung, saya memenangi tiga cabaran dan saya mengalahkan gua, gua yang untuk dilakukan impian saya menjadi kenyataan. Perjalanan saya menghampiri penghujungnya kerana saya melihat cahaya datang dari pintu masuk gua. Tidak lama lagi saya akan keluar daripadanya.

Perjumpaan semula dengan Penjaga

Saya keluar dari gua. Langit berwarna biru, matahari kuat, dan angin adalah barat laut. Saya mula merenung seluruh dunia luar dan memahami betapa cantik dan luas alam semesta. Saya berasa seperti bahagian penting kerana saya naik gunung, saya melakukan tiga cabaran, diuji oleh gua, dan menang. Tambahan pula, saya juga berasa berubah dalam segala cara kerana hari ini saya bukan lagi sekadar pemimpin tetapi berwawasan, diberkati dengan hadiah. Gua ini benar-benar melakukan keajaiban. Mukjizat berlaku setiap hari, tetapi kita tidak menyedarinya. Isyarat persaudaraan, hujan yang membangkitkan kehidupan, sedekah, keyakinan, kelahiran, cinta sejati, pujian, gunung, nasib dan takdir yang tidak dijangka, iman; semuanya mewakili keajaiban iaitu kehidupan. Kehidupan murah hati.

Saya terus merenung bahagian luar, kagum sepenuhnya. Saya dihubungkan dengan alam semesta dan ia kepada saya. Kami adalah satu dengan matlamat, harapan, dan kepercayaan yang sama. Saya sangat tertumpu sehingga sedikit yang saya perhatikan apabila tangan kecil menyentuh badan saya. Saya kekal dalam ingatan rohani saya yang khusus dan unik, sehingga sedikit ketidakseimbangan yang disebabkan oleh seseorang mengetuk saya dari paksi saya. Tambahan pula, saya berpaling untuk menyoal, dan saya melihat seorang budak lelaki dan penjaga. Saya fikir mereka telah lama berada di pihak saya, dan saya tidak menyedarinya.

"Jadi, anda terselamat dari gua. Tahniah! Saya berharap anda akan melakukannya. Di antara semua pahlawan yang sudah cuba memasuki gua dan merealisasikan impian mereka, anda adalah yang paling berkebolehan. Walau bagaimanapun, anda harus tahu bahawa gua itu hanya satu langkah di kalangan ramai yang akan anda hadapi dalam hidup. Pengetahuan adalah apa yang akan memberi anda kuasa sebenar, dan ini adalah sesuatu yang tidak akan dapat diambil oleh sesiapa pun daripada anda. Cabaran ini dilancarkan. Saya di sini untuk membantu anda. Lihat di sini, saya membawa anda anak ini untuk menemani anda dalam perjalanan sebenar anda. Dia akan sangat membantu. Misi anda adalah untuk menyatukan semula "pasukan lawan" dan meminta mereka membuahkan hasil pada masa yang lain. Seseorang memerlukan bantuan anda, dan oleh itu saya akan menghantar anda.

"Terima kasih. Gua itu benar-benar untuk dilakukan impian saya menjadi kenyataan. Sekarang saya adalah Pelihat, dan saya bersedia untuk menghadapi cabaran baru. Apakah perjalanan sebenar ini? Siapakah ini seseorang yang memerlukan bantuan saya? Apa yang akan berlaku kepada saya?

"Soalan, soalan, sayang saya. Saya akan menjawab salah seorang daripada mereka. Dengan kuasa baru anda, anda akan untuk dilakukan perjalanan kembali tepat pada masanya untuk memutarbelitkan ketidakadilan dan membantu seseorang mencari diri mereka sendiri. Selebihnya yang akan anda temui untuk diri sendiri. Anda mempunyai tiga puluh hari untuk menjalankan misi ini. Jangan buang masa anda.

"Saya faham. Bilakah saya boleh pergi?

"Hari ini. Masa mendesak.

Walaupun begitu, penjaga menyerahkan saya anak itu dan mengucapkan selamat tinggal dengan baik. Apa yang menanti saya dalam perjalanan ini? Mangkinkah Pelihat benar-benar dapat memperbaiki ketidakadilan? Saya fikir semua kuasa saya diperlukan untuk berjaya dalam perjalanan ini.

Mengucapkan Selamat Tinggal kepada Gunung

Gunung ini menghirup udara ketenangan dan kedamaian. Sejak saya datang ke sini, saya telah belajar menghormatinya. Saya fikir ini juga membantu saya meningkatkannya, untuk mengatasi cabaran dan memasuki gua. Ia benar-benar takut. Ia menjadi begitu disebabkan oleh kematian dukun misteri yang untuk dilakukan pakatan aneh dengan kuasa-kuasa alam semesta. Dia berjanji untuk memberikan hidupnya sebagai pertukaran untuk pemulihan keamanan di sukunya. Selama berabad-abad, Xukuru menguasai rantau ini. Pada masa itu, suku-suku mereka berperang kerana tipu muslihat seorang ahli sihir dari suku utara. Dia menangis kuasa dan kawalan penuh ke atas suku-suku. Rancangan mereka juga termasuk penguasaan dunia dengan seni gelap mereka. Oleh itu, memulakan perang. Suku selatan membalas, serangan dan kematian bermula. Seluruh negara Xukuru diancam kepupusan. Kemudian dukun selatan menyatukan semula tenteranya dan untuk dilakukan perjanjian itu. Suku selatan memenangi pertikaian itu, ahli sihir terbunuh, dukun membayar harga perjanjiannya, dan keamanan dipulihkan. Sejak itu, gunung Ororubá menjadi suci.

Saya masih di pinggir gua menganalisis keadaan. Saya mempunyai misi untuk mencapai dan seorang budak lelaki untuk menjaga, walaupun saya belum menjadi bapa sendiri. Tambahan pula, saya menganalisis budak lelaki itu dari kepala ke kaki, dan segera saya menyedarinya. Dia adalah anak yang sama yang saya cuba selamatkan dari cakar lelaki kejam itu. Nampaknya saya dia bisu kerana saya masih belum mendengarnya bercakap. Saya cuba memecahkan kesunyian.

"Anak, adakah ibu bapa anda bersetuju untuk membiarkan anda melakukan perjalanan dengan saya? Lihat, saya akan membawa anda hanya jika ia benar-benar perlu.

"Saya tidak mempunyai keluarga. Ibu saya meninggal dunia tiga tahun lalu. Selepas itu, ayah saya menjaga saya. Walau bagaimanapun, saya telah disalahgunakan sehingga saya memutuskan untuk melarikan diri. Penjaga menjaga saya sekarang. Ingat apa yang dia katakan: Anda memerlukan saya dalam perjalanan ini.

"Saya minta maaf. Beritahu saya: Bagaimana ayah anda menganiaya anda?

"Dia untuk dilakukan saya bekerja dua belas jam sehari. Makanan tidak mencukupi. Saya tidak dibenarkan bermain untuk belajar atau mempunyai kawan. Dia sering memukul saya. Di samping itu, dia tidak pernah memberi saya apa-apa jenis kasih sayang yang harus diberikan oleh seorang bapa. Jadi, saya memutuskan untuk melarikan diri.

"Saya faham keputusan anda. Walaupun kanak-kanak, anda sangat bijak. Anda tidak akan menderita lagi dengan raksasa seorang bapa ini. Saya berjanji untuk menjaga anda dengan baik dalam perjalanan ini.

"Jaga saya? Saya meraguinya.

"Apa nama awak?

"Renato. Itulah nama yang dipilih oleh penjaga untuk saya. Sebelum ini saya tidak mempunyai nama atau apa-apa hak. Apa milik anda?

"Aldivan. Tetapi anda boleh memanggil saya Pelihat atau Anak Tuhan.

"Baiklah. Bilakah kita akan pergi, Pelihat?

"Tidak lama lagi. Sekarang saya perlu mengucapkan selamat tinggal saya ke gunung.

Dengan isyarat, saya untuk dilakukan isyarat supaya Renato akan menemani saya. Saya akan mengelilingi semua laluan dan sudut gunung sebelum pergi ke destinasi yang tidak diketahui.

Perjalanan Kembali dalam Masa

Saya baru sahaja mengucapkan selamat tinggal saya ke gunung. Ia penting dalam pertumbuhan rohani saya dan menyumbang kepada pengetahuan saya. Saya akan mempunyai kenangan yang baik mengenainya: Bahagian atasnya yang selesa di mana saya menyelesaikan cabaran, bertemu dengan penjaga dan di mana saya memasuki gua. Saya tidak boleh melupakan hantu, gadis muda, atau kanak-kanak itu, yang kini menemani saya. Mereka penting dalam keseluruhan proses kerana mereka untuk dilakukan saya mencerminkan dan mengkritik diri saya sendiri. Mereka menyumbang kepada pengetahuan saya tentang dunia. Sekarang saya sudah bersedia untuk menghadapi cabaran baru. Masa gunung sudah berakhir, gua juga, dan sekarang saya akan mengembara kembali tepat pada waktunya. Apa yang menanti saya? Adakah saya akan mempunyai banyak pengembaraan? Hanya masa yang akan memberitahu. Saya akan meninggalkan puncak gunung. Saya mengambil dengan harapan saya, beg, barang-barang saya, dan budak lelaki yang tidak akan melepaskan saya. Dari atas, saya melihat jalan dan kandungannya di kampung Mimoso. Ia kelihatan kecil, tetapi penting bagi saya kerana di situlah saya naik gunung, memenangi cabaran, memasuki gua, dan bertemu dengan penjaga, hantu, gadis muda, dan budak lelaki itu. Semua ini penting bagi saya untuk menjadi Pelihat. Pelihat, orang yang dapat memahami hati yang paling keliru dan melampaui masa dan jarak untuk membantu orang lain. Keputusan itu selesai. Saya akan pergi.

Saya mengambil lengan kanak-kanak dengan kuat dan mula menumpukan perhatian. Angin sejuk melanda, matahari panas sedikit dan suara gunung mula bertindak. Kemudian di bahagian bawah, saya mendengar suara samar meminta pertolongan. Saya memberi tumpuan kepada suara ini dan mula menggunakan kuasa saya untuk cuba mencarinya. Ia adalah suara yang sama yang saya dengar di gua putus asa. Ia adalah suara seorang wanita. Saya boleh mencipta bulatan cahaya di sekeliling saya untuk melindungi kita daripada kesan perjalanan melalui masa. Saya mula mempercepatkan kelajuan kami. Kita mesti mencapai kelajuan cahaya untuk memecahkan halangan masa. Tekanan udara meningkat sedikit demi sedikit. Saya berasa pening, hilang, dan keliru. Sejenak, saya menceroboh dunia dan pesawat selari dengan kita sendiri. Saya melihat masyarakat yang tidak adil dan zalim seperti kita sendiri. Saya melihat dunia roh dan memerhatikan bagaimana mereka bekerja dalam perancangan sempurna dunia kita. Bukan itu sahaja, tetapi saya melihat api, cahaya, kegelapan, dan langsir asap. Sementara itu, kelajuan kami mempercepatkan lebih banyak lagi. Kami hampir melebihi kelajuan cahaya. Dunia bertukar dan seketika saya melihat diri saya dalam empayar Cina lama, bekerja di ladang. Satu lagi pas kedua, dan saya berada di Jepun, menghidangkan makanan ringan kepada maharaja. Dengan cepat saya menukar lokasi, dan saya berada dalam ritual, di Afrika, pada sesi penyembahan Entiti perlindungan. Saya terus menghidupkan semula kehidupan secara berterusan dalam ingatan saya. Kelajuan meningkat lebih banyak lagi, dan dalam sekejap, kita telah mencapai terpesona. Dunia berhenti berputar, bulatan dibubarkan, dan kita jatuh ke tanah. Perjalanan kembali tepat pada masanya telah lengkap.

Di manakah saya?

Saya bangun dan menyedari bahawa saya bersendirian. Apa yang berlaku kepada Renato? Mangkinkah dia tidak bertahan dalam perjalanan masa? Nah, itu sahaja yang dapat saya simpulkan pada masa itu. Tunggu? Di manakah saya? Saya tidak tahu tempat ini. Tidak ada tanah, tidak ada langit, dan ia adalah vakum lengkap. Sedikit jauh dari tempat di mana saya, saya melihat pertemuan orang dalam perarakan, semuanya berpakaian hitam. Saya mendekati mereka untuk mengetahui apa yang berlaku. Saya tidak suka berada di tempat yang tidak diketahui sahaja. Apabila semakin dekat, saya menyedari bahawa ini bukan perarakan, tetapi pengebumian. Keranda berdiri di tengah-tengah yang dikekalkan oleh tiga orang. Saya pergi kepada salah seorang daripada mereka yang hadir.

"Apa yang sedang berlaku? Pengebumian siapa ini?

"Apa yang dikebumikan ialah iman dan harapan orang-orang ini.

"Apa? Bagaimana?

Tanpa dapat memahaminya, saya pergi dari pengebumian. Apa yang dilakukan oleh orang gila itu? Setakat yang saya tahu, anda menguburkan orang mati dan bukan perasaan. Iman dan harapan tidak boleh dikebumikan walaupun ia adalah keadaan terdesak. Pengebumian hilang di kaki langit. Matahari muncul dan cahaya yang sengit dapat dilihat di bahagian atas dataran. Cahaya menembusi dan menggunakan seluruh makhluk saya. Saya lupa semua masalah, kesedihan, dan penderitaan. Ia adalah visi Pencipta dan saya berasa benar-benar santai dan yakin dengan kehadirannya. Dalam pesawat di bawah lonjakan bayang-bayang dan dengannya, orang jahat. Visi kegelapan merangkumi saya. Kedua-dua dataran berasingan mewakili "kuasa lawan" yang dihadapi secara berterusan di alam semesta. Saya berada di sisi yang baik dan saya akan bekerja keras untuk memastikan bahawa ia akan sentiasa menang.

Kedua-dua dataran hilang dari penglihatan saya dan hanya ruang kosong yang kekal bersama saya sekarang. Tanah muncul, langit biru bersinar dan dalam sekelip mata, saya bangun, seolah-olah semuanya tidak lebih daripada mimpi.

Kesan Pertama

Kebangkitan sebenar meninggalkan saya dalam humor yang baik. Perjalanan tepat pada masanya nampaknya berjaya. Di sisi saya, masih tidur, saya dapati Renato kelihatan seolah-olah dia benar-benar menikmati perjalanan. Di manakah saya? Dalam beberapa saat, saya akan mengetahui. Saya berhati-hati merenung tempat itu dan ia kelihatan biasa. Pergunungan, tumbuh-tumbuhan, topografi, semuanya sama. Tunggu. Sesuatu berbeza. Kampung ini tidak lagi kelihatan sama. Rumah-rumah yang kini wujud, tersebar dari satu sisi ke sisi yang lain, jika disatukan berturut-turut akan membentuk tidak lebih daripada satu jalan. Saya faham apa yang berlaku: Kami mengembara dalam masa, tetapi tidak di angkasa. Saya perlu turun gunung untuk memerhatikan semua ini. Tambahan pula, saya mendekati Renato dan saya mula menggoncangnya. Kita tidak boleh membuang masa dengan kelewatan kerana kita mempunyai tiga puluh hari untuk membantu seseorang yang saya masih belum bertemu. Renato terbentang dan enggan mula turun gunung dengan saya. Saya tidak fikir dia telah melepasi pertempuran perjalanan masa lagi. Dia masih kanak-kanak dan memerlukan penjagaan saya.

Kami telah turun sebahagian besar laluan dan pendekatan Mimoso semakin meningkat. Sudah kita dapat melihat kanak-kanak bermain di jalanan, mesin basuh dengan guni mereka di empangan berdekatan, orang muda bersosial di dataran tempatan kecil. Apa yang menanti kita? Saya tertanya-tanya siapa yang memerlukan bantuan. Semua jawapan ini akan diperolehi dalam buku ini. Sesuatu menonjol di langit Mimoso: Awan gelap memenuhi seluruh persekitaran. Apa maksudnya? Saya perlu mengetahui mengenainya. Langkah-langkah kami mempercepatkan, dan kami kira-kira seratus meter dari kampung. Di utara adalah rumah yang menjulang tinggi, bergaya, dan cantik. Ia mesti berfungsi sebagai kediaman untuk seseorang yang penting. Di barat, istana hitam menonjol di antara rumah-rumah. Ia menakutkan hanya dengan penampilan. Kami akhirnya tiba. Kami berada di wilayah tengah di mana kebanyakan rumah terletak. Saya perlu mencari hotel untuk berehat kerana perjalanan itu panjang dan memenatkan. Beg saya berat di tangan saya. Saya bercakap dengan salah seorang penduduk yang memberitahu saya di mana saya boleh mencarinya. Ia sedikit lebih jauh ke selatan dari mana kita berada. Kami pergi ke sana.

Hotel

Perjalanan dari mana kami berada sehingga hotel dijalankan dengan aman. Kami hanya diperhatikan sedikit oleh orang yang kami temui. Di antara orang-orang ini, beberapa tokoh menonjol: Seorang wanita dengan topi dalam gaya Carmen Miranda, seorang budak lelaki dengan tanda sebat di belakangnya, dan seorang gadis sedih diiringi oleh tiga lelaki kuat yang kelihatan sebagai pengawal peribadinya. Mereka semua bertindak pelik seolah-olah kampung ini bukan komuniti biasa. Kami berada di hadapan hotel. Di luar, ia boleh digambarkan seperti ini: Kediaman satu tingkat, bata, dengan keluasan kira-kira 1600 kaki persegi dengan gaya rumah, terbalik, bumbung berbentuk V. Tingkap dan pintu depan adalah kayu dan ditutup dengan langsir mewah. Terdapat taman kecil, di mana bunga pelbagai jenis tumbuh. Ini adalah satu-satunya hotel di Mimoso, jadi kami telah dimaklumkan. Pintu sebelah, hanya beberapa kaki jauhnya, adalah stesen minyak. Saya cuba mencari loceng tetapi tidak dapat. Saya teringat bahawa kita mungkin pada zaman yang lebih kuno dan di samping itu kita berada di kawasan luar bandar di mana kemajuan tamadun belum tiba. Penyelesaiannya, yang perlu dihadiri, adalah menggunakan kaedah lama menjerit yang membangkitkan walaupun pekak melata.

"Halo! Sesiapa sahaja di sana?

Sebelum lama, pintu berderit dan dengan itu muncul tokoh wanita yang megah kira-kira enam puluh tahun dengan mata ringan dan rambut merah. Dia kurus, telah memerah pipi dan dengan menganalisis kiraannya dia hanya sedikit kecewa.

"Apa jenis bunyi ini dalam pertubuhan saya? Adakah anda tidak adab?

"Saya minta maaf tetapi ia adalah satu-satunya cara yang saya dapat lihat untuk menarik perhatian anda. Adakah anda pemilik hotel? Kami memerlukan penginapan selama tiga puluh hari. Saya akan membayar anda dengan murah hati.

"Ya, saya adalah pemilik hotel ini selama lebih daripada tiga puluh tahun. Nama saya Carmen. Saya hanya mempunyai satu bilik sahaja. Adakah anda berminat? Hotel ini tidak mewah, tetapi ia menawarkan makanan yang baik, rakan-rakan, penginapan biasa, dan suasana keluarga tertentu.

"Ya, kita akan terima. Kami letih kerana kami mempunyai perjalanan yang panjang. Jarak dari sini ke ibu kota adalah kira-kira seratus empat puluh batu.

"Kalau begitu, bilik itu milik anda. Asas kontrak yang akan kita fikirkan kemudian. Selamat datang. Ayuh masuk dan berehat. Buat diri anda di rumah.

Kami melalui taman yang memberikan laluan ke pintu masuk. Rehat yang baik dan makanan yang baik benar-benar boleh menyusun semula kekuatan kita. Wanita ini yang menjawab kami dan yang sekarang kami ikuti sangat bagus. Penginapan di hotel tidak akan begitu membosankan. Apabila dia mempunyai sedikit masa, kita boleh bercakap dan mengenali antara satu sama lain dengan lebih baik. Di samping itu, saya perlu mengetahui siapa yang perlu saya bantu dan apa cabaran yang perlu saya atasi untuk menyatukan semula "pasukan lawan." Ini merupakan satu lagi langkah dalam evolusi saya sebagai seorang yang cerdik.

Pintu dibuka oleh Carmen, dan kami masuk ke dalam bilik kecil dengan perabot yang sesuai dengan masa semasa dan dihiasi dengan lukisan Kebangkitan semula. Suasananya sangat biasa. Duduk di bangku di sebelah kanan, adalah tiga orang. Seorang lelaki muda, kira-kira dua puluh tahun, langsing, mata hitam dan rambut dan kelihatan sangat baik; Seorang lelaki beberapa puluh tahun, dengan fizikal yang baik, rambut hitam dan mata coklat, udara muda kepadanya dan senyuman yang menarik; dan seorang lelaki tua, berkulit gelap, berambut kerinting, dengan sikap serius dan melihat wajahnya. Carmen memberi isyarat untuk memperkenalkan kami:

"Ini adalah suami saya Gumercindo (menunjuk kepada lelaki tua), dan ini adalah tetamu saya yang lain: Rivanio, (yang berusia empat puluh tahun), dia dikenali sebagai Vaninho, dan merupakan atendan di stesen kereta api dan Gomes (pemuda), adalah pekerja di kedai pertanian.

"Nama saya Aldivan, dan ini adalah anak saudara saya, Renato.

Dengan persembahan yang selesai, Carmen membawa kami ke bilik kami. Ia luas, ringan, dan lapang. Terdapat dua katil di dalamnya, dan ini menjadikan saya lebih santai. Kami meletakkan beg kami, menampung diri kami dan dalam sekelip mata Carmen meninggalkan kami. Kami akan berehat sedikit dan kemudian kami akan makan malam.

Makan Malam

Selepas tidur yang nyenyak, saya terjaga dengan pasukan diperbaharui. Saya berada di bilik hotel bersama-sama dengan Renato. Kesedaran saya membebankan saya kerana saya menyedari bahawa saya telah berbohong. Saya bukan dari Recife, dan juga Renato anak saudara saya. Walau bagaimanapun, ia adalah yang terbaik. Saya masih tidak tahu orang-orang yang saya perkenalkan sendiri. Adalah lebih baik untuk kekal bertahan kerana kepercayaan adalah sesuatu yang anda peroleh. Pada pemikiran kedua, jika saya mengatakan yang sebenarnya, mereka akan memanggil saya gila. Sebenarnya saya pergi ke gunung mencari impian saya; Saya melakukan tiga cabaran dan memasuki gua yang ditakuti putus asa. Mengelak perangkap dan senario, saya menjadi Pelihat, dan saya untuk dilakukan perjalanan melalui masa mencari yang tidak diketahui. Sekarang saya berada di sana mencari jawapan. Saya bangun dari katil, saya bangun Renato, dan bersama-sama kita menuju ke ruang makan. Kami lapar kerana kami tidak makan selama kira-kira enam jam.

Kami memasuki ruang makan, menyapa satu sama lain, dan kami duduk. Perayaan yang dihidangkan adalah berbeza-beza dan biasanya Timur Laut: Jagung oat dengan susu atau makanan jagung rebus dengan ayam adalah pilihan. Untuk pencuci mulut, terdapat kek doh ubi kayu. Perbualan bermula dan semua mengambil bahagian dalamnya.

"Baiklah, Tuan Aldivan, apa yang kamu lakukan untuk mencari nafkah, dan apa yang membawa kamu ke tempat kecil ini? Soal Carmen.

"Saya seorang wartawan dan wartawan selain seorang guru matematik. Saya dihantar oleh akhbar ibu negara untuk mencari cerita yang baik. Adakah benar bahawa tempat ini menyembunyikan misteri yang mendalam?

"Saya rasa. Walau bagaimanapun, kita dilarang untuk membincangkannya. Sekiranya anda tidak tahu, kami hidup di bawah undang-undang dan perintah Maharani Clemilda. Dia adalah ahli sihir yang kuat yang menggunakan kuasa gelap untuk menghukum mereka yang tidak mematuhi. Tetap berjaga-jaga: Dia boleh mendengar segala-galanya.

Sesaat, saya hampir tercekik makanan saya. Sekarang saya memahami makna awan gelap. Keseimbangan "pasukan lawan" telah rosak. Wanita jahat ini menyekat sinaran matahari, cahaya tulennya. Keadaan ini tidak boleh kekal seperti ini untuk masa yang lama, jika tidak, Mimoso boleh binasa bersama penduduknya.

"Adakah benar wartawan banyak berbohong? Tanya Rivanio.

"Itu tidak berlaku, sekurang-kurangnya dalam kes saya. Saya cuba setia kepada keyakinan saya dan berita. Seorang wartawan sebenar adalah orang yang serius, beretika, dan bersemangat tentang profesion mereka.

"Adakah anda sudah berkahwin? Apakah matlamat hidup anda? Carmen bertanya.

"Tidak. Apabila seseorang memberitahu saya bahawa Tuhan akan menghantar seseorang kepada saya. Saya kini memberi tumpuan kepada pelajaran dan impian saya. Cinta akan datang suatu hari nanti, jika itu takdir saya.

" Gumercindo, beritahu saya tentang Mimoso.

"Seperti kata isteri saya, tuan, kami dilarang bercakap mengenai tragedi yang berlaku di sini beberapa tahun lalu. Sejak Clemilda mula memerintah, kehidupan kita tidak sama.

Emosi mengatasi semua orang yang berada di dalam bilik. Air mata dengan tegas mengalir ke wajah Gumercindo. Ini adalah wajah seorang lelaki miskin yang bosan dengan diktator kejam pesona ini. Kehidupan telah kehilangan maknanya kepada orang-orang ini. Apa yang tersisa adalah untuk mereka mati dengan harapan yang sangat sedikit bahawa seseorang akan membantu mereka.

"Tenanglah, semua orang. Ia bukan akhir dunia. Keadaan ini tidak boleh bertahan lama. Kuasa lawan dunia harus kekal dalam keseimbangan. Jangan risau. Saya akan tolong awak.

"Bagaimana? Ahli sihir mempunyai kuasa ke atas manusia. Wabaknya telah memusnahkan banyak nyawa. (Gomes)

"Kuasa kebaikan juga berkuasa. Mereka mampu mewujudkan semula keamanan dan keharmonian di sini. Percayalah saya.

Kata-kata saya nampaknya tidak mempunyai kesan yang diingini. Perbualan berubah dan saya tidak dapat menumpukan perhatian padanya. Apa yang difikirkan oleh orang-orang ini? Tuhan benar-benar mengambil berat tentang mereka. Jika tidak, saya tidak akan naik gunung, menghadapi cabaran, mengatasi gua, dan bertemu dengan penjaga. Semua ini adalah tanda bahawa perkara boleh berubah. Walau bagaimanapun, mereka tidak tahu. Kesabaran diperlukan untuk meyakinkan mereka untuk memberitahu saya kebenaran, atau sekurang-kurangnya menunjukkan kepada saya cara. Saya selesai makan malam bersama Renato. Saya bangun dari meja, maafkan diri saya dan tidur. Keesokan harinya akan menjadi penting dalam rancangan saya.

Bersiar-siar di kampung

Hari baru muncul. Matahari terbit, burung menyanyi, dan kesegaran pagi menyelubungi seluruh bilik hotel yang kami ada. Saya bangun berasa teruk. Renato sudah terjaga. Saya meregangkan, berus gigi saya, dan mandi. Apa yang saya dengar malam sebelum untuk dilakukan saya sedikit bimbang. Bagaimana Mimoso boleh dikuasai oleh ahli sihir jahat? Dalam keadaan apa? Misteri itu terlalu mendalam bagi saya. Agama Kristian telah dilaksanakan di Amerika pada abad keenam belas dan sejak itu, ia telah menjadi tertinggi, mengekang seluruh benua. Kenapa begitu, di sana, di tengah-tengah tempat, adalah dominasi jahat? Saya terpaksa mengetahui sebab-sebab dan sebab-sebabnya.

Saya meninggalkan bilik dan kepala ke dapur untuk bersarapan. Jadual ditetapkan, dan saya dapat melihat beberapa barang: Ubi kayu, dan kentang. Saya mula berkhidmat untuk diri saya sendiri kerana saya berasa seperti di rumah. Tetamu lain tiba dan bertindak sama. Tidak ada yang menyentuh subjek malam sebelumnya, dan tidak ada yang berani, sama ada. Carmen mendekati dan menawarkan saya secawan teh. Saya terima. Teh baik untuk melegakan sakit hati dan menaikkan semangat seseorang. Saya untuk dilakukan perbualan dengannya.

"Bolehkah anda mendapatkan seseorang untuk membimbing saya semasa di Mimoso? Saya ingin melakukan beberapa wawancara.

"Tak perlu, sayang saya. Mimoso tidak lebih daripada sebuah kampung.

"Saya takut awak salah faham dengan saya. Saya mahu seseorang yang intim dengan rakyat, seseorang yang boleh saya percayai.

"Baiklah, saya tidak boleh kerana saya mempunyai banyak tugas. Semua tetamu saya bekerja. Saya mempunyai idea: Cari Felipe, anak pemilik Gudang. Dia mempunyai masa lapang.

"Terima kasih atas petua. Saya tahu di mana gudang itu terletak di pusat bandar. Saya akan memanggil Renato dan kami akan pergi bersama.

"Hebat. Saya doakan semoga berjaya.

Saya memanggil Renato yang masih berada di bilik hotel. Begitu juga, saya harap dia akan bersarapan, jadi kita boleh pergi. Adakah saya boleh mendapatkan apa-apa maklumat yang tepat mengenai kes Mimoso? Saya tidak sabar-sabar untuk tahu. Renato selesai sarapan pagi; kami mengucapkan selamat tinggal kepada Carmen dan akhirnya pergi. Plaza yang bersebelahan dengan hotel ini penuh dengan golongan muda dan kanak-kanak. Kanak-kanak kecil berdiri di sekeliling bercakap antara satu sama lain dan kanak-kanak sedang bermain. Saya melihat semua keseronokan semasa berlalu. Saya menghidupkan sudut menuju pusat bandar dan cepat tiba di gudang. Seorang lelaki berumur kira-kira lima puluh tahun adalah atendan. Saya memberi isyarat agar lelaki itu datang.

"Bagaimana saya boleh membantu anda?

"Saya mencari Felipe. Di mana dia berada, tolong?

"Felipe adalah anak saya. Sekejap sahaja, saya akan memanggilnya. Dia berada di depot.

Lelaki itu berjalan pergi dan tidak lama selepas kembali diiringi oleh kepala merah muda, dan sementara kurus dibina seperti seorang lelaki berusia kira-kira tujuh belas tahun.

"Saya Felipe. Apa yang anda perlukan?

"Carmen mengesyorkan anda kepada saya. Saya memerlukan anda untuk menemani saya dalam beberapa wawancara. Nama saya Aldivan, bagus untuk bertemu dengan anda.

"Pasti, keseronokan saya, saya akan menemani anda. Saya mempunyai masa lapang. Kita boleh mulakan dengan farmasi yang berada di sebelah. Pemiliknya adalah ahli tempat itu, kerana dia berada di sini sejak asasnya.

"Hebat. Mari pergi.

Diiringi oleh Renato dan Felipe saya pergi ke Farmasi di mana saya akan melakukan wawancara pertama saya. Hakikat bahawa saya bukan wartawan sejati untuk dilakukan saya sedikit gementar dan cemas. Saya harap saya berjaya. Lagipun, saya naik gunung, saya melakukan tiga cabaran dan saya lulus ujian gua. Temu bual mudah tidak akan merobek saya. Apabila tiba di farmasi, kami dihadiri terlalu cepat. Kami diperkenalkan kepada pemiliknya. Saya meminta untuk temu bual dia, dan dia bersetuju. Kami bersara ke lokasi yang lebih sesuai di mana kita boleh bersendirian dan bercakap. Saya memulakan wawancara dengan malu-malu.

"Adakah benar bahawa anda adalah salah seorang penduduk tertua, salah seorang pengasas tempat ini?

"Ya, dan jangan panggil saya Tuan. Nama saya Fabio. Mimoso benar-benar mula menonjol sejak ditanam jabatan kereta api. Kemajuan dan teknologi moden tiba pada tahun 1909 dengan kereta api Barat yang hebat. Jurutera British Calander, Tolester dan Thompson merancang trek kereta api, membina bangunan stesen dan Mimoso mula berkembang. Perdagangan telah dilaksanakan dan Mimoso menjadi salah satu gudang terbesar di rantau ini, kedua hanya untuk Carabais. Mimoso ditakdirkan untuk berkembang, dan itulah sebabnya saya berada di sini.

"Adakah kehidupan di sini sentiasa lancar, atau adakah ia mengalami peristiwa tragis?

"Ya, memang begitu. Sekurang-kurangnya sehingga satu tahun yang lalu. Sejak itu, ia tidak sama. Orang ramai sedih dan telah kehilangan semua harapan. Kita hidup di bawah pemerintahan diktator. Beban cukai terlalu tinggi, kita tidak mempunyai kebebasan bersuara, dan kita mesti memberikan undi kita kepada kuasa tersembunyi. Agama bagi kita telah menjadi sinonim dengan penindasan. Tuhan-tuhan kita adalah Tuhan yang kejam yang mahukan darah dan dendam. Kami telah kehilangan hubungan sebenar dengan Tuhan Bapa, Yang Satu-satunya.

"Beritahu saya tentang apa yang berlaku setahun lalu.

"Saya tidak mahu, dan saya tidak boleh bercakap mengenai tragedi itu. Ia sangat menyakitkan.

"Tolong, saya perlukan maklumat ini.

"Tidak. Keluarga saya akan menderita jika saya memberitahu anda. Roh-roh boleh mendengar segala-galanya dan akan memberitahu Clemilda. Saya tidak boleh mengambil banyak risiko.

Saya berkeras, berulang kali, tetapi dia menjadi tegas. Ketakutan telah menjadikannya pengecut dan berfikiran kecil. Beliau bersara dari tempat itu tanpa penjelasan lanjut. Saya bersendirian, gelisah, dan penuh dengan soalan. Mengapa mereka sangat takut kepada ahli sihir ini? Dari tragedi apa yang dia bercakap? Saya memerlukan maklumat ini untuk mengetahui alasan apa yang saya berdiri. Saya adalah Pelihat, berbakat hadiah, tetapi itu tidak memudahkannya. Sekiranya Clemilda ini memerintah kuasa gelap, dia akan menjadi musuh yang menggerunkan. Sihir hitam boleh menangkap mana-mana manusia, walaupun yang terbaik hati. Pertembungan "pasukan lawan" boleh memusnahkan alam semesta, dan ini adalah perkara paling jauh dari fikiran saya. Berhati-hati diperlukan dengan segera. Apa yang jelas kepada saya ialah keseimbangan "pasukan lawan" telah rosak, dan ia adalah misi saya untuk menyatukannya semula. Tetapi untuk itu, perlu mengetahui keseluruhan cerita. Saya pergi dengan pemikiran itu. Saya mencari Renato dan Felipe, dan kami pergi untuk wawancara baru. Tambahan pula, saya berharap untuk berjaya.

Saya benar-benar kecewa selepas wawancara. Saya tidak mendapat semua maklumat yang saya perlukan. Apakah jenis wartawan saya? Saya fikir saya sepatutnya mengambil kursus dalam kewartawanan. Semua orang yang saya temu bual, tukang roti dan tukang besi, mengulangi apa yang saya sudah tahu. Renato dan Felipe cuba menghiburkan saya, tetapi saya tidak boleh memaafkan diri saya sendiri. Sekarang saya hilang, di akhir dunia di mana tamadun belum tiba. Satu-satunya maklumat yang saya tahu ialah Mimoso diperintah oleh ahli sihir jahat. Jeritan yang saya dengar di gua putus asa masih untuk dilakukan saya pening. Siapakah yang sangat memerlukan bantuan saya? Saya menumpukan perhatian pada tangisan ini dan, dibantu oleh kuasa saya, telah datang ke Mimoso melalui perjalanan masa. Matlamat perjalanan ini belum jelas kepada saya. Penjaga telah bercakap tentang menyatukan semula "pasukan lawan" tetapi saya tidak tahu bagaimana untuk melakukan ini. Apa yang saya tahu ialah saya masih tidak mempunyai kawalan penuh ke atas "pasukan lawan" saya dan itu lebih menyedihkan saya. Nah, sekarang bukan masa untuk digalakkan. Saya masih mempunyai dua puluh lapan hari untuk menyelesaikan isu ini. Yang terbaik sekarang adalah untuk kembali ke hotel dan mengumpulkan kekuatan saya, kerana saya memerlukannya. Renato dan Felipe bersama saya dan dalam perjalanan, kami mengenali antara satu sama lain dengan lebih baik. Mereka adalah orang yang sempurna. Saya tidak berasa begitu bersendirian di tempat ini yang dikuasai oleh kuasa-kuasa di bawah dan penuh misteri.

Istana Hitam

Kami berada pada hari ketiga selepas masa perjalanan. Hari sebelumnya tidak meninggalkan kenangan yang baik. Selepas wawancara, saya memutuskan untuk menghabiskan sepanjang hari di hotel, mencari diri saya. Ini adalah titik permulaan saya: Cari diri saya untuk menyelesaikan isu-isu penting. Renato masih belum membantu saya setakat ini. Saya rasa penjaga salah menghantarnya bersama saya. Lagipun, dia hanya kanak-kanak dan oleh itu tidak mempunyai banyak tanggungjawab. Keadaan saya sama sekali berbeza. Saya seorang pemuda dua puluh enam, seorang pembantu tadbir, dengan ijazah dalam matematik dan banyak matlamat. Saya tidak mempunyai masa untuk memikirkan cinta atau diri saya sendiri kerana saya berada dalam misi, walaupun saya tidak tahu dengan tepat apa itu. Satu-satunya kepastian bahawa saya telah pergi ke gunung, menyedari cabaran, menemui gadis muda, hantu, kanak-kanak itu, dan penjaga dan saya lulus ujian di dalam gua. Saya menjadi Pelihat, tetapi itu bukan semua. Saya terpaksa mengatasi cabaran hidup secara berterusan. Nah, hari baru subuh, dan dengan harapan baru. Saya bangun, mandi, dan bersarapan, berus gigi saya, dan mengucapkan selamat tinggal kepada Carmen. Hari sebelumnya telah mengejutkan saya idea baru: Untuk mengetahui musuh saya secara intim dan mencuri maklumat daripada mereka. Ia adalah satu-satunya jalan keluar.

Saya keluar ke jalan dan melihat taman permainan dan semua orang duduk di bangku. Mereka bertindak seperti biasa seolah-olah mereka berada dalam komuniti biasa. Mereka telah mematuhi. Manusia menjadi biasa dengan apa-apa walaupun pada masa-masa azab. Saya terus berjalan. Saya berpaling sudut, bertemu dengan beberapa orang, dan saya tetap tegas dalam tekad saya. Cabaran gua membantu saya kehilangan ketakutan saya terhadap apa-apa keadaan. Saya dapati tiga pintu mewakili ketakutan, kegagalan, dan kebahagiaan. Saya memilih kebahagiaan dan melupuskan yang lain. Begitu juga, saya bersedia untuk menghadapi cabaran baru. Saya berpaling sudut lain dan datang ke sebelah barat kampung. Istana besar muncul. Ia adalah sebuah bangunan yang terdiri daripada dua menara utama dan menara menengah. Kediaman ini adalah kerja bata bercat hitam. Rasa buruk, tipikal penjahat. Hati saya berlumba-lumba dan langkah-langkah saya juga berbuat demikian. Masa depan Mimoso bergantung pada sikap saya. Kehidupan yang tidak bersalah dipertaruhkan, dan saya tidak akan membenarkan lagi ketidakadilan. Saya bertepuk tangan, dengan harapan mendapat perhatian seseorang di dalam rumah. Seorang budak lelaki yang kuat, tinggi dan berkulit gelap, keluar dari dalam rumah.

"Apa yang anda perlukan?

"Saya di sini untuk berjumpa dengan Clemilda.

"Dia sibuk sekarang. Datang masa lain.

"Tunggu sebentar. Ia penting. Saya seorang wartawan untuk Jurnal Harian, dan saya telah datang untuk dilakukan laporan khas mengenainya. Beri saya lima minit.

"Wartawan? Baiklah, saya rasa dia akan menyukainya. Saya akan mengumumkan ketibaan anda.

"Tidak perlu. Izinkan saya datang dengan anda.

Lelaki itu memberi isyarat "ya" dan saya memulakan pelbagai langkah yang memberi laluan ke pintu depan. Menggigil berjalan melalui badan saya dan suara berkeras memberi amaran kepada saya untuk tidak masuk. Seekor kucing berjalan lalu dan memancarkan kukunyah yang sengit. Saya berdoa ke dalam hati bahawa Tuhan memberi saya kekuatan untuk menahan apa-apa keadaan. Budak itu menemani saya, dan kami masuk. Pintu memberikan laluan kepada ruang legar yang besar dan berhias yang dipenuhi dengan warna dan kehidupan. Di sebelah kanan, terdapat laluan kepada lebih daripada tiga lagi ruang. Di tengah-tengah adalah imej orang kudus dengan tanduk, tengkorak, dan objek berdosa lain. Di sebelah kiri adalah lukisan pelik. Senarionya mengerikan, dan saya tidak dapat menerangkannya sepenuhnya. Pasukan negatif menguasai tempat itu dan untuk dilakukan saya pening, kerana ini adalah pertembungan "pasukan lawan." Lelaki itu berhenti di hadapan salah satu petak dan ketukan. Pintu terbuka, asap naik dan gemuk, wanita hitam dengan ciri-ciri yang kuat, kira-kira empat puluh tahun, muncul.

"Kepada apa yang saya berhutang dengan kehormatan Pelihat secara peribadi datang melawat saya?

Dia memberi isyarat agar lelaki itu hilang. Saya benar-benar bingung dengan sikapnya. Bagaimana dia mengenali saya? Mangkinkah dia tahu tentang gunung dan gua itu? Apakah kuasa pelik yang dimiliki wanita itu? Ini dan banyak soalan lain yang terlintas di fikiran saya pada masa itu.

"Saya lihat awak kenal saya. Kemudian anda harus tahu mengapa saya datang ke sini. Saya ingin tahu tentang tragedi itu dan bagaimana anda menguasai tempat yang sunyi.

"Tragedi? Tragedi apa? Tiada apa yang berlaku di sini. Saya hanya mengubah suai tempat itu sedikit untuk menjadikannya lebih menyeronokkan. Orang yang mempunyai kebahagiaan palsu mereka... mereka mendapat saraf saya, dan saya memutuskan untuk mengubahnya. Mimoso menjadi harta saya dan anda tidak boleh berbuat apa-apa mengenainya. Kuasa psikik anda tidak ada apa-apa berbanding dengan saya.

"Setiap penjahat sombong dan bangga. Kami berdua tahu bahawa keadaan ini tidak boleh berterusan lama. "Kuasa lawan" mesti kekal dalam keseimbangan di seluruh alam semesta. Baik dan jahat tidak boleh menentang satu sama lain kerana jika tidak, alam semesta berisiko hilang.

"Saya tidak bimbang tentang alam semesta atau rakyatnya! Mereka tidak lain hanyalah serangga. Mimoso adalah domain saya, dan anda mesti menghormatinya. Sekiranya anda menentang saya, anda akan menderita. Saya hanya perlu menyebut satu perkataan kepada jurusan, dan saya akan menangkap anda.

"Adakah anda mengancam saya? Saya tidak takut dengan ancaman. Saya adalah Pelihat yang naik gunung, menyelesaikan tiga cabaran dan mengalahkan gua satu.

"Keluar dari sini, sebelum saya memasak anda di kawah saya. Saya sakit kebajikan awak. Ia menjijikkan saya.

"Saya akan pergi, tetapi kami akan bertemu lagi. Baik sentiasa berlaku pada akhirnya.

Dengan cepat, saya meninggalkannya dan berjalan ke pintu. Semasa saya pergi, saya masih mendengar jenaka. Dia agak marah. Soalan saya tetap tidak dijawab, dan saya tetap tidak bermatlamat dan tanpa sebarang tanda. Pertemuan dengan Clemilda tidak memenuhi matlamat saya.

Runtuhan Gereja Kecil

Apabila meninggalkan istana hitam, saya memutuskan untuk mengambil jalan lain. Saya mahu melihat beberapa lagi bandar dan rakyatnya. Berjalan ke arah timur, saya dapati beberapa dan cuba untuk dilakukan perbualan. Walau bagaimanapun, mereka mengelakkan saya. Ketidakpercayaan mereka lebih besar kerana saya seorang wartawan muda yang tidak diketahui. Mereka tidak tahu niat sebenar saya. Saya mahu menyelamatkan Mimoso, mencari orang yang saya cari dan menyatukan semula "pasukan lawan" seperti yang diminta oleh penjaga saya. Tetapi untuk itu, adalah perlu untuk meminjam sedikit dari sejarah tempat itu dan mengetahui dengan tepat semua musuh saya. Saya perlu mencari semua itu secepat mungkin kerana saya mempunyai tarikh akhir untuk bertemu. Pendakian gunung, cabaran, gua, semua ini adalah pengetahuan yang diperlukan bagi saya untuk mengetahui bagaimana kehidupan dan bagaimana orang hidup. Sudah tiba masanya untuk mempraktikkannya. Saya berpusing di sudut dan beberapa kaki di hadapan saya terjumpa timbunan runtuhan. Saya berfikir tentang kekurangan organisasi tempat dan rakyatnya. Sampah terapung bebas di kalangan masyarakat dan dapat menyebarkan penyakit dan berfungsi sebagai tapak semaian haiwan dan serangga; Ini berbahaya kepada manusia. Saya semakin dekat untuk melihat dengan lebih baik malapetaka tempat itu. Tunggu. Ada sesuatu yang berbeza dalam sampah ini. Separa digali, saya melihat salib kayu yang besar seolah-olah ia dari gereja kecil. Saya memindahkan sampah dengan lebih baik dan dapat melihat dengan jelas: Ia adalah salib. Apabila menyentuhnya, gelombang kursus haba melalui seluruh badan saya dan saya mula mempunyai penglihatan. Saya melihat darah, penderitaan, dan kesakitan. Sejenak, saya mendapati diri saya di lokasi itu, mengambil bahagian dalam acara masa lalu. Saya melepaskan tangan saya dari salib. Saya belum bersedia lagi. Tambahan pula, saya memerlukan sedikit masa untuk menyerap semua yang saya rasakan dalam masa kurang dari tiga saat. Salib entah bagaimana meningkatkan kuasa saya, dan saya mula merasakan tindakan pasukan yang menentang saya.

Perintah itu

Lawatan saya ke ahli sihir gelap yang ditakuti dan gelap bernama Clemilda tidak untuk dilakukannya bahagia. Dia tidak pernah bercanggah. Domainnya ke atas komuniti Mimoso sama sekali tidak terhad. Namun, dia tidak mengira berdasarkan kebaikan, menghantar saya dalam perjalanan kembali ke tempat itu. Sejurus selepas pemergian saya dari istana, dia bersatu semula dengan kekurangannya, Totonho dan Cleide, dan mereka berunding dengan pasukan ghaib. Mereka memasuki petak kiri yang terletak di dalam dewan dan mengambil, sebagai pengorbanan, babi kecil. Ahli sihir mengambil buku dan mula membaca doa syaitan dalam bahasa lain, dan dia dan kroniknya mula mengorbankan haiwan miskin itu. Jejak darah memenuhi petak, dan daya negatif mula menumpukan perhatian. Pencahayaan semula jadi kawasan itu dimalapkan, dan ahli sihir mula menjerit dengan teruk. Dalam masa yang singkat, kegelapan mengambil alih kandang dan pintu komunikasi antara kedua-dua dunia dibuka melalui cermin. Clemilda melakukan dengan hormat kepada Tuhannya dan mula merujuk kepadanya. Dia adalah satu-satunya di kompaun yang mempunyai keupayaan ini. Wahyu berdosa dan reseptornya berada pada persekutuan penuh untuk beberapa waktu. Yang lain hanya memerhatikan keseluruhan keadaan. Selepas mesyuarat, kegelapan hilang, dan laman Internet itu kembali ke keadaan awalnya. Clemilda mendapatkan semula dirinya dari kesan perbualan, memanggil pembantunya dan memberitahu mereka:

"Sebarkan ke seluruh masyarakat perintah berikut: Sesiapa sahaja, lelaki atau wanita, memberikan apa-apa maklumat kepada seorang lelaki bernama Pelihat akan dihukum berat. Kematiannya akan menjadi tragis dan akan menandakan laluan mereka ke alam kegelapan. Ini adalah perintah Ratu Clemilda untuk semua Mimoso.

Kekurangan Clemilda tergesa-gesa pergi untuk memenuhi perintah mengumumkan berita itu kepada penduduk kampung, ke tapak jiran dan ke tanah ladang.

Mesyuarat Penduduk

Dengan arahan yang dikeluarkan oleh Clemilda, penduduk lebih tegas mengenai perkara itu. Fabio, pemilik farmasi, dan presiden persatuan pemilik rumah, memanggil pertemuan segera dengan pemimpin utama tempat itu. Mesyuarat dijadualkan pada jam 10.00 pagi di pusat bandar bangunan persatuan. Mereka akan membincangkan kes saya.

Pada masa yang ditetapkan, dewan utama bangunan telah dipenuhi. Hadir sama Mejar Quintino, perwakilan Pompeu, Osmar (petani), Sheco (pemilik gudang), dan Otavio (pemilik kedai pertanian), antara lain. Fabio, presiden, memulakan sesi:

"Baiklah, kawan-kawan saya, seperti yang anda semua sedar, Clemilda mengeluarkan pesanan petang semalam. Tiada siapa yang harus menyampaikan apa-apa maklumat kepada subjek yang dipanggil "Pelihat" yang menginap di hotel. Saya melihat bahawa individu ini sangat berbahaya dan mesti dibendung. Dia juga cuba mengumpulkan beberapa maklumat daripada saya tetapi gagal. Dia mahu tahu tentang tragedi itu.

"Pelihat? Saya tidak pernah mendengar tentang orang ini. Dari mana dia datang? Siapa dia? Apa yang dia mahu dengan kampung kecil kita? (Ditanya jurusan)

"Mudah, utama. Kami masih tidak tahu itu. Satu-satunya maklumat yang kita ada ialah dia adalah orang luar misteri. Kita perlu memutuskan apa yang perlu dilakukan dengannya. (Fabio)

"Tunggu minit, lelaki. Dari apa yang saya tahu, dia bukan penjenayah. Anak saya Felipe menemaninya berjalan-jalan ke bandar dan memberitahu saya bahawa dia adalah orang yang baik dan jujur. (Sheco)

"Rupa boleh menipu, anak lelaki. Sekiranya Clemilda telah meletakkan perintah ini kepada kita, maka lelaki ini telah menjadi bahaya kepada kita. Kita perlu membuangnya secepat mungkin. (Otavio)

"Sekiranya anda memerlukan perkhidmatan saya, saya ada. (Pompeu, wakil)

Gangguan kecil berlaku dalam perhimpunan. Ada yang mula membantah. Pompeu bangun, berunding dengan jurusan dan berkata:

"Mari kita tangkap lelaki ini. Di penjara, kami akan bertanya semua soalan yang diperlukan kepadanya.

Kumpulan itu ingkar dengan arahan untuk menangkap saya. Mangkinkah saya seorang penjenayah?

Perbualan Penentu

Saya meninggalkan runtuhan gereja dan mula berjalan ke arah hotel. Deria keenam saya memberitahu saya bahawa saya berada dalam bahaya. Sebenarnya, sejak saya berada di Mimoso, ia selalu memberi amaran kepada saya tentang ke mana saya pergi. Sebuah kampung yang dikuasai oleh kuasa gelap bukanlah pilihan percutian yang baik. Walau bagaimanapun, saya perlu memenuhi janji yang selesai kepada penjaga gunung: Untuk menyatukan semula "pasukan lawan" dan membantu pemilik jeritan yang saya dengar di gua putus asa. Saya tidak pernah meninggalkan misi ini. Langkah kaki saya mempercepatkan, dan tidak lama lagi saya tiba di hotel. Saya membuka pintu, pergi ke dapur, dan mencari Carmen, harapan terakhir saya. Saya berasa cukup berani dan mengharapkan kebaikan untuk membantu saya.

"Cik Carmen, saya perlu bercakap dengan anda, saya ada.

"Beritahu saya, Aldivan, apa yang anda mahukan?

"Saya ingin tahu segala-galanya mengenai tragedi dan sejarah Mimoso.

"Anak saya, saya tidak boleh. Tidakkah anda tahu yang terbaru? Clemilda mengancam untuk membunuh semua orang yang memberi maklumat kepada anda.

"Saya tahu. Dia ular. Walau bagaimanapun, jika anda tidak membantu saya, Mimoso akan tenggelam lebih banyak lagi dan menghadapi risiko hilang.

"Saya tidak percaya. Busuk tidak pernah binasa. Itulah pengajaran yang saya pelajari sejak dia mula memerintah.

Kesunyian berlaku selama beberapa saat, dan saya menyedari bahawa jika saya tidak mengatakan yang sebenarnya, saya tidak akan mempunyai jawapan. Penculik saya sedang bersedia untuk menyerang.

"Carmen, dengar dengan teliti apa yang akan saya katakan. Saya bukan wartawan mahupun wartawan. Saya adalah pengembara masa yang misinya adalah untuk memulihkan keseimbangan yang sangat diperlukan oleh Mimoso. Sebelum saya datang ke sini, saya naik gunung Ororubá; Saya melakukan tiga cabaran, menemui seorang pemuda, penjaga, hantu, dan Renato. Mengatasi cabaran, saya memperoleh hak untuk memasuki gua putus asa, gua yang dapat merealisasikan impian yang paling mendalam. Di dalam gua, saya mengelakkan perangkap dan maju melalui senario yang tidak pernah dilalui oleh manusia lain. Gua itu menjadikan saya Pelihat, dapat melampaui masa dan jarak untuk menyelesaikan rungutan. Dengan kuasa baru saya, saya dapat mengembara kembali tepat pada masanya dan tiba di sini. Saya mahu menyatukan semula "pasukan lawan," membantu seseorang yang saya tidak tahu, dan menggulingkan kezaliman ahli sihir jahat ini. Akhirnya, saya perlu tahu segala-galanya dan tahu apa yang anda mampu dedahkan. Anda seorang yang baik dan seperti orang lain di sini anda berhak untuk bebas kerana Tuhan menciptakan kami.

Carmen duduk di kerusi dan menjadi emosi. Air mata yang banyak meluncur di bawah mukanya yang matang daripada penderitaan. Saya memegang tangannya dan mata kami bertemu dengan serta-merta. Sejenak, saya merasa seolah-olah saya berada di hadapan ibu saya. Dia bangun dan memberi usul untuk saya menemaninya. Kami berhenti di hadapan pintu.

"Anda akan mendapat jawapan yang sangat anda perlukan di sini dalam simpanan ini. Ia adalah apa yang boleh saya lakukan untuk anda: Tunjukkan cara anda. Semoga berjaya!

Saya mengucapkan terima kasih kepadanya dan memberinya salib yang diberkati. Dia tersenyum. Saya memasuki bilik simpanan, menutup pintu dan saya terjumpa banyak akhbar bercetak. Di manakah perkara ini yang saya cari?

Visi

Saya duduk di satu-satunya kerusi yang ada, menyokong diri saya di atas meja kecil dan mula membalikkan akhbar yang saya dapati. Semua adalah dari tempoh 1909-1910. Saya hanya membaca tajuk utama, tetapi nampaknya tidak banyak kaitan dengan apa yang saya cari. Ada yang bercakap tentang Pesqueira dan majlis perbandaran lain di rantau ini tetapi isu-isu yang ditangani merujuk kepada isu-isu kesihatan, pendidikan dan politik. Apa yang saya cari? Tragedi yang dapat menggegarkan tempat kecil ini dan menjadikannya bidang kegelapan. Saya terus membalikkan kertas kerja dan nampaknya saya ini akan menjadi tugas yang meletihkan dan membosankan. Mengapa Carmen tidak memberitahu saya secara langsung? Bukankah saya boleh dipercayai? Ia akan menjadi lebih mudah. Sekali lagi, saya ingat gunung, cabaran dan gua. Tidak semestinya cara paling mudah, lebih jelas, atau lebih ketara. Saya mula memahaminya sedikit. Lagipun, dia berada di bawah kuasa ahli sihir yang keji, kejam dan sombong. Dia menunjukkan kepada saya jalan, betul-betul bagaimana dia berkata, dan saya fikir ini sudah cukup untuk saya menang, mencapai matlamat saya dan gembira. Saya terus membalikkan kertas kerja dan mengambil kantung yang dari tahun 1910. Sekiranya saya teringat dengan betul, itu adalah tahun tragedi kerana Fabio telah memberitahu saya dalam temu bual. Saya mula membaca tajuk utama dan berita. Saya terpaksa memeriksa semua kemungkinan.

Selepas satu jam membaca dan membaca semula surat khabar, saya tidak menemui apa-apa yang menarik perhatian saya. Berita luar bandar, sukan dan bahagian lain adalah semua yang saya dapati. Harapan bahawa saya dapat mencari berita itu adalah dalam kantung kertas 1910 yang saya ambil. Tunggu. Sekiranya tragedi ini benar-benar berlaku, pastinya ia harus berada di akhbar yang telah dipisahkan terutamanya, kerana ini adalah berita besar. Saya mula mencari laci kabinet di sebelah meja. Saya dapati pelbagai akhbar dengan tarikh yang berbeza. Satu menyerang saya: Ia adalah dari hari 10 Januari 1910 dan mempunyai tajuk berikut: Christine, Raksasa Muda. Saya fikir saya dapati apa yang saya cari. Apabila menyentuh kertas, angin sejuk melanda saya, hati saya berlumba-lumba dan suka perjalanan melalui masa saya mengalami visi sejarah ini.

Permulaan

Abad kedua puluh bermula dan dengan itu kemunculan perintis pertama tanah yang terletak di barat Pesqueira. Yang pertama yang pergi adalah Mejar Quintino dan rakannya Osmar kedua-duanya berasal dari Negeri Alagoas dan yang memperuntukkan tanah yang merupakan hak milik orang asli. Orang asli diusir, dihina dan dibunuh. Kedua-duanya memutuskan untuk tidak berpindah secara kekal ke rantau ini kerana ia tidak mempunyai struktur yang sesuai untuk mereka.

Lama kelamaan, datang orang lain yang membersihkan lot untuk pejabat Datuk Bandar. Tanah itu ialah didermakan, dan rumah pertama dibina. Oleh itu, timbul penyelesaian. Penyelesaian ini menarik beberapa peniaga di rantau ini yang berminat untuk mengembangkan perniagaan mereka. Sebuah gudang, stesen minyak, kedai runcit, farmasi, hotel dan kedai pertanian dibuka. Sebuah sekolah rendah dibina untuk berfungsi sebagai asas intelektual bagi penduduk umum. Mimoso kemudian berpindah ke kategori kampung tertakluk kepada ibu pejabat Pesqueira.

Landasan Kereta Api

Dari tahun 1909, kereta api Barat yang hebat tiba di Mimoso membawa kemajuan dan teknologi ke tempat yang aman. Jurutera British Calander, Tolester dan Thompson bertanggungjawab untuk meletakkan rel dan pembinaan bangunan stesen. Pengaruh Eropah juga dapat dilihat di batu bangunan lain dan di kawasan bandar Mimoso.

Dengan pelaksanaan kereta api, Mimoso (namanya berasal dari rumput Mimoso, sangat biasa di rantau ini) menjadi pusat kepentingan komersial dan kaitan politik serantau. Terletak secara strategik di sempadan kawasan pedalaman dengan hutan belantara, kampung ini disatukan sebagai titik ketibaan dan pemergian produk dari banyak majlis perbandaran Pernambuco, Paraíba dan Alagoas. Sebagai tambahan kepada kereta api, jalan tanah yang menghubungkan Recife ke hutan belantara berlalu tepat di pusatnya, menyumbang kepada kemajuan tempat itu.

Penduduk Mimoso dibentuk pada dasarnya oleh keturunan keluarga asal Portugis. Bahagian penduduk yang paling tidak disukai adalah keturunan asal India dan Afrika. Orang-orang Mimoso boleh dicirikan sebagai orang yang mesra dan mesra.

Langkah itu

Dengan penyatuan pelaksanaan kereta api dan kemajuan akibatnya di Mimoso, pencari laluan rantau ini (petani, Mejar Quintino dan Osmar) memutuskan untuk mengambil kediaman di tapak dengan semua keluarga masing-masing.

Ia merupakan hari ke-10 Februari 1909. Cuaca baik, angin adalah Timur Laut dan aspek kampung seperti biasa. Sebuah kereta api muncul di kaki langit yang diarahkan oleh jurutera Roberto membawa kebiasaan tempatan baru dari Recife: Mejar Quintino, isterinya, Helena, satu-satunya anak perempuannya Christine dan pembantu rumah mereka Gerusa, seorang wanita kulit hitam dari Bahia. Di dalam kereta api, di ruang penumpang, Christine yang gelisah mendedahkan dirinya.

"Ibu, nampaknya kami tiba. Apa yang akan Mimoso menjadi seperti? Adakah saya akan suka?

"Diam, anak saya. Jangan terlalu cemas. Tidak lama lagi anda akan mengetahui. Yang penting ialah kita bersama sebagai sebuah keluarga. Sebelum lama, kami akan menetap dan berkawan.

Jam tangan utama kedua-duanya dan memutuskan untuk menyertai perbualan.

"Anda tidak perlu risau. Anda tidak akan kekurangan apa-apa. Saya telah membina sebuah rumah yang indah yang terletak di salah satu tanah yang saya miliki. Ia terletak di sebelah kampung. Ingat: Anda akan mempunyai kebebasan penuh untuk berhubungan dengan orang-orang di peringkat sosial kita, tetapi saya tidak mahu anda mempunyai hubungan dengan orang yang tidak bersih atau yang sangat miskin.

"Itu prasangka, Ayah! Di biarawati di mana saya tinggal selama tiga tahun, saya diajar untuk menghormati setiap manusia tanpa mengira kelas sosial, etnik atau bangsa, kepercayaan atau agama. Kita bernilai apa yang kita pegang dalam hati kita.

"Kacang-kacangan itu terputus daripada realiti kerana mereka hidup diklon. Saya tidak sepatutnya membenarkan anda pergi ke sana kerana anda telah kembali dengan kepala yang penuh dengan omong kosong. Idea ibu anda, yang saya tidak lagi dengar.

"Saya selalu bermimpi bahawa dia menjadi biarawati. Christine bagi saya hadiah hebat daripada Tuhan. Saya mengajarnya semua ajaran agama yang saya tahu. Apabila dia berumur lima belas tahun, saya menghantarnya ke biarawati kerana saya pasti pekerjaannya. Walau bagaimanapun, tiga tahun kemudian, dia berputus asa dan masih banyak menyakitkan. Ia adalah salah satu kekecewaan terbesar yang pernah dia berikan kepada saya.

"Itu impian anda, Ibu, dan bukan milik saya. Terdapat cara yang tidak terhingga untuk melayani Tuhan. Ia tidak perlu bagi saya untuk menjadi kacang untuk memahami Dia dan memahami kehendak.

"Sudah tentu tidak! -Saya akan mengatur perkahwinan yang baik untuknya. Saya sudah mempunyai beberapa idea. Nah, sekarang bukan masa untuk saya dedahkan.

Wisel kereta api memberi isyarat bahawa ia akan berhenti. Kampung itu muncul; Christine melihat semua aspek luar bandar tempat melalui salah satu tingkap. Hatinya mengetatkan dan dia berasa sedikit menggigil di dalam badannya. Fikirannya penuh dengan keraguan dengan firasat itu. Apa yang menunggunya di Mimoso? Teruskan bersama kami, pembaca.

Christine dan Helena, dengan skirt gelung mereka, memerah keluar dari pintu keluar kereta api. Utama tidak menyukainya. Empat jalan keluar dan menyebabkan percikan rasa ingin tahu daripada penduduk setempat yang lain. Mereka berkelakuan dengan keanggunan dan kemewahan. Salam utama Rivanio sebagai ihsan. Sejak itu, mereka berlepas ke rumah mereka, yang terletak di utara kampung.

Ketibaan di Banglo

Christine, Mejar, Helena dan Gerusa tiba di rumah baru mereka. Ia adalah a rumah bata-dan-mortar, gaya banglo, kira-kira 1600 kaki persegi kawasan yang dibina, yang dikelilingi oleh taman pokok buah-buahan. Di dalamnya terdapat dua ruang tamu, empat bilik tidur, dapur, kawasan ḍobi dan bilik mandi. Di bahagian luar terdapat bilik tidur pembantu rumah dengan bilik dan bilik mandi. Keempat-empat mereka berjalan dalam diam sehingga jurusan bersuara.

"Baiklah, di sini, rumah kami yang saya bina beberapa bulan yang lalu. Saya harap awak suka. Ia luas dan selesa.

"Ia kelihatan sangat bagus. Saya fikir kita akan gembira di sini. (Helena)

"Saya juga berharap begitu, walaupun terdapat anggapan bahawa saya baru sahaja mempunyai. (Christine)

"Firasat tidak masuk akal. Anda akan gembira, anak perempuan saya. Tempat ini bagus, dipenuhi dengan orang yang baik dan ramah. (Mejar)

Keempat-empat mereka masuk ke dalam rumah. Mereka membongkar beg mereka dan berehat. Perjalanan itu telah lama dan memenatkan. Bermula hari yang lain, mereka akan meneroka tempat itu sepenuhnya.

Mesyuarat bersama Datuk Bandar

Hari baru timbul, dan Mimoso membentangkan dirinya dengan aspek mana-mana masyarakat luar bandar. Petani keluar dari rumah mereka dan bersedia untuk hari baru bersusah payah, pegawai perdagangan juga berbuat demikian. Kanak-kanak berlalu dengan ibu mereka ke arah sekolah yang baru ditubuhkan. Keldai beredar biasanya membawa beban dan orang-orang mereka. Sementara itu, di banglo yang indah, utama bersedia untuk pergi. Beliau sedang menuju ke mesyuarat di Pesqueira, dengan Datuk Bandar. Helena meluruskan jaketnya dengan lembut.

"Pertemuan ini sangat penting bagi saya, isteri. Tuan-tuan penting tanah akan berada di sana, seperti Kolonel Carabais. Saya perlu mengesahkan tempat saya ke atas Mimoso.

"Anda akan berbuat baik kerana anda adalah satu-satunya di tempat ini dengan pangkat Mejar dalam Pengawal Kebangsaan. Adalah idea yang baik untuk membeli kedudukan itu.

"Sudah tentu ia berlaku. Saya seorang yang mempunyai visi dan strategi. Sejak saya meninggalkan Alagoas dan datang ke sini, saya hanya mempunyai kemenangan.

"Jangan lupa untuk meminta kedudukan untuk anak perempuan kami Christine. Dia tidak melakukan apa-apa. Pendidikan yang diterimanya di biara sudah cukup untuk dia melaksanakan apa-apa tugas.

"Anda tidak perlu risau. Saya akan tahu bagaimana untuk memujuknya. Anak perempuan kami bijak dan layak mendapat pekerjaan yang baik. Baiklah, saya mesti pergi. Saya tidak mahu terlambat ke mesyuarat.

Dengan ciuman, jurusan mengucapkan selamat tinggal kepada isterinya, Helena. Dia berjalan ke arah pintu, membukanya dan pergi. Fikirannya menumpukan perhatian kepada hujah-hujah yang akan dia gunakan pada perbicaraan. Dia memikirkan kuasa, kemuliaan dan kemuliaan sosial yang akan diberikan oleh pangkat utamanya kepadanya. Dia bermimpi besar. Dia bermimpi untuk menjadi kawan Gabenor dan dengan berbuat demikian, mendapat lebih banyak nikmat. Lagipun, semua yang penting baginya adalah kuasa, dan masa depan anak perempuannya, tentu saja. Yang lain menjadi gadai sematamata dalam permainannya. Dia mengambil rentak selama lima minit kereta api ke Pesqueira akan berlepas. Sejenak, dia mengalihkan perhatiannya kepada orang miskin yang dilihatnya dalam perjalanan. Dia menyesal dan memalingkan wajahnya ke seberang. Seorang jurusan tidak boleh bergaul dengan semua orang, dia fikir. Yang paling rendah hati dan dikecualikan, baginya, hanya dikira pada masa pilihan raya. Apabila masa itu berlalu, mereka kehilangan nilai mereka dan selepas itu jurusan tidak memberi perhatian lebih kepada tuntutan atau keperluan mereka. Orang miskin, di bawah kawalan Kolonel, tidak berpendidikan dan meletak jawatan. Utama terus berjalan dan menghampiri stesen kereta api. Apabila dia tiba, dia membeli tiket dan papan dengan cepat.

Di kereta api, dia mencari tempat duduk terbaik dan mula mengingati zaman kanak-kanaknya. Dia adalah seorang budak lelaki miskin, dari pinggir bandar Maceió, yang bekerja sebagai jurujual gula-gula. Dia mengingati penghinaan dan hukuman oleh bapanya dan pergaduhan dengan saudara-saudaranya yang lebih tua. Ini adalah masa yang dia mahu lupa tetapi ingatannya berdegil enggan berhenti mengingatkannya. Ingatannya yang paling kuat adalah pertarungan dengan ibu tirinya dan pisau yang dia gunakan untuk membunuhnya. Darah mengalir, menjerit, menangis dan dia melarikan diri dari rumah selepas perbuatan itu terlintas di fikiran. Dia menjadi pengemis dan tidak lama selepas itu diperkenalkan kepada dadah, alkohol dan kenakalan. Dia tenggelam ke dunia itu selama kira-kira lima tahun sehingga satu hari, seorang wanita yang alim muncul dan mengambilnya sebagai anak angkat. Dia tumbuh, menjadi seorang lelaki dan bertemu dengan Helena, anak perempuan petani, dengan siapa dia berkahwin. Kadang-kadang selepas itu, mereka mempunyai anak perempuan pertama dan satu-satunya, Christine. Mereka berpindah ke Recife. Dia membeli pangkat Mejar Pengawal Kebangsaan dan bergerak jauh ke pedalaman mencari tanah. Dia menakluki segala-galanya dari sebelah barat hingga ke Pesqueira. Dia mengambil alih tanah dan menjadi seorang lelaki yang sangat berkuasa yang terkenal dan dihormati. Dia merasakan dirinya seorang lelaki besar dalam segala cara. Kehidupan telah mengajarnya untuk menjadi seorang lelaki yang kuat, mengira dan menakluk. Dia akan menggunakan semua senjata ini untuk mencapai matlamatnya. Masih di dalam kereta api dia melihat betul-betul di belakangnya, seorang wanita dengan seorang kanak-kanak di pangkuannya. Dia mengingati Christine dan rasa tidak bersalah dan manisnya ketika dia masih kecil. Dia juga mengingati hadiah hari jadi yang dia berikan kepada Christine, anak patung kain. Dia memberinya hadiah; Dia memeluknya dan memanggilnya bapa sayang. Dia beremosi tetapi tidak boleh menangis kerana lelaki tidak dapat melakukannya di khalayak ramai. Christine kecilnya kini seorang wanita muda yang cantik dan menarik. Dia perlu mengatur perkahwinan yang baik dan beberapa tugas untuknya. Memikirkannya dia tertidur dalam tidur pemulihan. Kereta api Bergoyang: Dia bangun dan bertanya jam tangan poketnya untuk melihat masa itu. Beliau menyatakan bahawa ia hampir dengan masa mesyuarat itu. Kereta api mempercepatkan; Pesqueira mula kelihatan dan hatinya tenang. Fikirannya kini tertumpu pada pertemuan itu, dan dia memikirkan pertemuan dengan rakan-rakan petaninya. Kereta api memberi isyarat bahawa ia akan berhenti dan utama berdiri untuk mempercepatkan jalan keluar. Kehidupan memerlukan pengorbanan dan dia lebih daripada orang lain tahu itu. Masa semasa kebejatan dan pengalaman hidupnya melayakkan dia lebih banyak lagi. Kereta api akhirnya berhenti, dan dia bergegas ke ibu pejabat politik di bandar ini.

Ia adalah 8:00 AM dan bangunan gergasi sudah penuh sepenuhnya. Utama masuk, sambut orang yang dia kenal dan duduk di salah satu kerusi depan yang dikhaskan untuknya. Sesi belum bermula. Raket kuat kedengaran di seluruh ibu pejabat umum. Ada yang mengadu kelewatan itu, yang lain mengenai saudara-mara mereka yang tidak boleh masuk ke pejabat Datuk Bandar. Pengurus bangunan cuba sia-sia untuk mengawal keadaan. Akhirnya, setiausaha datuk bandar tiba, meminta diam dan semua patuh. Beliau mengumumkan:

"Tuan Yang Terutama, Datuk Bandar Horacio Barbosa, akan menghubungi anda sekarang.

Datuk Bandar masuk, meluruskan pakaiannya dan bersedia untuk memberi ucapan.

"Selamat pagi, rakan senegara saya yang dikasihi. Dengan puas hati saya mengalu-alukan anda ke kerusi ini yang mewakili kuasa dan kekuatan perbandaran kami. Dengan sukacitanya saya memanggil anda di sini untuk bercakap sedikit mengenai perbandaran kami dan memperkasakan wakil politik Mimoso dan Carabais. Perbandaran kami telah berkembang banyak dalam sektor komersial dan pertanian. Di sempadan hutan belantara dengan kawasan pedalaman, kami mempunyai Mimoso sebagai pos perdagangan utama. Kami mempunyai wakil politik anda, Mejar Quintino, hadir di sini. Di kawasan pedalaman kita mempunyai Carabais, dan dengan pertanian yang biasa ia telah berjaya memberikan banyak dividen untuk bandar. Kolonel Carabais, Encik Soares, juga ada di sini. Pelancongan perbandaran kami juga berkembang selepas penubuhan kereta api. Seperti yang anda lihat, perbandaran kami berkembang. . . . .

. . . . . . Akhir sekali, saya ingin memperkenalkan Encik Soares dan Encik Quintino. Marilah kita memuji mereka.

Perhimpunan itu berdiri dan memuji mereka berdua.

"Dengan kuasa saya sebagai Datuk Bandar, kini saya sebut sebagai panglima kawasan masing-masing. Fungsi anda adalah untuk memerintah, dengan penumbuk besi, kepentingan orang ramai, mengawasi pengumpulan cukai, dan mengekalkan undang-undang dan keadilan yang mematuhi kepentingan kami. Saya berjanji untuk membantu anda dalam segala cara.

Ikat pinggang diberikan kepada mereka dan semua bertepuk tangan. Quintino memberi isyarat kepada Datuk Bandar dan kedua-duanya menarik diri dari podium. Mereka akan mengadakan perbualan peribadi. Kedua-duanya memasuki bilik terhad.

"Baiklah, Tuan Yang Terutama, saya meminta sedikit masa anda kerana saya mempunyai dua soalan untuk dipertimbangkan dengan anda. Pertama, saya mahukan peratusan yang lebih tinggi ke atas kutipan cukai. Kedua, pekerjaan untuk anak perempuan saya, Christine. Seperti yang anda ketahui, Mimoso menjadi jawatan perdagangan yang sangat penting selepas kereta api dan dengan itu, keuntungan wilayah meningkat secara berkadar. Saya mahu kemudian menjadi lebih kuat dan lebih berkuasa dan siapa tahu, bahkan menjadi pengganti anda. Di samping itu, saya mahukan pekerjaan yang baik dan gaji yang baik untuk anak perempuan saya, Christine. Dia agak ... statik akhir-akhir ini.

"Berkenaan dengan keuntungan, soalan anda menjadi mustahil. Bandar ini mempunyai banyak perbelanjaan, dan pentadbiran saya telus dan serius. Secara peribadi, saya tidak boleh berbuat apa-apa. Bagi pekerjaan, siapa tahu, saya boleh memberinya jawatan mengajar.

"Bagaimana begitu? Pentadbiran anda telus dan serius? Rasuah di sini terkenal! Ingat dengan baik bahawa saya menyokong gabenor anda dan memberinya peratusan undi yang besar. Sekiranya anda tidak memberi saya apa yang saya minta, sokongan itu dimatikan.

Datuk Bandar adalah senyap dan berfikir dan memikirkan semula tentang pejabatnya. Dia memerhatikan Quintino dan mengulas.

"Anda benar-benar dahsyat. Saya tidak mahu menjadi salah satu musuh anda. Baiklah. Saya akan meningkatkan peratusan anda dan saya akan memberikan jawatan pemungut cukai kepada anak perempuan anda. Jenis apa?

Senyuman sedikit memenuhi wajah Mejar Quintino. Hujah-hujah beliau sudah cukup untuk meyakinkan Datuk Bandar. Dia benar-benar pemenang dan pahlawan.

"Sangat baik. Saya terima. Terima kasih kerana memahami, Tuan Yang Terutama.

Quintino mengucapkan selamat tinggal dan berundur dari bilik. Mesyuarat itu ialah ditangguhkan, dan semua menarik diri dari dewan.

Mesyuarat Peladang

Selepas tamat pendengaran, "Tuan-tuan" utama bandar Pesqueira berkumpul di bar berhampiran dengan tempat mereka berada. Antaranya, Kolonel Sanharó (tuan Goncalves), Kolonel Carabais (tuan Soares) dan Mejar Quintino, dari Mimoso. Mereka bercakap dengan ceria tentang kuasa, kekuatan dan prestij.

"Pelaksanaan kereta api itu adalah 'muslihat' kerajaan. Ia menggalakkan pengeluaran dan pemasaran kekayaan kita. Pesqueira sudah pun diketengahkan di peringkat negeri. Daerah-daerahnya telah menjadi rujukan dalam pelbagai genre yang berbeza. Mimoso, sebagai contoh, menjadi tempat strategik komersial yang sangat penting. Saya sudah dapat melihat semua faedah yang akan dapat saya manfaatkan dalam keadaan ini. Kekayaan, kecenderungan sosial, kuasa politik dan perintah yang tidak terhad. Musuh-musuh saya tidak akan mempunyai rehat kerana saya akan berurusan dengan mereka dengan besi dan api. Pasukan saya sudah bersedia untuk pemberontak. (Mejar Quintino)

"Bagi Carabais, landasan kereta api itu tidak menjejaskan kewangan kami hanya kerana ia tidak memotong daerah kami. Juruteknik kerajaan dilihat sesuai untuk mengalihkannya sebelum pintu masuk kampung. Tanah itu tidak sesuai untuk penggunaan rel. Walau bagaimanapun, daerah kami adalah hab pertanian yang penting. Produk kami dieksport ke negara jiran. Sebagai Kolonel, saya menguasai rantau ini dan saya dihormati. Mereka yang menjadi musuh saya tidak akan bertahan lama.

"Penubuhan landasan kereta api di Sanharó adalah penting tetapi bukan satu-satunya sumber pendapatan. Pertaniannya kuat, dan kami cemerlang di peringkat negeri. Susu dan daging kita adalah kelas pertama dan memberi kita hasil yang baik. Bagi musuh-musuh saya, saya melayan mereka dengan cara yang sama seperti anda. Kita perlu mengekalkan kuasa Sistem Kolonel.

"Itu benar. Sistem ini harus dikekalkan untuk kebaikan kita sendiri. Merobek undi, penipuan, rangkaian nikmat... semua ini memberi manfaat kepada kita. Kuasa dan kekuatan kita datang daripada penyeksaan, tekanan dan intimidasi. Brazil adalah ini: Struktur kuasa yang hebat di mana hanya yang terkuat bertahan. Dari tenggara, di mana penanam kopi kaya menguasai, ke bahagian timur laut yang dikendalikan oleh Kolonel, sistem adalah sama. Hanya nama dan situasi berubah. Kita perlu mendiamkan rakyat dan meletak jawatan kerana ini adalah yang terbaik untuk cita-cita dan matlamat kita. (Mejar)

"Saya bersetuju sepenuhnya dan demi menjaga kemaslahatan rakyat dan bersetuju adalah perlu untuk mengekalkan tindakan kekejaman, penindasan dan autoritarianisme kita. Rakyat perlu takut kepada kita. Jika tidak, kita kehilangan rasa hormat dan faedah kita. Dunia tidak adil, dan kita harus menjadi sebahagian kecil daripada penduduk yang menjadi pemenang. Untuk memenanginya adalah perlu untuk membunuh, memalukan dan menurunkan ajaran dan nilai dan itulah yang akan kita lakukan.

Perbualan terus teruja mengenai wanita, hobi dan perkara lain. Mereka menghabiskan masa hampir dua jam bercakap. Mejar Quintino bangkit, mengucapkan selamat tinggal kepada yang lain dan pergi. Kereta api yang pergi ke Pesqueira kepada Mimoso tidak lama lagi pergi.

Kembali Ke Rumah

Mejar bergegas kembali ke stesen kereta api Pesqueira. Kereta api sedang menunggu masa yang tepat untuk pergi. Dia pergi ke pejabat tiket, membeli tiket, meninggalkan hujung dan menuju ke kereta api. Dia papan, mengadu tentang kelewatan pengumpul untuk berkhidmat kepadanya dan duduk. Kereta api memberi isyarat bahawa ia akan pergi dan utama memberi tumpuan kepada rancangannya. Dia melihat dirinya sebagai Datuk Bandar Pesqueira, orang kanan gabenor dan datuk kepada sekurang-kurangnya lima cucu. Anak-anak Christine dengan menantu yang akan dipilihnya. Lagipun, seorang lelaki dicapai hanya jika dia boleh berkahwin dengan anak-anaknya. Kereta api meninggalkan dan mengambil bersama-sama dengannya utama yang bermimpi.

Irama kereta api agak biasa. Penumpang duduk tenang dan selesa. Seorang pekerja menawarkan jus dan makanan ringan kepada penumpang. Utama mengambil makanan ringan, mengunyah dan membayangkan betapa baiknya rasa kemenangan dan kejayaan. Beliau telah pergi ke mesyuarat dan telah kembali dengan rancangannya yang dilaksanakan. Dia berhak mendapat peratusan cukai yang lebih tinggi dan pekerjaan yang baik untuk anak perempuannya. Apa lagi yang dia mahukan? Dia seorang lelaki yang bersedia, gembira dalam perkahwinannya dan mempunyai anak perempuan yang cantik. Beliau memegang pangkat Mejar Pengawal Kebangsaan, yang telah dibelinya, dan itu memberinya hak untuk menguasai Mimoso secara politik. Satu-satunya perkara yang akan membutanya lebih bahagia adalah jika dia adalah Kolonel, orang kanan Gabenor dan mengahwini anak perempuannya dengan menantu yang ideal. Ini pasti akan berlaku. Masa berlalu dan kereta api semakin dekat dengan bandar kecil Mimoso, kandang pilihan rayanya. Dia tidak sabar-sabar untuk menyampaikan berita kepada kedua-dua wanita itu dalam hidupnya. Jantungnya memecut laju dan angin sejuk melanda badannya kerana tiba-tiba kereta api mengubah rentaknya. Mungkin tidak ada apa-apa, dia berfikir pada dirinya sendiri. Irama kereta api kembali normal, dan dia tenang. Mimoso menghampiri lebih dekat dan dekat. Sejenak, dia berpendapat bahawa dunia boleh menjadi lebih adil dan semua harus menjadi pemenang sama seperti dia. Dia cuba menyimpang dari pemikiran ini. Dia belajar sejak zaman kanak-kanak bagaimana kehidupan dan tahu ia tidak akan berubah dari satu minit ke seterusnya. Dia masih menanggung tanda-tanda penderitaannya: Hukuman bapanya, pergaduhan dengan saudara-saudaranya yang lebih tua, pembunuhan yang telah dilakukannya. Otaknya mengekalkan kenangan itu utuh dari zaman itu. Sekiranya dia dapat, dia akan membuang kenangan itu di sampah, jauh, jauh. Wisel kereta api memberi isyarat bahawa ia akan berhenti. Penumpang membetulkan rambut dan pakaian mereka. Pas kereta api dan semua orang turun, termasuk utama. Ketibaan itu santai, dan dia semua tersenyum. Lagipun, dia kembali dari Pesqueira menang.

Pengumuman

Setelah turun dari kereta api, kepala utama ke stesen, bertanya khabar kepada Rivanio dan bertanya apakah semuanya baik-baik saja. Dia menjawab ya dan tawaran utama perpisahan dan meninggalkan rumahnya. Sepanjang perjalanan, dia bertemu dengan beberapa orang orang, dan mereka bercakap tentang pendidikan. Dia bergegas melangkah dan dalam beberapa minit berhampiran kediamannya. Apabila tiba, dia masuk tanpa upacara, dan mendapati Gerusa membersihkan rumah dan menghantarnya untuk memanggil kedua-dua wanita itu dalam hidupnya. Mereka tiba dan memeluk dan menciumnya. Utama meminta mereka duduk, dan mereka mematuhi dengan segera.

"Saya baru sahaja datang daripada pertemuan yang saya ada di Pesqueira, dan berita itu tidak boleh menjadi lebih baik. Pertama, saya akan menerima peratusan yang lebih tinggi daripada cukai yang saya kumpulkan. Kedua, saya mendapat pekerjaan pemungut cukai untuk anak perempuan kesayangan saya Christine. Apa yang awak fikir?

"Sensasi. Saya bangga menjadi isteri kepada seorang lelaki yang mempunyai perwatakan sejati seperti anda. Kita hanya akan menjadi lebih kaya dan lebih berkuasa apabila masa berlalu.

"Saya gembira untuk awak, Ayah. Tidakkah anda berfikir bahawa tugas pemungut cukai agak maskulin untuk saya?

"Bukankah kamu gembira, anak perempuan? Ia adalah pekerjaan yang hebat dan dengan imbuhan yang mencukupi. Saya tidak fikir ia adalah pekerjaan lelaki. Ia adalah kedudukan kepercayaan tinggi yang hanya boleh anda lakukan.

"Sudah tentu, ia satu kerja yang hebat. Sebagai ibunya, saya meluluskan dengan tidak dilayan.

"OK. Anda telah meyakinkan saya. Bilakah saya bermula?

"Esok. Fungsi anda adalah untuk memantau dan menguatkuasakan pemungut cukai rasmi, Claudio, anak Paulo Pereira, pemilik stesen minyak. Dia bertanggungjawab dan jujur tetapi seperti cerita mengatakan peluang untuk dilakukan lelaki itu.

"Saya fikir ia akan menjadi baik untuk saya. Ini adalah peluang yang baik untuk bertemu orang dan berkawan.

Pesara utama dan pergi mandi. Christine kembali ke mengait yang dia lakukan sebelum bapanya tiba dan Helena pergi untuk memberi pesanan kepada pembantu dapur. Keesokan harinya akan menjadi hari pertama beliau bekerja.

Hari Pertama Kerja

Hari baru bermula. Matahari bersinar, burung-burung menyanyi dan angin pagi menyelubungi banglo. Christine baru sahaja bangun selepas tidur nyenyak dan menghidupkan semula. Mimpi yang dia miliki malam sebelumnya telah untuk dilakukannya sangat tertarik. Dia bermimpi tentang biara dan biarawati yang dia pelajari untuk mengagumi selama tiga tahun hidupnya yang dikhaskan untuk agama. Mereka mengambil bahagian dalam perkahwinannya. Apa maksudnya? Ia bukan dalam rancangannya untuk berkahwin pada masa itu. Dia masih muda, bebas dan penuh dengan rancangan. Rasa perlindungan dirinya menangis di dalam dirinya. Tidak, dia benar-benar tidak bersedia untuk berkahwin. Dia terbentang dengan senyap di atas katilnya dan melihat masa itu. Ia adalah berhampiran dengan 06:30. Dia bangun, menguap dan pergi ke bilik mandi bilik. Dia masuk, menghidupkan keran dan air sejuk membawanya ke masa biaranya. Dia mengingati tukang kebun yang bekerja di sana dan anaknya yang telah memikatnya. Mereka memulakan permainan romantis dan berjalan-jalan bersama dan dalam masa yang singkat, dia telah mendapati bahawa dia jatuh cinta. Hubungannya diteruskan dengan anak tukang kebun tetapi suatu hari salah satu biarawati menangkap mereka mencium. Ibu Superior dirujuk, beg Christine adalah dibungkus, dan dia diusir dari biara. Pada hari ini dia berasa lega. Kelegaan tidak lagi berbohong kepada dirinya sendiri atau hidup sendiri. Hubungan dengan anak tukang kebun telah dibubarkan; dia lupa dia dan pergi ke rumah. Ibu dan ayahnya menyambutnya di rumah dengan terkejut. Dia mengecewakan ibunya dan memberi harapan baru kepada bapanya yang ingin melihat dia berkahwin dengan anak-anak. Masa berlalu dan dia tidak jatuh cinta sejak itu. Dia belajar mengait dan menyulam untuk meluangkan masa dengan lebih baik. Sekarang dia bekerja sebagai pemungut cukai oleh pengaruh bapanya. Dia berasa cemas dan gementar tentang keadaan baru. Dia mematikan air sejuk, sabun dan mula membayangkan rakan sekerja barunya, Claudio. Dia gambar seorang budak lelaki berambut perang yang tinggi, penuh dengan tatu. Dia suka apa yang dia lihat dan terus mandi. Dia membersihkan tubuhnya secara kasar seolah-olah dia mengeluarkan kekotoran dari jiwanya. Dia mematikan keran dan memakai dua tuala: Satu yang lebih besar di badannya dan yang lebih kecil di kepalanya. Dia berjalan keluar dari bilik dan pergi ke dapur untuk bersarapan. Dia duduk, menghidangkan dirinya beberapa kek, dan menyambut ayah dan ibunya. Utama mula untuk dilakukan perbualan.

"Adakah anda teruja, anak perempuan saya? Saya harap anda berjaya pada hari pertama kerja anda. Anda akan belajar banyak daripada Claudio. Dia adalah pemungut cukai yang hebat.

"Ya, saya. Saya tidak sabar untuk bekerja kerana mengait dan sulaman tidak begitu menyeronokkan seperti dulu. Kerja ini akan memberi perkhidmatan yang baik kepada saya walaupun saya fikir ia sedikit maskulin.

"Sekali lagi, dengan ini? Tidakkah anda dapat melihat bahawa anda menyakiti ayah anda dengan sindiran ini? Dia melakukan segala-galanya untuk anda.

"Maafkan saya, anda berdua. Saya agak degil dengan beberapa idea.

Christine selesai sarapan pagi, mengucapkan selamat tinggal dengan ciuman di dahi ibu bapanya dan berjalan ke pintu. Dia membukanya dan menuju ke stesen minyak. Sepanjang jalan keraguan menyerangnya: Adakah Claudio ini bertindak seperti gua? Adakah dia akan menghormatinya di tempat kerja? Dia tidak tahu apa-apa tentang dia kecuali bahawa dia adalah anak Pereira dan mempunyai dua saudara perempuan: Fabiana dan Patricia. Dia terus berjalan dan sebaik sahaja dia menghampiri gas stesen, dia berasa lebih cemas dan gementar. Dia berhenti dan bernafas sedikit. Dia mencari inspirasi di alam semesta, alam semula jadi dan di hatinya yang bermasalah. Dia mengingati pelajaran yang dia pelajari di biara, biarawati dan cara mereka yang berbeza untuk melihat kehidupan. Ia adalah tempoh tiga tahun perhimpunan rohani yang seolah-olah tidak mempunyai makna sekarang. Dia pada ketika bertemu orang baru, memulakan kraf baru dan siapa tahu apakah ini tidak akan mengubah caranya melihat orang dan kehidupan. Itulah yang akan dia ketahui apabila masa berlalu. Dia terus berjalan. Kekuatan baru menyegarkannya dan mengisi dirinya dan memberinya dorongan tambahan. Dia harus berani kerana pada masa dia menghadapi Ibu Superior dari biaranya dan mengakui kebenaran: Bahawa dia benar-benar jatuh cinta. Mereka mengemas begnya; Dia ditendang keluar dan pada ketika itu terasa seolah-olah mereka telah mengambil berat badan yang besar dari belakangnya. Dia berpindah dari ibu negara dan kini tinggal di hujung dunia tanpa kawan dan tanpa sebarang keselesaan. Dia perlu membiasakannya. Beberapa minit berlalu dan dia menghampiri stesen minyak. Dia hanya beberapa kaki dari situ. Dia membetulkan rambut dan pakaiannya untuk memberi kesan yang baik. Dia bernafas dalam satu kali terakhir, memasuki dan memperkenalkan dirinya.

"Saya Christine Matias, anak perempuan Mejar Quintino. Saya sedang mencari Claudio, pemungut cukai. Adakah dia pulang?

"Anak saya pergi makan sebentar di sebuah restoran di sini berhampiran. Saya akan hantar untuknya. Ini adalah anak perempuan saya Fabiana dan Patricia, dan saya Encik Pereira.

Christine menyambut mereka dengan ciuman di pipi.

"Jadi, anda adalah Christine yang terkenal. Saya tidak percaya bahawa saya belum melihat anda. Anda tinggal di dalam banyak dan itu tidak baik. Nah, mulai sekarang, kita boleh berkawan dan bergaul bersama. (Fabiana)

"Sangat senang bertemu dengan anda. Anda, Fabiana dan saya akan menjadi kawan baik, anda boleh bergantung padanya.

"Terima kasih. Saya juga sangat gembira dapat bertemu dengan anda. Saya tidak banyak keluar kerana ibu bapa saya mengawal. Mereka fikir anak perempuan jurusan perlu sedikit terpelihara. Mereka terlalu melindungi.

"Nah, itu akan berubah. Pertimbangkan diri anda sebahagian daripada geng kami. Kami adalah kanak-kanak paling gila di blok itu. (Fabiana)

"Geng kami hebat. Anda akan suka menjadi sebahagian daripadanya. (Patricia)

"Terima kasih kerana menjemput saya untuk menjadi sebahagian daripada kumpulan anda. Saya fikir beberapa hubungan dan rakan-rakan tidak akan menyakiti saya.

Perbualan berterusan dengan cara yang meriah untuk beberapa waktu. Claudio secara senyap-senyap mendekati dan menghadapi Christine. Mata mereka terkunci dan kini seperti sihir seolah-olah hanya mereka berdua wujud di seluruh alam semesta. Hati kedua-duanya tergesa-gesa apabila bertemu dan haba dalaman bergerak melalui kedua-dua badan.

"Ayah saya menelefon saya di sini. Anda maksudkan anda gadis yang akan mengawasi saya? Baiklah, saya rasa saya tidak akan berasa sangat tidak selesa.

Pujian itu menyebabkan Christine sedikit terkejut. Dia tidak pernah menemui lelaki begitu langsung.

"Nama saya Christine; Saya adalah anak perempuan jurusan. Saya rakan kongsi baharu anda di tempat kerja. Bolehkah kita bermula? Saya menantikannya.

"Ya, tentu saja. Nama saya ialah Claudio. Kami hanya dalam masa untuk memulakan kerja. Penubuhan komersial pertama yang akan kami lawati hari ini ialah kedai daging. Sudah tiga bulan pemilik tidak membayar cukai dan kita perlu menekannya untuk itu. Saya fikir kehadiran anda akan membantu.

"Mari kita pergi, kemudian. Ia adalah keseronokan untuk bertemu dengan anda, Fabiana dan Patricia. Jumpa awak nanti.

Kedua-duanya melambaikan tangan mereka dalam perpisahan. Claudio dan Christine berlepas bersama ke arah kedai daging. Fikiran Christine bangkit secara intim, dan dia berasa seperti bodoh kerana telah memuja Claudio begitu banyak. Dia tidak seperti yang dia bayangkan tetapi dia telah membangkitkan sesuatu di dalamnya. Perasaan bahawa dia harus mengenalinya seperti apa-apa yang pernah dia alami. Apa itu? Dia tidak dapat menentukannya, tetapi itu adalah sesuatu yang kuat dan berkekalan. Dua berjalan bersebelahan dan Claudio cuba memulakan perbualan.

"Christine, beritahu saya sedikit tentang diri anda. Anda berasal dari Recife, bukan?

"Tidak. Saya tinggal di Recife selama sepuluh tahun. Sebenarnya, saya berasal dari Alagoas. Zaman kanak-kanak saya hampir habis di sana.

"Adakah anda pernah mempunyai teman lelaki?

"Saya mempunyai satu, tetapi ia adalah beberapa waktu yang lalu. Saya akan menjadi kacang. Saya menghabiskan tiga tahun hidup saya di sebuah biara tertutup cuba mencari makna dalam hidup saya. Apabila saya menyedari bahawa saya tidak mempunyai kerjaya yang saya tinggalkan, dan saya kembali ke rumah ibu bapa saya.

"Ia akan menjadi satu pembaziran yang besar jika anda seorang biarawati, dengan segala hormatnya. Tiada apa-apa yang bertentangan dengan agama tetapi pemberian diri kepada Tuhan memerlukan terlalu banyak daripada seseorang.

"Baiklah, itu sahaja pada masa lalu. Saya perlu memberi tumpuan kepada kehidupan baru saya dan tugas saya.

Ceramah tiba-tiba berhenti dan kedua-duanya terus berjalan. Orang yang datang dan pergi adalah berterusan di kawasan pusat bandar. Mimoso telah bertukar menjadi pusat perdagangan serantau selepas Perlaksanaan kereta api. Orang ramai datang dari seluruh rantau ini untuk melawat dan membeli-belah di kedai-kedainya. Kedai daging adalah berdekatan, dan Christine hampir tidak dapat menahan dirinya. Dia tidak tahu bagaimana bertindak. Lagipun, dia adalah anak perempuan jurusan dan terpaksa memberi contoh. Tugas pemungut cukai akan mendedahkan banyak kepadanya. Akhirnya, mereka tiba dan Claudio menangani Encik Helio, pemilik kedai.

"Tuan Helio, kami datang ke sini untuk mengutip daripada anda tiga bulan cukai yang anda berhutang. Bandar ini memerlukan sumbangan anda untuk melabur dalam pendidikan, kesihatan dan pembersihan. Lakukan tugas anda sebagai warganegara.

"Tidakkah saya memberitahu anda bahawa saya patah? Perniagaan di sini tidak baik. Saya memerlukan lanjutan untuk membayar anda.

"Saya tidak akan menerima apa-apa alasan lagi dan jika anda tidak membayar, anda akan menghadapi masalah. Lihat gadis ini dengan saya? Dia adalah anak perempuan mejar. Dia tidak berpuas hati dengan lalai anda. Perkara terbaik untuk dilakukan, Tuan, adalah membayar hutang anda.

Helio berfikir sejenak tentang apa yang perlu dilakukan. Sekilas pandang, dia memandang Christine dan meyakinkan dirinya bahawa dia adalah anak perempuan jurusan. Dia membuka laci, mengeluarkan sejumlah wang dan membayar. Kedua-duanya mengucapkan terima kasih dan menarik diri daripada pertubuhan itu.

Pagi dibelanjakan untuk bekerja. Kedua-duanya melawat rumah dan perniagaan. Sesetengah pembayar cukai enggan membayar menuntut kekurangan modal. Christine mula mengagumi Claudio kerana profesionalisme dan keyakinannya. Pas pagi dan hari sudah berakhir. Kedua-duanya mengucapkan selamat tinggal dan bahawa mereka akan kembali bekerja bersama lagi dalam lima belas hari.

Berkelah

Matahari mara di kaki langit dan memanaskan lebih banyak lagi kerana selepas tengah hari. Pergerakan berkurangan, petani datang dari ladang, mesin basuh tiba dengan beban mereka yang mereka basuh di Sungai Mimoso, penjawat awam dibebaskan, pembuat renda mendapat rehat di bekerja, dan semua orang boleh makan tengah hari. Christine tidak berbeza dengan yang lain dan juga pulang ke rumah pada masa ini. Dia tiba, membuka pintu dan kepala ke dapur utama. Ibu bapanya sudah hadir dan Gerusa sedang menghidangkan makan tengah hari.

"Maafkan kami kerana tidak menunggu anda menghidangkan makan tengah hari, anak perempuan saya, tetapi saya tiba letih dan lapar kerana saya berada dalam mesyuarat perniagaan. Mengubah subjek, bagaimana hari pertama anda bekerja? (Mejar)

"Tak perlu minta maaf. Hari pertama kerja saya panjang dan memenatkan. Claudio dan saya bergelut untuk meyakinkan pembayar cukai untuk membayar. Walau bagaimanapun, ada yang telah menjadi tegas dalam kedudukan mereka. Secara keseluruhan, ia adalah kerja hari yang baik kerana saya banyak belajar. Saya tidak pasti saya mahu melakukan ini sepanjang hayat saya.

"Beritahu Claudio bahawa saya mahu butiran mereka yang tidak membayar. Saya adalah yang utama dan saya tidak akan bertolak ansur dengan sebarang kelewatan lagi.

"Adakah anda bertemu dengan sesiapa, anak perempuan? Berkawan? (Helena)

"Ya, beberapa orang. Adik-beradik Claudio agak bagus.

Gerusa menghidangkan Christine dan dia mula makan. Dia tetap tenang selama ini kerana dia dibesarkan seperti itu. Gerusa bersara dari dapur dan menuju ke bilik tidurnya di luar rumah. Ketiga-tiga ketua isi rumah kekal, makan mereka. Christine selesai makan tengah hari, bangun dari meja dan mengucapkan selamat tinggal kepada ibu bapanya dengan ciuman di pipi mereka. Dia menuju ke balkoni rumah di mana ia mempunyai pengudaraan yang baik dan sejuk supaya dia boleh bersatu. Dia mengambil benangnya dan mula mengait. Pergerakan tangannya yang tangkas membawanya ke dunia misteri di mana hanya imaginasi yang dapat dicapai. Dia melihat dirinya jatuh cinta dengan seorang lelaki dengan bahu yang kuat, berotot, dan pendirian yang tegas. Dia membayangkan pertunangannya dan perkahwinan berikutnya. Pada masa itu, kesedihan dalaman menghukum dan menyusahkannya. Masa berlalu dan dia melihat dirinya sebagai ibu kepada tiga anak yang cantik. Dalam imaginasinya, masa berlalu dengan cepat dan dia melihat dirinya sebagai nenek dan nenek moyang. Kematian datang dan dia melihat dirinya di syurga yang dikelilingi oleh malaikat dan oleh Tuhan kita, Nabi Isa. Tangannya yang tangkas bekerja, dan, sejenak, dia mengakui dalam kain iaitu dia mengait wajah lelaki yang biasa. Dia menggelengkan kepalanya, dan ilusi berlalu. Apa yang berlaku kepadanya? Adakah dia gila, atau mungkin jatuh cinta? Dia tidak mahu mempercayai kemungkinan ini. Dia terus bekerja sehingga dia mendengar namanya disebut dengan intensiti yang luar biasa. Dia kembali ke pintu masuk ke taman rumahnya dari mana dia telah mendengar suara itu. Dia mengenali Fabiana, Patricia dan Claudio diiringi oleh beberapa orang muda lain.

"Bolehkah kita masuk, Christine?

"Ya, anda boleh. Buat diri anda di rumah.

Terdapat enam orang muda yang memasuki taman rumah. Mereka naik tangga yang memberi akses ke balkoni dan bertemu dengan Christine. Fabiana berhati-hati untuk dilakukan pengenalan rakan-rakan yang tidak dikenali.

"Ini sepupu saya Rafael, dan ini adalah kawan-kawan saya Talita dan Marcela.

Christine menyambut mereka dengan ciuman di pipi.

"Senang berjumpa dengan awak. Jika anda adalah kawan Fabiana, maka anda juga kawan saya.

"Keseronokan itu semua milik saya. Claudio bercakap sangat tentang anda. (Rafael)

"Baiklah, Christine, kami datang ke sini untuk menjemput anda berjalan-jalan dengan baik ke puncak Gunung Ororubá. Kami akan berkelah di luar rumah. Hubungan dengan alam semula jadi adalah penting bagi manusia untuk berkembang dan membebaskan diri daripada karma mereka. (Claudio)

"Adakah anda ingin pergi, Christine? Anda berada di dalam banyak dan itu tidak baik. (Fabiana)

"Kami berkeras. (Mereka semua ulangi)

"OK. Saya akan pergi. Anda telah meyakinkan saya. Tunggu sebentar sahaja saya akan memberitahu ibu bapa saya.

Christine memasuki rumah sebentar tetapi tidak lama lagi kembali. Dia bertemu kembali dengan kumpulan itu dan bersama-sama mereka bersetuju untuk dilakukan perjalanan ke gunung misteri Ororubá, gunung suci. Ketujuh-tujuhnya mula berjalan. Christine menghadiri Claudio dan menyimpulkan bahawa dia adalah lelaki luar bandar biasa: Kuat, yakin dan penuh daya tarikan. Hari pertama mereka bekerjasama untuk dilakukan kebaikan Tanggapan, tetapi dia masih tidak tahu bagaimana perasaannya terhadapnya. Dia hanya tahu itu adalah perasaan yang kuat dan berkekalan. Nah, berkelah itu adalah peluang untuk mengenalinya dengan lebih baik, dia berfikir. Tujuh kelajuan dan tidak lama lagi berada di kaki gunung. Claudio, pemimpin kumpulan, berhenti dan meminta semua orang melakukan perkara yang sama.

"Adalah penting untuk kita hidrat diri kita sekarang supaya kita tidak mempunyai masalah di kemudian hari. Berjalan kaki panjang dan menyeluruh. (Claudio)

"Saya mendengar bahawa gunung ini suci dan mempunyai sifat ajaib. (Talita)

"Memang betul. Legenda mengatakan bahawa dukun misteri memberikan hidupnya sendiri untuk menyelamatkan rakyatnya. Sejak itu, gunung Ororubá menjadi suci. Mereka juga mengatakan bahawa nenek moyang roh menamakan penjaga pengawal gunung semua rahsianya. (Fabiana)

"Bukan itu sahaja. Di bahagian atasnya adalah gua yang megah yang dikatakan dapat memenuhi sebarang keinginan. Pemimpi dari seluruh dunia mencarinya untuk mendapatkan keajaibannya. Walau bagaimanapun, sejauh yang kita tahu, tiada siapa yang terselamat. (Patricia)

"Kisah-kisah ini untuk dilakukankah saya gementar. Bukankah lebih baik jika kita kembali? (Christine)

"Jangan risau, Christine. -Mereka hanya cerita. Walaupun ia benar, saya akan berada di sini untuk melindungi anda. (Claudio)

"Claudio bukan satu-satunya. Saya juga seorang lelaki dan saya bersedia membantu anda jika anda memerlukannya. (Rafael)

"Bagaimana dengan saya? Tiada siapa yang melindungi saya. Saya juga seorang anak dara dalam kesusahan. Saya terluka. (Marcela)

Rafael mendekati Marcela dan memberinya pelukan sebagai tanda bahawa dia tidak mempunyai apa-apa untuk ditakuti. Semua minum air dan mulakan berjalan kaki. Christine maju sedikit lebih jauh dan meletakkan dirinya di sebelah Claudio, di hadapan. Dia berasa tidak selamat selepas mendengar maklumat mengenai gunung itu. Dia berfikir tentang gunung, penjaga dan gua. Secara intim dia melihat dirinya memasuki gua dan menyedari keinginan terbesarnya pada masa itu. Dia juga seorang pemimpi seperti begitu ramai yang telah kehilangan nyawa mereka di dalam gua untuk mencari impian mereka. Nah, adalah perlu untuk menjaga kakinya di atas tanah, dalam realiti yang keras dia adalah anak perempuan utama dan ini membatalkan kebebasan bertindaknya sedikit berhubung dengan rakan-rakan, cinta dan keinginan. Secara perbandingan, dia berasa lebih bebas di biara daripada sekarang. Claudio memberikan tangan kepada Christine untuk membantunya dalam perjalanan kerana dia dapat melihat dia berjuang. Fikiran Christine berlumba-lumba dan dia fikir adalah baik untuk mempunyai kawan yang akan menyokong dan setia dan jujur kepadanya, seorang kawan seperti Claudio. Dia menggelengkan kepalanya dan cuba menyimpang dari pemikiran. Tidak mustahil kerana bapanya tidak akan membenarkan kesatuan seperti ini. Dia adalah cukai mudah pengumpul, dan dia adalah anak perempuan jurusan. Mereka hidup di dunia yang sama sekali berbeza. Kumpulan berhenti sekali lagi untuk menyegarkan semula diri mereka sekali lagi. Haba kuat dan terdapat sedikit angin. Mereka separuh jalan di sana.

"Dari sini adalah mungkin untuk melihat sebahagian besar Mimoso. Adakah anda melihat, Christine? Ada rumah awak. (Claudio)

"Pandangan dari sini memang istimewa. Saya rasa bahagian atas lebih menakjubkan. gunung Mimoso bahkan tidak kelihatan besar dari pandangan ini. (Christine)

"Saya fikir yang terbaik kita teruskan. Tidak masuk akal untuk tinggal di sini untuk masa yang lama. (Fabiana)

"Saya juga bersetuju. Dengan cara ini kita boleh mengambil masa yang lebih lama di bahagian atas yang merupakan bahagian terpenting gunung. (Rafael)

Kebanyakan bersetuju untuk meneruskan perjalanan. Lagipun ia melepasi 1:00 PM Christine sudah berasa sedikit letih. Mendaki gunung sangat meletihkan bagi sesiapa sahaja yang tidak biasa melakukannya. Dia masih ingat cabaran berterusan yang dikemukakannya di biara tetapi tidak ada yang serupa dengan mendaki gunung yang dikatakan oleh semua orang adalah suci. Dia mengumpulkan kekuatan di kedalaman jiwanya dan berusaha keras supaya tidak ada yang menyedari kesukarannya. Claudio tersenyum kepadanya dan itu mengisinya dengan kekuatan kerana baginya dia akan melampaui sebarang halangan. Cinta, kuasa pelik ini, telah menghubungkan kedua-duanya walaupun tanpa sebarang hubungan fizikal. Baginya, jika dia berpeluang, dia akan menghadap penjaga dan memasuki gua untuk merealisasikan impiannya untuk menyertainya sepanjang masa mereka harus bersama dalam hidup. Walaupun ia mengorbankan nyawanya. Lagipun, apa makna hidup jika kita tidak bersama mereka yang kita cintai? Kehidupan kosong adalah serupa dengan tiada kehidupan sama sekali. Kumpulan ini maju lebih jauh dan mendekati bahagian atas. Claudio cuba menyamar ia, tetapi dia tertarik sepenuhnya dengan keindahan dan rahmat Christine. Dari saat mereka bertemu sesuatu yang berubah dalam dirinya. Dia tidak boleh makan dengan betul atau melakukan apa-apa tanpa memikirkannya. Dia berfikir tentang betapa berfaedah keluarganya berpindah dari Pesqueira ke kampung Mimoso yang berkembang maju. Dia berfikir tentang bagaimana takdir murah hati untuk menyatukan semula keduaduanya secara praktikal dalam pekerjaan yang sama. Berkelah akan menjadi peluang yang baik untuk mungkin menarik gadis itu. Dia mempunyai harapan untuk diterima walaupun terdapat perbezaan di antara mereka. Kesukaran, terutamanya ibu bapanya yang prejudis, adalah halangan yang dapat diatasi. Akhirnya kumpulan itu mencapai puncak dan semua meraikannya. Sekarang semua yang tersisa adalah mencari tempat yang baik untuk berkelah. Ahli-ahli kumpulan dibahagikan kepada tiga kumpulan yang lebih kecil untuk mencari tempat yang paling sesuai. Beberapa minit berlalu dan salah satu kumpulan memberi isyarat, bersiul. Tempat itu dipilih. Seluruh kumpulan berkumpul semula, dan berkelah ditubuhkan. Setiap ahli kumpulan menyumbang sesuatu untuk jamuan makan.

"Adakah anda merasakannya, Christine? Nyanyian burung, bisikan cahaya angin, suasana luar bandar, dengung serangga, semua ini membawa kita ke tempat-tempat dan pesawat yang tidak pernah dikunjungi. Setiap kali saya datang ke sini, saya berasa seperti bahagian penting alam semula jadi dan tidak seperti saya memilikinya, seperti yang difikirkan oleh sesetengah orang. (Claudio)

"Ia sangat cantik. Di sini, secara semula jadi, saya berasa seperti manusia biasa dan bukan anak perempuan jurusan dan anda tidak dapat membayangkan betapa baiknya perasaan ini. (Christine)

"Nikmatilah, Christine. Bukan setiap hari anda boleh melakukannya. Prasangka, ketakutan, rasa malu, semua ini mengganggu hari ke hari kita. Di sini kita boleh lupa bahawa, sekurang-kurangnya seketika. (Fabiana)

"Dalam di sana hijau liar ini kita boleh rasa, lihat dan faham sepenuhnya alam semesta. Keajaiban ini berlaku kerana gunung itu suci dan mempunyai sifat ajaib. (Talita)

"Saya juga mahu menyatakan pendapat saya. Kami tujuh orang muda yang mencari apa? Saya akan menjawab sendiri. Kami mencari pengembaraan, pengalaman baru, persahabatan dan juga cinta. Walau bagaimanapun, ini hanya mungkin jika kita berdamai dengan diri kita sendiri, dengan orang lain dan dengan alam semesta. Inilah kedamaian yang kita dapati di sini. (Rafael)

"Di sini semuanya adalah pengalaman belajar. Irama alam semula jadi, syarikat anda semua dan udara segar ini adalah pelajaran yang harus kita ambil bersama kita untuk anak-anak dan cucu-cucu kita. (Marcela)

"Ini semua merupakan satu persekutuan yang hebat untuk saya. Persekutuan roh yang membawa kita untuk melampaui banyak peringkat kehidupan kita. (Patricia)

Lagipun, berikan pendapat mereka tentang apa yang mereka rasakan dalam masa ajaib itu mereka mula berkhidmat kepada diri mereka sendiri. Persekitaran yang selesa menjadikan mereka berdiam diri sepanjang makan. Selepas semua selesai makan tengah hari, Claudio mengumumkan:

"Sebenarnya, Christine, kami tidak datang hanya untuk berkelah sederhana. Kami akan mendirikan khemah dan bermalam di sini.

Christine, sejenak, berubah warna dan semua orang ketawa. Dia adalah satu-satunya dalam kumpulan yang tidak tahu.

"Hah? Dan bagaimana pula dengan bahaya gunung itu? Ayah saya akan membunuh saya jika saya bermalam di sini. Saya fikir saya akan pergi.

"Saya menasihati anda untuk tidak pergi. Penjaga mesti mengintai, menunggu peluang terbaik untuk menyerang. (Fabiana)

"Jangan risau, Christine. Bukankah saya mengatakan bahawa saya akan melindungi anda? Bagi ayah anda, jangan risau, dia tahu bahawa kami akan bermalam di sini. (Claudio)

Christine menenangkan diri. Lebih baik jika dia tinggal bersama kumpulan itu kerana dia tidak tahu gunung dan misterinya. Ia benar-benar menakutkan di luar sana sendirian. Siapa tahu apa yang boleh berlaku? Adalah lebih baik untuk tidak mengambil risiko. Petang berlangsung dan semua bekerjasama dalam melontar dua khemah. Mereka bersedia dalam masa yang singkat. Claudio dan Rafael keluar mencari kayu untuk menyalakan api, dengan tujuan mengejar haiwan liar yang mendiami rantau ini. Wanita-wanita itu bersendirian di kem, membersihkan tanah di sekeliling khemah.

"Senang datang ke sini, Christine. Pada waktu petang, seluruh tempat ini lebih cantik. Selepas makan malam, anda akan melihat: Ia adalah letupan total. Beritahu saya, adakah ini tidak lebih baik daripada tinggal di rumah? (Fabiana)

"Saya juga menikmatinya, tetapi anda sepatutnya memberitahu saya bahawa anda akan berkhemah di sini. Saya agak terkejut. (Christine)

"Adakah anda perasan bagaimana Claudio memandangnya dan sebaliknya? Saya rasa mereka berdua jatuh cinta. (Talita)

"Mata anda bermain helah pada anda, Talita. Tiada apa-apa antara Claudio dan I. (Christine)

"Saya, untuk satu bahagian, akan sangat gembira menjadi kakak ipar anda. (Patricia)

"Saya bersama awak dalam hal itu. (Fabiana)

"Terima kasih, awak, lelaki. Tetapi malangnya, mustahil. (Christine)

Christine, sejenak, kelihatan serius dan mereka berhenti dengan sindiran. Claudio dan Rafael kembali dengan semua kayu yang diperlukan untuk memastikan api unggun dinyalakan sepanjang malam. Claudio memandang Christine dan dia nampaknya sesuai. Petang berlangsung dan menjadi gelap. Api unggun menyalakan persekitaran ketika malam turun. Semua berkumpul di sekelilingnya dan makan malam disajikan oleh Fabiana dan Patricia. Semua orang makan dan bercakap sedikit. Claudio berpindah dari kumpulan itu dan apabila dia mendapat kepastian jarak, dia untuk dilakukan usul untuk Christine menemaninya. Dia menangkap isyarat dan juga bergerak dari kumpulan itu.

"Apa yang akan kita lakukan, Christine? Anda dan saya, bersama-sama, merenung bintang-bintang ini. Mereka nampaknya menjadi saksi apa yang kita berdua rasakan. Saya fikir bukan sahaja mereka, tetapi seluruh alam semesta merasakannya.

"Anda tahu itu mustahil. Ibu bapa saya tidak akan membenarkannya. Mereka sangat berat sebelah.

"Mustahil? Anda mengatakan bahawa kepada saya, di sini di gunung suci ini? Di sini tiada yang mustahil.

"Tetapi, tetapi. .

"Jangan cakap perkataan lain. Biarkan hati anda menjerit dengan kuat, seperti saya.

Claudio melangkah ke hadapan sedikit dan memeluk Christine. Perlahan-lahan, dia melengkungkan tangannya sedikit di sekeliling wajahnya dan dengan sabar menyentuh bibir Christine dengan sendirinya. Ciuman itu kacau Christine dan sejenak, dia merasa seperti berjalan di udara. Banyak pemikiran menembusi fikirannya dan mengganggu ciumannya. Apabila ia berakhir, dia menarik diri dan berkata:

"Saya belum bersedia lagi. Maafkan saya, Claudio.

Christine melarikan diri dan kembali ke kumpulan itu. Claudio pergi bersamanya. Api unggun api dan semua berkumpul di sekelilingnya kerana sejuk adalah sengit. Rafael berdiri di sebelah api, bersedia untuk menceritakan kisah seram mengenai gunung itu.

"Pernah ada pemimpi dari sebuah bandar kecil bernama Triumph, di kawasan pedalaman Pajeú. Namanya ialah Eulalio. Impiannya adalah untuk menjadi penyamun dan mengumpulkan gengnya sendiri untuk melakukan jenayah, mengumpulkan kekayaan, mempunyai kuasa sosial dan kesombongan dan dengan ini juga mempesona dan menggoda ramai wanita. Walau bagaimanapun, dia tidak mempunyai keberanian dan keazaman yang diperlukan untuk melakukan ini. Dia hampir tidak dapat menggunakan pedang. Di tanahnya, dia telah mendengar gunung suci Ororubá dan gua ajaibnya, dapat memenuhi sebarang keinginan. Setelah mendengar ini, dia tidak berfikir dua kali dan mengemas untuk dilakukan perjalanan yang didambakan. Dia tiba di gunung, bertemu dengan penjaga, menyelesaikan cabaran dan akhirnya memasuki gua. Walau bagaimanapun, hatinya tidak sepenuhnya tulen, dan keinginannya tidak benar. Gua itu tidak memaafkannya dan memusnahkan hidupnya dan impiannya. Sejak itu, jiwanya mula mengembara dalam kesakitan di gunung. Mereka mengatakan bahawa dia dilihat sekali oleh pemburu tepat pada tengah malam. Dia berpakaian sebagai penyamun dan membawa pistol besar yang melepaskan peluru hantu.

"Anda bermaksud dia menjadi berani setelah dia meninggal dunia? Kemudian gua itu, sebahagiannya, menjalankan impiannya. (Talita)

"Tidak cukup, Talita. Gua itu memusnahkan kehidupan pemimpi dan sebaliknya hanya meninggalkan jiwanya dengan objek keinginannya. Lebih-lebih lagi, dia adalah jiwa yang hilang yang terkandas dalam penderitaan. (Fabiana)

"Ini hanya cerita. Terdapat banyak pemimpi yang mencuba nasib di gua dan setakat ini, tiada seorang pun daripada mereka yang berjaya bertahan. Atas sebab ini, ia dipanggil gua putus asa. (Rafael)

"Saya tidak akan masuk ke dalam gua itu untuk apa-apa. Impian saya akan berlaku dengan perancangan, kegigihan, dedikasi dan iman. (Marcela)

"Saya akan pergi cinta. Lagipun, anda tidak boleh hidup tanpa mengambil risiko. (Christine)

"Sentiasa romantis. Christine jatuh cinta, orang. (Patricia)

Semua orang ketawa kecuali Claudio. Dia masih marah dan terluka kerana dengan cara dia ditolak oleh Christine. Dia telah membuka hati dan perasaannya; Walau bagaimanapun, tidak cukup untuk meyakinkannya tentang cintanya. Dia telah bercakap tentang prasangka daripadanya ibu bapa, tetapi dia telah menjadi orang yang prejudis. Kesedihan yang dirasainya di bahagian bawah dadanya untuk dilakukankah dia mengembara kembali tepat pada masanya untuk mengingati episod yang telah berlaku dua tahun lalu ketika dia tinggal di Pesqueira dan berpacaran berambut perang yang indah, anak perempuan Datuk Bandar. Mereka bertarikh tersembunyi selama tiga bulan kerana dia takut reaksi ibu bapanya. Suatu hari, bapa mendapat tahu dan tidak gembira. Dia mengupah dua kekurangan untuk merengek dan menamparnya. Ia adalah pukulan yang tidak akan pernah dia lupakan. Itulah perasaannya sekarang: Ditampar, disebat dan bukan oleh ibu bapanya, tetapi oleh dia dan prasangkanya sendiri. Walau bagaimanapun, dia tidak akan berputus asa dengan mudah dari kehidupan dan kebahagiaannya sendiri. Dia akan menunjukkan kepada Christine nilainya dan dia akan memahami betapa bodohnya kehilangan masa yang berharga.

Malam jatuh dan semua sedang bersiap untuk tidur di khemah mereka. Api terus menyala untuk melindungi mereka daripada haiwan ganas gunung. Walau bagaimanapun, melolong boleh didengar dari jarak tertentu. Christine kacau dari satu pihak ke pihak yang lain cuba mengawal ketakutannya. Ini adalah kali pertama dia tidur di tempat suci. Tanah keras mengganggunya lebih daripada yang dia sangkakan. Melolong berterusan dan pada masa itu bunyi langkah kaki juga didengar. Christine menahan nafasnya dengan putus asa. Boleh jadi hantu penyamun? Atau mungkin binatang liar bersedia memakannya? Bunyi langkah kaki datang ke arahnya. Angin kencang melanda khemah, dan tangan misteri muncul di kepak pintu. Dia bersedia untuk menjerit tetapi lelaki yang muncul berkata:

"Santai, ini saya.

Christine menenangkan dan memulihkan diri daripada ketakutan. Dia mengenali suara itu. Ia adalah Claudio. Tetapi apa yang dia lakukan di khemahnya pada satu jam? Kiraannya, dibayangi oleh kegelapan malam, mencerminkan keraguan ini. Claudio bongkok ke bawah dan bertanya:

"Saya datang untuk bertanya kepada anda sama ada anda telah untuk dilakukan hasrat anda.

"Hajat? Apa hasrat?

"Gunung ini suci dan pada tengah malam ia akan memberikan keinginan kepada hati dalam cinta. Saya telah melakukan saya dan anda tahu apa? Saya meminta gunung untuk menyatukan kita dalam cinta selama-lamanya.

"Adakah anda percaya pada ini? Saya tidak fikir mana-mana gunung akan mengubah rancangan ayah saya.

"Saya sudah memberitahu anda, gunung itu suci. Percayalah saya. Ia boleh menjadikan impian kita menjadi kenyataan.

Walaupun begitu, Claudio berganding bahu dengan Christine, dan kedua-duanya menutup mata mereka. Pada masa itu, kedua-dua hati itu terjun ke dalam pesawat selari di mana mereka berdua gembira dan bebas. Christine melihat dirinya berkahwin dengannya dan sebagai ibu kepada sekurang-kurangnya tujuh orang anak. Masa ini sudah cukup untuk mereka merasa sebagai satu, berkaitan dengan alam semesta. Arus telah rosak; Claudio mengucapkan selamat tinggal dan Christine cuba tidur di lantai yang keras dan kering.

Keturunan dari Gunung

Apabila fajar hari baru, Claudio naik dan mula bangun yang lain. Christine adalah yang terakhir untuk bangkit. Claudio dan Rafael menyelidiki hutan untuk menangkap ikan di kolam berhampiran. Ia akan menjadi sarapan pagi mereka. Sementara itu, wanita cuba menyalakan api dengan seluruh kayu sisa. Fabiana memecahkan kesunyian.

"Tidur lena, Christine?

"Tidak sihat. Tanah yang keras dan kering ini menyakitkan belakang saya. Ia masih menyakitkan. (Christine)

"Itulah kehidupan pengakap untuk anda. Bersiap sedia kerana kami masih mempunyai banyak pengembaraan. (Talita)

"Adakah anda suka berjalan kaki, secara umum? (Patricia)

"Ya, saya suka. Gunung ini menghirup udara ketenangan dan kedamaian. Saya suka hubungan dengan alam semula jadi dan syarikat anda. (Christine)

"Kami juga menikmatinya, walaupun ini bukan kali pertama kami. Sekarang anda sebahagian daripada pasukan kami. (Patricia)

"Adakah anda menyelesaikan masalah dengan Claudio malam tadi? (Talita)

"Kami memutuskan untuk tidak memulakan hubungan kerana kami hidup dalam dunia yang sama sekali berbeza. (Christine)

"Dalam masa, anda akan menyelesaikannya. Cinta lebih kuat daripada perbezaan dan seperti yang saya katakan saya akan gembira menjadi kakak ipar anda. (Fabiana)

"Saya juga. (Patricia)

"Saya iri dengan awak. Claudio sangat comel. Terlalu buruk dia tidak berminat dengan saya. (Talita)

Perbualan terus meriah di kalangan wanita, tetapi Christine lebih suka tidak menjadi sebahagian daripadanya. Bercakap tentang cintanya, Claudio, menyakiti jiwanya kerana rasanya ia akan menjadi cinta yang mustahil. Dia mengenali ibu bapanya dengan baik dan tahu bahawa mereka akan menentang hubungan seperti ini. Ibunya masih menaruh harapan bahawa dia akan kembali ke biara dan bapanya mahu melihat dia berkahwin dengan suami tahap sosial mereka. Kedua-dua pilihan mengecualikan Claudio dari hidupnya tetapi pada masa yang sama hatinya kalah untuknya; dia hanya mahu dia. Ini adalah dua "pasukan lawan" yang dia perlu mendamaikan, atau bahkan memilih antara. "Pasukan lawan" ini menyerang hatinya dan masih untuk dilakukannya ragu-ragu. Kira-kira tiga puluh minit selepas mereka pergi, Claudio dan Rafael kembali dengan jumlah ikan yang baik. Api sudah menyala, dan ikan diletakkan di grid. Ikan-ikan itu dibakar sepenuhnya dan diedarkan di kalangan ahli-ahli kumpulan. Claudio berkata:

"Kami sedang memancing dan tiba-tiba seorang wanita tua muncul meminta sedikit ikan untuk makannya. Saya memberi mereka kepadanya dan terima kasih dia memberkati saya dan berkata saya akan sangat gembira. Saya tidak tahu wanita itu. Saya tidak pernah melihatnya di sekitar bahagian-bahagian ini. Dia mempunyai pandangan ini di matanya yang menarik saya seolah-olah dia tahu masa depan.

"Mungkin dia penjaga? Bukankah legenda mengatakan bahawa dia tinggal di sini di gunung? (Fabiana)

"Boleh jadi. Itulah yang saya fikirkan ketika melihatnya. (Rafael)

"Kalau begitu anda sangat bertuah, abang saya. Terdapat beberapa orang yang boleh mencapai kebahagiaan. (Patricia)

"Dia benar-benar pelik. Saya berasa sejuk apabila saya memberikan ikan kepadanya. (Claudio)

"Saya praktikal. Saya juga percaya gunung itu suci dengan pengalaman yang saya tinggal di sini. Tetapi kemudian untuk mempercayai penjaga dan di gua yang melakukan mukjizat adalah banyak tanah untuk ditutup. Tidak lama lagi, anda akan mencuba dan meyakinkan saya bahawa terdapat hantu dan jembalang. (Talita)

"Sekiranya saya, adakah anda, saya tidak akan meraguinya. Claudio adalah seorang lelaki yang serius dan bukan pembohong. (Marcela)

"Saya juga percaya beliau. Di biara mereka mengajar saya untuk menilai orang dengan mata mereka dan Claudio benar-benar ikhlas ketika bercakap tentang penjaga. Dia benar-benar istimewa kerana telah bertemu dengannya. (Christine)

Kesunyian memerintah pada saat-saat berikut di sekitar kem dan ahli-ahli kumpulan selesai makan ikan mereka. Claudio dan Rafael memecah khemah dan wanita berkumpul bersama-sama objek yang mereka bawa. Kumpulan itu bertemu dalam doa bersyukur kerana detik-detik tinggal di pergunungan dan mula berjalan kembali ke kampung tempat mereka tinggal. Claudio perlahan-lahan menawarkan tangannya kepada Christine, dan dia menerima. Keturunan dari gunung itu berbahaya bagi pemula. Hubungan fizikal dengan Claudio menjadikan jantung Christine melompat lebih banyak lagi. Lelaki ini untuk dilakukannya sangat gila sehingga dia hampir melupakan konvensyen sosial ketika dia bersamanya di gunung. Mereka adalah saat-saat yang mempunyai kuasa untuk membawanya ke pesawat selari di mana tiada siapa yang dapat mencapainya. Dia berasa sangat gembira pada saat-saat ini. Walau bagaimanapun, dalam perjalanan ke gunung, dia harus meninggalkan impiannya fantasi dan menghadapi realiti yang keras. Realiti di mana dia adalah anak perempuan jurusan yang korup, autoritarian dan tegas. Selain itu, dia hidup untuk saat-saat ketika Claudio memegangnya dan menciumnya. Christine memerah tangan Claudio dengan kuat untuk memastikan dia benar-benar hadir di sana, di sisinya. Dia sudah kehilangan datuk dan neneknya dan tidak akan dapat menanggung kerugian lain. Kumpulan ini turun dari atas dan telah pergi separuh daripada jarak ke laluan gunung yang curam. Claudio, pemimpin kumpulan, berhenti dan meminta semua orang melakukan perkara yang sama. Semua minum air dan teruskan berjalan. Christine berfikir tentang ibunya dan memarahi yang akan dia terima kerana dia telah menghabiskan sepanjang hari jauh dari rumah. Dia melayannya seperti kanak-kanak, tidak dapat memilih jalannya sendiri. Dengan pengaruhnya, dia telah memasuki sebuah biara dan menghabiskan tiga tahun hidupnya sebagai bertapa. Dia hanya dibenarkan keluar berjalan-jalan diiringi dan hanya dengan kebenaran Ibu Superior. Pada masa itu, dia akan belajar bahasa Latin dan asas-asas agama Kristian. Budaya dan pengetahuan adalah satu-satunya perkara positif yang keluar dari penginapannya di sana. Kebanyakannya, ia adalah sebahagian daripada hidupnya yang sia-sia kerana dia tidak mempunyai keinginan untuk menjadi biarawati. Dia bosan menjadi gadis yang baik dan patuh kerana ini hanya membawa kerugiannya. "Pasukan lawan" yang dibawanya perlu diselesaikan. Kumpulan ini mempercepatkan rentaknya dan dalam masa yang singkat mereka mengembara sepanjang perjalanan pulang ke rumah. Mereka mengucapkan selamat tinggal antara satu sama lain dan semua kembali ke rumah mereka.

Penyalahgunaan Mejar

Penerimaan Christine berjalan lancar. Kedua-dua ibu bapanya tidak mengadu bahawa dia menghabiskan malam di gunung suci. Lagipun, dia tidak bersendirian. Setelah bercakap dengan ibu bapanya, dia mandi, menangguhkan ke biliknya, dan tidur ketika dia merasa letih. Mejar dan isterinya berada di ruang tamu, bercakap. Bunyi bertepuk tangan boleh didengari dan Gerusa segera pergi ke pintu untuk membukanya. Lenice, seorang petani, menunggu untuk dihadiri.

"Bagaimana saya boleh membantu anda?

"Saya mahu bercakap dengan jurusan. Ia sangat penting.

"Masuklah. Dia berada di ruang tamu.

Lenice masuk dan pergi ke ruang tamu.

"Tuan Mejar, saya ingin bercakap dengan anda, Tuan. Ini mengenai anak lelaki saya yang baru lahir, Jose.

"Bagaimana dengan dia? Bapa tidak mahu bertanggungjawab. Adakah anda memerlukan bantuan untuk membesarkannya?

"Tidak, tiada apa-apa. Saya berharap anda, Tuan, akan menjadi Bapa baptis pembaptisannya.

"Apa? Bapa baptis? Kepada keluarga penting mana yang anda milik?

"Saya Silva dan kami bekerja dalam bidang pertanian.

"Tidak mustahil. Saya tidak akan menjadi kawan ahli keluarga Silva yang sederhana walaupun saya adalah lelaki terakhir di Bumi. Anda harus menyemak diri anda sebelum anda datang ke sini dengan permintaan tersebut.

"Tuan Mejar anda tidak mempunyai hati.

Wanita miskin, dengan air mata, mengeluarkan dirinya dari bilik dan daun. Dia bermimpi menjadi kawan jurusan seperti yang dilakukan oleh ramai dari kampung. Anaknya akan mempunyai lebih banyak peluang untuk berkembang jika dia adalah anak tuhan utama. Beliau akan mempunyai akses kepada pendidikan, penjagaan kesihatan dan pekerjaan yang bermaruah kerana segala-galanya di kampung itu bergantung kepada pengaruh utama. Semua, tanpa pengecualian, mahu beberapa jenis hubungan dengannya mempunyai keistimewaan ini. Mereka yang tidak dapat diturunkan ke dunia kesengsaraan dan penderitaan.

Selepas memandu keluar petani, utama bersiap untuk pergi ke balai polis. Isterinya, Helena, meluruskan pakaiannya.

"Adakah anda melihat itu, wanita? Apa ketidaksempurnaan! Sebahagian besar nilai saya tidak boleh menjadi kawan Silva mudah.

"Orang-orang di sini mati untuk menjadi kawan anda. Penggali emas!

"Jika mereka sekurang-kurangnya peniaga, saya akan ambil. Adakah anda pernah melihat apa-apa seperti itu? Utama, kawan-kawan dengan petani.

"Saya gembira anda meletakkannya di tempatnya. Saya tidak fikir lagi petani akan berani datang ke sini.

Mejar mengucapkan selamat tinggal kepada isterinya dengan ciuman. Dia mula berjalan, membuka pintu dan daun. Dia menumpukan perhatian kepada apa yang akan dilakukannya. Sejak beliau mengangkat sumpah secara rasmi oleh Datuk Bandar sebagai pihak berkuasa politik utama di rantau ini, beliau masih belum mengambil sebarang keputusan aktif. Sosok utama "bagus" sudah menjengkelkannya. Beliau terpaksa mengorak langkah untuk dihormati oleh pihak berkuasa lain. Mejar dan kolonel mempunyai peranan penting dalam penyatuan struktur yang tidak adil yang dipanggil 'kumpulan Kolonel,' yang memerintah pada masa itu. Dari struktur tidak adil ini mereka bersenang-senang dengan kuasa dan pertandingan. Utama terus berjalan dan tidak lama lagi dia sudah menghampiri stesen. Dia yakin sepenuhnya dengan apa yang akan dilakukannya. Dia belajar, dalam zaman kanak-kanak tragisnya di Maceió, bagaimana untuk dilakukan keputusan dengan cara yang paling tepat pada masanya dan dia menyedari bahawa sekarang adalah masa terbaik. Dia mengambil langkah untuk mengelakkan penyesalan dan rasa bersalah. Dia tiba di balai polis, membuka pintu depan dan mengumumkan:

"Perwakilan Pompeu, kami mempunyai perkara penting untuk dibincangkan.

Mejar menyampaikan senarai kepada perwakilan di dalam biliknya.

"Apa ini?

"Ini adalah senarai lengkap semua pembayar cukai yang bermasalah. Saya tidak akan bertolak ansur dengan sebarang kelewatan lagi dan saya menuntut anda, tuan, sebagai wakil, akan menangani perkara ini.

"Adakah anda memberi mereka lanjutan untuk membayar?

"Ya, saya melakukan segala-galanya dalam kuasa saya. Pemungut cukai, Claudio, memberitahu saya bahawa mereka memberi alasan yang lemah agar tidak membayar.

"Saya tidak nampak apa yang boleh saya lakukan. Undang-undang tidak membenarkan saya mengambil sebarang tindakan.

"Saya mesti mengingatkan anda, Encik Pompeu, bahawa jawatan perwakilan yang anda sayangi akan berisiko jika anda tidak mengambil tindakan lanjut. Undang-undang yang saya tahu berkhidmat paling kuat dan sebagai utama saya memberitahu anda untuk segera memenjarakan semua orang jahat ini dan tidak membebaskan mereka sehingga mereka membayar hutang mereka.

Perwakilan Pompeu menggelengkan kepalanya dan memanggil kedua-dua pegawainya untuk mula menangkap mangsa. Mejar berpuas hati kerana tuntutannya dipenuhi. Ini akan menjadi yang pertama daripada banyak tindakan sewenang-wenangnya yang akan diambilnya sebagai tokoh kuasa politik terbesar di rantau ini.

Jisim

Ia adalah pagi Ahad yang indah. Loceng gereja berbunyi mengumumkan jisim Ahad. Dalam perhutanan, Bapa Chiavaretto sedang bersiap untuk perayaan lain. Chiavaretto adalah imam rasmi Mimoso. Berasal dari Venice, Itali, anak kepada keluarga kelas menengah, beliau telah ditahbiskan pada tahun 1890. Aktiviti imamnya bermula di tanah asalnya pada tahun yang sama penyelarasannya dan berlangsung sehingga tahun 1908. Tahun ini, dengan penentuan Biskop Venice dia secara rasmi dipindahkan ke Brazil. Misinya adalah untuk menyebarkan

Injil dan untuk menangkap mereka yang masih berterusan dalam paganisme. Dalam masa dua tahun sukar Kerja, dia telah mencapai kemajuan di kampung kecil. Walau bagaimanapun, salah satu matlamat yang perlu dicapai ialah mendapatkan jumlah yang lebih besar secara besar-besaran. Pada mulanya, apabila dia tiba di kampung, kehadiran penduduk secara besar-besaran lebih besar. Lama kelamaan, orang kehilangan semangat hanya kerana jisim yang dilakukan oleh Chiavaretto sepenuhnya dalam bahasa Latin. Ia adalah penentuan rasmi Gereja pada masa itu.

Sebelum memulakan perayaan, imam mengambil sekejap refleksi. Masa di Venice datang ke fikirannya dan dia teringat nasib setiap saudara lelaki dan perempuannya. Salah seorang daripada mereka memutuskan untuk menjadi askar dalam tentera dan pergi untuk mewujudkan barisan keamanan bersepadu di negara lain. Dia sentiasa mempunyai kecenderungan untuk melindungi kanak-kanak lain. Seorang kakak meninggalkan untuk menjadi biarawati dan seorang lagi berkahwin dan mempunyai empat orang anak. Kedua-duanya mengikuti laluan bertentangan dalam hidup mereka tetapi tidak melupakan yang lain atau berhenti berkawan. Kedua-duanya tinggal di Venice, Itali. Dia menjadi imam tetapi bukan dengan pilihan tetapi dengan tanda nasib. Dia dipanggil oleh Yesus. Kejadian yang untuk dilakukannya memutuskan untuk menjadi imam adalah seperti berikut: Ketika dia masih kecil, dia bermain dengan senyap dengan salah seorang kawannya di jambatan yang terletak betul-betul di atas sungai. Permainan yang mereka mainkan adalah tag. Teruja dengan permainan itu, dia memanjat pagar jambatan untuk melarikan diri dari lawannya. Kakinya menggigil, dia pening dan mengambil langkah palsu dia jatuh tepat ke dalam sungai. Arus deras kuat kerana sungai ditenggelami air sepenuhnya. Chiavaretto cuba berenang tetapi dia tidak mempunyai pengalaman di dalam air. Secara beransur-ansur dia tenggelam, dan rakannya hanya memerhatikan kerana dia juga tidak tahu berenang. Pada masa itu tidak ada orang dewasa di sekitar. Sedikit demi sedikit, Chiavaretto kehilangan kekuatan dan kesedaran. Apabila dia merasakan dia berada di dekatnya, dia memanggil nama suci Yesus. Dengan cepat, dia merasakan tangan yang kuat memegangnya dan suara berkata:

"Pedro, jangan takut!

Itulah namanya: Pedro Chiavaretto. Tangan perkasa mengangkatnya ke atas dan keluar dari air. Apabila dia diselamatkan, di tebing sungai, lelaki misteri itu hilang. Sejak hari itu, Pedro Chiavaretto mengabdikan dirinya semata-mata kepada agama dan menjadi imam. Pengalaman ini adalah rahsianya, dia tidak memberitahu siapa pun.

Saat refleksi berlalu dan imam menuju ke altar. Dia melihat jemaah dan mengesahkan bahawa ia adalah barisan orang yang sama seperti biasa: Orang kaya dan berkuasa, duduk di kerusi berlengan terbaik dan kurang bernasib baik di pihak lain. Pembahagian jenis ini menyusahkannya kerana ia betul-betul bertentangan dengan apa yang dipelajarinya di seminari. Manusia adalah sama di hadapan Tuhan dan mempunyai kepentingan yang sama. Apa yang membezakan manusia dan menjadikan mereka istimewa adalah bakat, karisma dan kualiti lain. Walaupun begitu, dia tidak dapat berbuat apa-apa. Dengan pengisytiharan Republik dan Perlembagaan 1891 terdapat pemisahan rasmi gereja dan negara. Brazil menjadi, sejak saat itu, sebuah negara konstituen tanpa agama rasmi. Gereja kehilangan banyak kuasa dan keistimewaannya juga. Dengan itu, Kumpulan Kolonel (memerintah di timur laut) adalah tertinggi dalam keputusan mereka, keputusan yang tidak dapat ditolak oleh gereja.

Imam memulakan perayaan itu dan satu-satunya yang benar-benar memberi perhatian kepada kata-katanya adalah Christine dan Helena yang taat, kerana kedua-duanya tahu bahasa Latin. Yang lain pergi ke gereja hanya untuk melihat pakaian dan gaya yang lain dan gosip. Mereka tidak tahu makna sebenar jisim. Imam bercakap tentang pengampunan dan tentang hakikat bahawa kita mesti memperhatikan tanda-tanda yang datang dari hati kita. Dia mengatakan bahawa ini adalah kompas terbaik untuk pelancong yang hilang. Jisim berterusan dan mencapai masa persekutuan. Apabila imam menukar roti dan wain ke dalam badan dan darah Nabi Isa, Christine seolah-olah melihat Claudio di altar itu, di sebelah Bapa. Dia menggoncangnya kepala, dan penglihatan hilang. Ini adalah kali kedua sesuatu seperti ini berlaku kepadanya. Kali pertama ia berlaku dia mengait di anjung rumahnya. Apa yang berlaku kepadanya? Fikirannya tidak akan menghormati jisim. Christine berazam untuk tidak mengambil persekutuan kerana dia tidak bersedia dan tidak merasa benar-benar tulen untuk mengambil bahagian di dalamnya. Helena buat. Sambutan diteruskan dan Christine cuba memberi tumpuan kepada khutbah imam. Dia memberi perhatian kepada setiap perkataan yang diucapkan olehnya. Pada masa itu, akhirnya dia dapat melupakan Claudio sedikit dan melupakan berkelah yang indah. Dia hampir memberikan dirinya kepadanya di gunung. Ketakutan terhadap penghakiman dan bapanya menahannya. Imam memberikan berkat terakhir dan Christine berasa lebih berkurangan. Dia tidak perlu risau lagi untuk menahan fikirannya.

Refleksi

Christine, bersama ibu bapanya, meninggalkan kebergantungan gereja kecil suci Sebastian. Pemimpin utama mengucapkan selamat tinggal kepada mereka dan pergi untuk menjaga perniagaan di bangunan Persatuan Penduduk. Rumah dua beranak itu. Sepanjang perjalanan, Christine mula merenungkan khutbah yang didengar sebentar tadi dari imam. Adakah dia mendapat pengampunan daripada ibunya selepas meninggalkan biara? Adakah dia telah dimaafkan? Jawapan kepada kedua-dua soalan adalah tidak. Ibunya, kecewa selepas keluar dari biara, tidak pernah lagi ibu yang sama yang dia pelajari untuk mencintai dan menghormati. Dia tidak lagi mencintai atau menunjukkan kepadanya apa-apa jenis emosi penyayang seperti sebelumnya. Ibunya bukan lagi kawannya, hanya teman. Sekali lagi, dia bercakap tentang biara dan mengulas bagaimana dia akan sangat gembira jika dia mempunyai anak perempuan yang merupakan biarawati. Dia masih memberi harapan sendiri bahawa Christine akan kembali ke sana. Mengenai nasibnya sendiri, Christine masih menimbulkan keraguan. Dia pasti tentang perasaan yang dia miliki untuk Claudio tetapi takut menyerah sepenuhnya kepada semangat ini dan akhirnya terluka.

Christine telah belajar, di biara, bahawa lelaki mempunyai banyak pihak kepada mereka dan tidak boleh dipercayai. Mengenai fakta mengikuti hatinya, dia enggan mendengarnya pada saat-saat yang paling penting dalam hidupnya. Dia tidak mendengar apabila dikatakan tidak terlibat dengan anak tukang kebun di biara itu. Setelah diusir, dia meninggalkannya tanpa penjelasan. Dia juga tidak mendengarnya apabila ia memintanya untuk menyerah kepada Claudio, di gunung. Sebaliknya, dia lebih suka mematuhi konvensyen sosial dan ketakutan. Kedua-dua kali dia enggan mendengar hatinya, dia terhalang. Christine untuk dilakukan pakatan dengan dirinya sendiri dan menerima untuk mendengarnya pada peluang seterusnya. Jisim Bapa Chiavaretto telah terbukti membantu.

Sucavão

Ia adalah pagi yang tenang Selasa. Sehari sebelum itu, hujan lebat telah memenuhi sungai dan sungai. Tempat ini sibuk dengan banyak bilik mandi dari seluruh rantau ini bersenang-senang di Sungai Mimoso. Sementara itu, sekumpulan rakan-rakan muda, yang diketuai oleh Claudio sedang dalam perjalanan ke kediaman Christine. Mereka akan memintanya untuk melakukan perjalanan khas yang lain. Mereka tiba di kediaman dan bertepuk tangan untuk didengari. Gerusa, pembantu rumah, menjawab pintu.

"Apa yang kamu mahu?

"Kami di sini untuk bercakap dengan Christine. Adakah dia pulang?

"Dia. Tunggu sebentar. Saya akan memanggilnya.

Beberapa saat kemudian, Christine kelihatan tersenyum dan bersedia untuk bercakap dengan mereka.

"Gerusa memberitahu saya bahawa kalian mahu bercakap dengan saya. Tentang apa?

Claudio, pemimpin kumpulan itu, bersuara.

"Kami di sini untuk menjemput anda untuk melakukan perjalanan yang menarik bersama kami. Dengan hujan semalam, sungai dan sungai di rantau ini melimpah. Seluruh bandar menikmatinya. Di ladang Frexeira Velha, dekat sini, terdapat tempat yang sangat istimewa yang ingin kami tunjukkan kepada anda. Apa kata awak?

"Jika anda berjanji tidak akan ada kejutan seperti masa itu di berkelah, saya akan pergi. (Christine)

"Tidak akan ada. Anda akan gembira dengan tempat itu. (Fabiana)

"Kami berjanji untuk menunjukkan kepada anda pagi yang sangat istimewa. (Rafael)

Ahli-ahli kumpulan yang lain juga menggalakkan Christine untuk terima, dan dia akhirnya bersetuju. Lagipun, dia tidak melakukan apa-apa yang penting pada masa itu. Keluar sedikit akan membantunya untuk merenungkan beberapa idea dengan lebih baik. Dengan persetujuan Christine, kumpulan itu mula berjalan ke arah destinasi yang dia tidak diendahkan. Claudio menawarkan lengannya dan dia menerima, mengikut naluri hatinya. Dia telah belajar ini dari imam. Hubungan fizikal menjadikan Christine menyelam ke alam semesta selari jauh di luar imaginasi manusia biasa. Di tempat-tempat ini, tidak ada ruang untuk sesiapa kecuali dia dan kekasihnya. Dia telah berkahwin dengan sekurang-kurangnya tujuh orang anak, semuanya dari Claudio. Ibu bapanya yang prejudis dan tidak stabil secara moral tidak mempunyai kuasa untuk menjejaskannya dalam imaginasinya sendiri. Sekiranya gunung Ororubá benar-benar suci, ia akan meneruskan permintaan mereka dan menjadikan rancangan ini menjadi kenyataan. Walaupun ini hampir mustahil untuk dua sebab. Pertama, kerana dia adalah anak perempuan seorang ibu yang masih menyimpan harapan dia menjadi biarawati. Kedua, dia mempunyai seorang bapa yang mereka bentuk masa depan untuknya (pada pendapatnya bahagia), dengan mengahwininya dengan seseorang dari tahap sosialnya sendiri. Di samping itu, kedua-duanya sangat prejudis.

Kumpulan berhenti sedikit supaya semua orang dapat hidrat semula. Claudio tidak akan melepaskan lengan Christine sebentar. Dalam fikirannya, Christine hanya akan menjadi miliknya, melihat bagaimana mereka saling berkaitan. Dari saat dia bertemu dengannya, hidupnya berubah. Dia mula kurang memberi kepentingan kepada minum dan merokok. Dia praktikal berhenti berbuat demikian. Rakan-rakannya juga melihat perubahan. Dia telah menjadi lelaki yang lebih berkarisma dan ceria. Dia tidak mengadu lagi tentang kerja atau bil. Dia menjadi diterangi oleh cinta Tuhan. Bagi Christine, dia sanggup melakukan apa sahaja: Untuk menghadapi Mejar yang ditakuti dan isterinya; untuk menghadapi pendapat umum; untuk menghadapi Tuhan dan dunia jika perlu. Dia semakin tahu benar Cinta; tidak seperti masa lain dia telah bertarikh.

Kumpulan ini mempercepatkan rentak mereka dan dalam masa kira-kira sepuluh minit mereka sampai ke ladang Frexeira Velha. Mereka berpaling ke kanan dan berjalan beberapa kaki lagi sebagai jalan pintas membawa mereka ke ambang kereta api. Mereka akhirnya tiba di destinasi mereka dan Christine kagum. Ia menghadapi kolam semula jadi yang diukir dalam batu dan yang menghadap ke aliran kecil.

"Jadi, inilah yang anda mahu tunjukkan kepada saya. Ia sensasi!

"Kami tahu anda akan menyukainya. Ia adalah tempat yang bagus untuk berehat sedikit. Ia dipanggil Sucavão. (Claudio)

Mereka semua berlari ke keajaiban alam semula jadi ini. Claudio bergerak sedikit dari Christine dan mula melompat dengan teruk di dalam air. Dia kekal tenggelam selama beberapa saat. Christine bimbang dan mula mencarinya di seluruh kolam renang. Apabila dia paling tidak menjangkakannya, dua tangan yang kuat memegang pahanya dan Claudio muncul semula, memeluknya.

"Adakah anda mencari saya?

Christine tidak mengatakan apa-apa dan meletakkan tangan kecilnya di bahu Claudio. Dia merasakan masa ini dan bergerak lebih dekat dengannya. Bibirnya yang mendesak mencarinya. Kedua-duanya saling mencari dan menyebabkan ribut tepukan. Christine dan Claudio berpaling ke arah yang lain dan ketawa. Hubungan mereka telah disahkan. Semua orang terus menikmati

kolam renang. Claudio dan Christine tidak bergerak dari sisi masing-masing. Kumpulan itu menghabiskan sepanjang pagi di Sucavão dan kemudian semua kembali ke rumah mereka.

Pasaran

Pagi Rabu yang sangat cerah timbul, dan Christine baru sahaja bangun. Dia bangun dari katil dan mandi. Dia memasuki bilik mandi, menghidupkan keran dan air sejuk membanjiri seluruh tubuhnya. Pada masa itu, fikirannya bergerak dan mendarat tepat dalam peristiwa hari sebelumnya. Dia berfikir tentang pelukan Claudio dan ciuman. Hubungan fizikal awal untuk dilakukannya lebih yakin tentang apa yang dia rasakan untuknya. Ia adalah sesuatu yang benar-benar berkekalan. Dia mematikan air, sabun dan ketakutan mula memegang pemikiran intimnya. Apa yang akan menjadi mereka apabila ibu bapanya mendapat tahu? Adakah suka menjadi lebih kuat daripada prasangka dan konvensyen sosial? Adakah gunung itu benar-benar menjawab permintaannya? Jawapan kepada soalan-soalan ini dia tidak tahu. Satu-satunya perkara yang boleh mereka lakukan ialah menikmati masa ini dan berharap ia akan kekal selama-lamanya.

Dia menghidupkan semula air dan ketakutan sebelumnya hilang. Dia sanggup berjuang untuk cinta ini walaupun ia sangat membebankannya. Air dari keran untuk dilakukannya mengingati Sucavão dan bagaimana tempat itu ajaib. Dia fikir semua orang harus menjadi seperti sungai yang mengalir yang memberikan dirinya sepenuhnya kepada takdirnya. Itulah bagaimana dia akan bertindak berhubung dengan cintanya, Claudio. Air sejuk mula mengganggu dia, dan dia memutuskan untuk mematikannya. Dia mengambil dua tuala dan mula kering. Selepas mengeringkan dirinya sepenuhnya, dia berpakaian dan pergi ke dapur untuk sarapan pagi. Apabila tiba, dia mendapati Gerusa melayani ibu bapanya.

"Sudah? Awak nampak hebat. Apa yang berlaku?

"Tiada apa-apa, ibu. Saya hanya mempunyai malam yang baik.

"Anak perempuan saya seorang gadis yang baik, wanita. Dia tidak akan melakukan apa-apa terhadap prinsip kami. (Mejar)

Kesejukan berais melawat tubuh Christine dan pada masa itu nampaknya ibu bapanya telah meneka fikirannya. Dia memutuskan untuk berdiam diri supaya tidak membangkitkan syak wasangka.

"Apa yang anda katakan kita pergi ke pameran hari ini? Saya memerlukan buah-buahan, sayur-sayuran dan kacang. (Helena)

"Saya dengan senang hati akan pergi bersama awak, ibu. (Christine)

"Baiklah, saya tidak boleh. Saya akan menjaga perniagaan. (Mejar)

Kedua-duanya selesai sarapan pagi dan pergi ke pasar. Pasar Mimoso telah menjadi acara besar yang menarik pengunjung dari seluruh rantau ini. Pada hari itu, ia sangat kuat sibuk, dan perdagangan berkembang. Christine dan Helena mendekati pendirian buah Olivia dan pada masa itu langit seolah-olah menyeberang dalam pertukaran pandangan antara Christine dan Claudio.

"Kamu di sini? Saya tidak menjangkakan perkara itu. (Christine)

"Ibu saya meninggalkan saya untuk menjaga khemahnya. Apa yang tidak akan dilakukan oleh seorang anak untuk ibunya? Bagaimana awak, rindu?

"Sangat baik.

"Saya tidak tahu anda berdua adalah kawan baik.

Christine menyamarkan perasaannya terhadap Claudio sedikit dan bertindak balas:

"Dia adalah sebahagian daripada kumpulan rakan yang saya keluar dan selain itu, dia rakan sekerja saya, adakah anda lupa?

"Oh, ya. Pemungut cukai.

Claudio menang di Christine sebagai tanda penglibatan. Kedua-duanya terpaksa memalsukannya sehingga masa yang sesuai. Claudio bertanya:

"Apa yang akan kamu miliki?

"Saya mahu dua dozen pisang, tiga betik dan enam mangga. (Helena)

Christine memberi perhatian kepada setiap perincian maskulin cintanya dan kagum. Dia tidak ragu-ragu: Dia adalah lelaki yang dia mahukan, tidak kira berapa banyak halangan yang harus dia atasi. Dia telah belajar, di biara, bahawa pemenang adalah orang yang mempunyai keberanian untuk berani. Claudio memberi mereka buah-buahan dan Christine dan Helena pergi ke stesen lain. Pasaran akan dibuka sehingga 2:00 PM.

Kes lembu

Mejar Quintino, sebagai salah satu perintis rantau ini, menjadi pemilik ladang yang kaya dan akibatnya salah satu penternak lembu terbesar di rantau ini. Pada suatu hari, pekerjanya menyeberangi lembu di atas landasan kereta api untuk mendapat akses ke bahagian lain tanah. Secara kebetulan, sekejap yang sama, kereta api dengan kelajuan yang hebat muncul di kaki langit. Para pekerja bergegas menyeberangi dan konduktor kereta api cuba berhenti, tetapi tidak berjaya. Salah seekor lembu telah dilanggar oleh kereta api dan mati akibat hentaman. Pemandu meneruskan perjalanannya dan pekerja terkejut. Mereka berkumpul dan memutuskan untuk memberitahu semua kepada jurusan.

Apabila jurusan mendengar cerita itu, dia mengarahkan pekerjanya untuk meletakkan batu gergasi di trek kereta api. Dalam masa yang sama, Mejar kekal bertengkar menunggu kereta api. Ia muncul di kaki langit tepat pada masanya dan apabila jurutera melihat Rock, dia berhenti pendek untuk cuba mengelakkan kemalangan itu. Nasib baik, dia berjaya, dan tidak ada yang terluka. Pemandu berdendam, turun dari kereta api dan bertanya:

"Siapa yang meletakkan batu itu di tengah-tengah landasan kereta api?

Pada masa itu, pendekatan utama dia dan bertanya:

"Apa nama awak, Tuan?

"Nama saya Roberto. Beritahu saya, siapa yang meletakkan batu ini di jalan saya?

"Orang-orang sayalah yang meletakkannya di sini. Saya melihat bahawa hari ini anda berjaya menghentikan kereta api. Namun, baru semalam, tuan, anda tidak berjaya dan memukul salah satu lembu saya.

"Bukan salah saya. Kereta api itu datang dengan kelajuan penuh dan ketika saya menyedari lembu itu masih ada, sudah terlambat.

"Permohonan maaf anda tidak berguna kepada saya. Jangan risau saya tidak akan mengecam anda kepada pihak berkuasa atau menuntut anda membayar lembu itu. Walau bagaimanapun, bermula esok, setiap kali anda melalui kampung ini, anda akan diwajibkan untuk berhenti di hadapan rumah saya bertanya sama ada sesiapa dari keluarga saya akan melancong. Jika ya, anda akan menunggu selagi diperlukan untuk kami bersiap sedia. Jika tidak, anda boleh mengikuti perjalanan anda. Adakah kita jelas?

"Baiklah, saya rasa saya tidak mempunyai pilihan. Baiklah.

Arahan utama pekerjanya untuk menarik balik batu supaya kereta api dapat meneruskan perjalanannya.

Akhbar

Mejar Quintino terkenal di seluruh rantau ini kerana kaedah penyeksaannya. Yang paling terkenal ialah, tanpa keraguan, akhbar yang ditakuti. Ia adalah alat besi dengan lima cincin, satu untuk diletakkan di leher, dua untuk setiap tangan dan dua untuk setiap kaki. Musuh-musuh utama disebat dalam akhbar, sering hingga mati.

Suatu ketika dahulu, mejar mempunyai tiga ekor kuda yang dicuri dan pencuri itu dilihat oleh salah seorang pekerjanya. Pencuri itu hilang untuk satu masa dan jurusan gagal mengesannya. Dengan kes itu ditutup, pencuri itu memutuskan untuk kembali dan dilihat berjalan-jalan di sekitar Mimoso. Mejar segera tahu itu adalah dia dan menghantar pekerjanya untuk menahannya. Pencuri itu ditangkap dan diletakkan di dalam akhbar. Diseksa dan dihina, pencuri itu mengaku melakukan jenayah itu, dan berkata dia menjual kuda itu untuk mendapatkan perubahan. Mejar yang marah itu tidak memaafkannya dan mengarahkan pekerjanya menyumbatnya sepanjang malam. Pencuri itu meninggal dunia akibat kecederaan dan meninggal dunia. Kakitangan jurusan mengambil mayat dan mengebumikannya. Beliau adalah salah seorang mangsa sistem masyarakat kuno ini; Sistem yang membunuh walaupun sebelum penghakiman.

Mesej

Sudah beberapa minggu Claudio dan Christine berpacaran secara rahsia. Kedua-duanya saling melihat setiap lima belas hari di tempat kerja atau dalam situasi lain dengan kumpulan rakan mereka. Mesyuarat ini digunakan dengan baik oleh kedua-dua mereka yang bertukar-tukar pelukan dan ciuman apabila tiada siapa yang melihat. Walau bagaimanapun, keadaan ini tidak selesa untuk Claudio. Dia masih merasa tidak selamat dengan resolusi Christine untuk tidak memberitahu sesiapa tentang hubungan mereka. Dia mahu melepaskan diri dan memberitahu seluruh dunia betapa gembira dan memuaskan perasaannya. Untuk tujuan ini, dia memanggil Guilherme (anak jalanan) dan menyerahkan nota yang ditujukan kepada Christine. Budak itu cepat mematuhi.

Guilherme tiba di rumah Christine, bertepuk tangan dan menjerit untuk didengari. Gerusa datang ke pintu.

"Apa yang kamu mahu, nak?

"Nota ini untuk puan Christine. Bolehkah anda memanggilnya, tolong?

"Anda boleh memberikannya kepada saya. Saya boleh dipercayai.

"Tidak. Nota ini akan dihantar dengan tangan.

Dengan berat hati, Gerusa pergi memanggil Christine. Rasa ingin tahu yang hebat sedang membina dalam fikirannya. Dia adalah pembantu rumah keluarga ini selama sepuluh tahun dan pada pendapatnya, tiada apa yang berlaku di rumah itu tidak disedari oleh matanya. Oleh kerana Christine adalah Anak, dia menjaga dia dan minatnya lebih daripada ibunya sendiri. Dia tidak akan ketinggalan dalam hal ini. Christine berada di biliknya dan apabila dia menerima berita itu, dia segera bertemu dengan budak lelaki itu. Dia mengambil nota itu dan Gerusa menemaninya. Segera, Christine mengunci dirinya di dalam biliknya meninggalkan Gerusa yang sedih. Dia berasa tidak senang dengan sikap Christine. Tahun-tahun persahabatan dan penglibatan pergi ke habuk pada masa itu. Lagipun, apa yang boleh menjadi sangat penting sehingga Christine mahu menyembunyikannya?

Mesyuarat

Dengan perlumbaan hatinya, Christine mula membaca nota yang ditulis oleh Claudio. Di dalamnya, dia menjemputnya ke mesyuarat yang akan diadakan di rumahnya. Christine ragu-ragu dan berpendapat ia mungkin berisiko untuk pergi ke sana. Lagipun, lidah jahat kampung itu boleh menimbulkan kecurigaan tentang mereka berdua dan berita itu boleh berakhir secara langsung dengan ibu bapanya. Dia mahu mengekalkan hubungan itu. Sebaliknya, dia tidak mahu menyakiti Claudio dan mencetuskan perpecahan di antara mereka. Perasaan yang dia miliki untuk cintanya lebih penting. Dia berfikir sedikit dan memutuskan untuk pergi. Sudah tentu, ia patut mengambil risiko untuk satu cinta sejatinya. Akibatnya, jika ada, mereka akan menghadapi bersama.

Christine bersiap sedia dan pergi tanpa memberi penjelasan kepada Gerusa atau orang lain. Fikirannya mengembara ke tempat yang tidak diketahui oleh orang lain yang tidak tahu sejarah mereka. Dia berfikir tentang biara, anak tukang kebun dan tentang cintanya, Claudio. Biara itu muncul sebagai imej lama yang dia mahu lupakan. Di sana, dia belajar bahasa Latin, asas-asas agama, menghormati orang dan makna sebenar perkataan cinta. Masih di biara, dia mengingati anak tukang kebun dan pentingnya kematangan keputusan itu dan bagaimana ia telah mengubah hidupnya. Dia telah berputus asa menjadi biarawati dan telah mengambil semua akibat daripadanya, seperti kekecewaan dan penghinaan terhadap ibunya. Dia berfikir tentang Claudio dan dengan pemikiran itu sinar harapan memenuhi seluruh makhluknya. Harapannya adalah bahawa mereka tetap bersama disokong oleh cinta abadi, walaupun mereka terpaksa melepasi halangan yang tidak dapat diatasi. Berkelah di gunung itu terlintas di fikirannya dan bagaimana mereka gembira walaupun tidak bersama. Dia mengingati pelukan, ciuman dan harapan yang dia buat di gunung suci. Dengan cara ini, permintaannya sudah mula dijawab kerana dia dan Claudio sedang berpacaran. Pergi ke gereja dan belajar apa yang dia ada, adakah dia membantunya memulakan hubungan di Sucavão. Tempat ajaib itu mempunyai kuasa untuk mempesonakan dan membawa dua hati bersama. Dia telah belajar untuk menjadi seperti sungai yang mengalir, menyampaikan dirinya sepenuhnya kepada takdirnya, Claudio. Ia adalah untuknya bahawa dia memutuskan untuk pergi ke pertemuan itu.

Christine mempercepatkan langkahnya, didorong oleh rasa ingin tahu. Dia sudah hanya beberapa kaki dari tempat itu. Dia melihat sekeliling dan memastikan bahawa tiada siapa yang mengikuti atau memerhatikannya. Naluri perlindungan diri lebih kuat daripada apa-apa. Lagipun, setiap langkah berjaga-jaga yang diambil diperlukan dalam hubungan yang belum disahkan. Dia pergi sedikit lebih jauh dan akhirnya tiba di rumah Claudio. Dia mengetuk pintu dan menunggu ia dijawab. Pintu terbuka dan Claudio menariknya ke dalam. Yang mengejutkan Christine, seluruh keluarga Claudio bersatu semula.

"Inilah teman wanita saya, Christine, seperti yang saya janjikan. Kami telah berpacaran selama dua minggu sekarang. Ini adalah ibu saya, Olivia (dia berkata menunjuk kepada seorang wanita dengan ciri-ciri kuat yang kelihatan berusia kira-kira lima puluh tahun). Yang lain yang anda sudah tahu: Adik-beradik saya Fabiana dan Patricia, dan ayah saya, Paulo Pereira.

Christine tidak bernafas dengan persembahan ini. Apa yang Claudio lakukan? Bukankah kedua-duanya bersetuju setakat ini secara diam-diam? Janggal, Christine menyambut semua orang. Claudio untuk dilakukannya duduk di meja di mana semua orang berada.

"Selamat datang kepada keluarga, Christine. Suami saya dan saya meluluskan hubungan ini. Anda seorang gadis yang serius dan berjaya. (Olivia)

"Terima kasih. Saya tidak menjangkakan ini. Claudio mengejutkan saya. (Christine)

"Saya tidak boleh mengambil keadaan ini lagi. Ibu bapa saya mempunyai hak untuk bertemu dengan gadis tercinta hati saya. (Claudio)

Walaupun begitu, Claudio menjerat Christine dalam pelukannya dan menciumnya.

"Saya sudah memberitahu Christine betapa gembiranya saya menjadi kakak iparnya. Di samping itu, saya ingin mengatakan bahawa saya mengagumi keazaman dan kegigihan anda. (Fabiana)

"Saya juga. Saya berharap kebahagiaan kepada anda berdua. (Patricia)

Paulo Pereira mula menghidangkan koktel dan Christine sedikit ditarik balik, walaupun gembira. Perbualan mula pergi ke dan dari pelbagai subjek dan Christine adalah pusat perhatian. Semua orang memuji postur badan dan gayanya. Masa berlalu dan Christine bahkan tidak menyedarinya. Setelah mereka mengenalinya sedikit, Christine mengucapkan selamat tinggal dan Claudio menemaninya ke pintu. Mereka memeluk dan mencium satu sama lain sebelum mengucapkan selamat tinggal. Sikap Claudio menunjukkan kepada Christine bahawa niatnya serius dan nyata.

Pengakuan

Ia adalah pagi Khamis yang indah dan Christine bersedia untuk pergi berjumpa Bapa Chiavaretto. Dia berada dalam barisan lima orang. Kebimbangan, kegelisahan dan keraguan mengisi seluruh makhluknya. Persiapan yang ia dicapai sebelum pengakuannya tidak berkuat kuasa. Semua yang dia anggap sebagai dosa datang ke fikirannya: Peninggalan, kesilapan dan kurang berhati-hati. Namun, dia masih tidak pasti sama ada dia akan mengatakan yang sebenarnya. Sebaliknya, jika dia tidak, dia akan terus kekal dalam dosa. Biarawati biara di mana dia tinggal selama tiga tahun agak ketat dalam erti kata itu. Barisan mengosongkan dan Christine seterusnya. Dia memasuki pengakuan dan berlutut.

" Salam Maria, penuh rahmat.

"Diilhamkan tanpa dosa.

"Mengaku dosamu, anak perempuan saya.

"Baiklah, Bapa, saya mempunyai rahsia besar yang membebankan saya. Sudah beberapa lama saya berpacaran dengan pemungut cukai, Claudio. Rahsia ini membunuh saya, bapa. Kadang-kadang, saya tidak boleh tidur pada waktu malam. Walau bagaimanapun, jika saya memberitahu, saya pasti ibu bapa saya akan menentang hubungan ini kerana mereka sangat berat sebelah. Apa yang perlu saya lakukan, Bapa? Saya tidak mahu berpisah dengan Claudio kerana saya mencintainya.

"Anak perempuan saya, anda mesti memberitahu keseluruhan kebenaran. Hanya itu yang boleh untuk dilakukan sedar anda bebas daripada penyesalan. Bercakap dengan ibu bapa anda dan tunjukkan pandangan anda kepada mereka. Apabila cinta benar ia mengatasi semua halangan. Saya fikir saya akan memberi anda keinsafan untuk mencerminkan lebih baik. Doakan sepuluh Bapa Kami dan lima Salam Maria.

Christine mengucapkan terima kasih kepada bapa dan pergi untuk memenuhi keinsafannya. Dia akan memikirkan nasihat yang diberikan olehnya.

Gosip

Christine pergi ke rumah Claudio tidak lulus sepenuhnya tanpa disedari dan tidak juga cara dia melayannya di khalayak ramai. Beatriz, jiran Claudio, curiga bahawa lawatan ini bukan hanya mesra. Selepas fakta itu, dia memutuskan untuk menyiasat kedua-duanya untuk melihat apakah dia betul dalam syak wasangkanya. Dia akhirnya mengetahui keseluruhan kebenaran. Untuk seketika, dia tetap diam kerana takut akan reaksi jurusan dan isterinya. Kemudian, dia tidak merasakan bahawa keseluruhan keadaan ini sangat adil. Dengan rasa keadilan, dia memutuskan untuk pergi ke rumah utama. Dia tiba, bertepuk tangan dan dipenuhi oleh Gerusa.

"Apa yang kamu mahu?

"Saya mahu bercakap dengan mejar dan isterinya.

"Mereka berada di ruang tamu. Masuklah.

Cepat, Beatriz masuk dan berdiri di hadapan kedua-duanya.

"Selamat hari, Mejar Quintino dan puan Helena. Saya mempunyai sesuatu yang serius untuk dibincangkan dengan anda. Adakah anak perempuan anda pulang?

"Dia pergi mengaku. (Helena)

"Lebih baik lagi. Saya mahu bercakap dengan anda tentang dia. Dia diam-diam jatuh cinta Claudio, pemungut cukai. Di sana. Saya cakap. (Beatriz)

"Apa? Adakah anda gila, wanita? Anak perempuan saya seorang gadis yang baik. Dia tidak akan terlibat dengan lelaki seperti itu. (Mejar)

"Saya juga tidak percaya. Saya masih mahu dia menjadi biarawati. (Helena)

"Saya memberi jaminan bahawa apa yang saya katakan itu benar. Saya melihat kedua-duanya memeluk dan mencium dengan mata saya sendiri, saya bersumpah dengan pasti ketika saya berdiri di sini. (Beatriz)

"Kemudian dia mengkhianati kami. Dia salah jika dia fikir dia akan tinggal bersamanya. Saya tidak akan mencampurkan nama saya atau darah saya dengan Pereira yang mudah. (Mejar)

"Saya juga tidak percaya. Saya tidak akan membiarkan dia berkahwin. (Helena)

"Baiklah, saya rasa saya telah memenuhi perbuatan Baik Orang Samaria saya. Saya tidak tahan melihat ketidakadilan. (Beatriz)

"Terima kasih kerana memberitahu kami. Saya akan untuk dilakukannya terpulang kepada anda.

Mejar berdiri dan menyerahkan sejumlah wang tunai kepada Beatriz. Dia meninggalkan dengan gembira dan senyap dari banglo memikirkan bahawa dia telah memenuhi misinya.

Pelayaran ke Recife

Berita bahawa Christine sedang berpacaran dengan pemungut cukai mudah tidak meninggalkan kegembiraan utama. Dengan kebanggaannya terluka, dia merancang pengakhiran kepada keadaan yang menyusahkan ini. Beliau menghantar nota kepada Datuk Bandar dan kepada Kolonel Sungai Putih menjemput mereka dalam perjalanan ke Recife. Ketiga-tiga mereka akan bercakap dengan Gabenor mengenai perniagaan, politik dan hal-hal peribadi. Dengan semua diselesaikan, jurusan mengemas begnya ketika dia meninggalkan hari berikutnya untuk Recife.

Hari bermula dengan matahari lebih panas daripada sebelumnya. Utama timbul tanpa berlengah-lengah dan pergi mandi. Dia memasuki bilik mandi, menghidupkan keran dan air sejuk membanjiri seluruh tubuhnya. Air sejuk meyakinkannya hati nurani, tetapi darahnya masih mendidih. Dia mengingati Christine ketika dia masih kecil. Dia manis dan lembut sebagai bunga. Sebaik sahaja dia bermain dengan anak patung dan menjemputnya untuk bermain juga. Dia dengan janggal menerima. Christine memainkan peranan sebagai ibu dan dia anak patung bapa. Mereka menghabiskan masa yang lama mensimulasikan perbualan dan situasi dalam keluarga. Ada saat dia berkata: -Anak patung saya bernasib baik kerana mempunyai bapa seperti anda. Ia menggerakkannya sedikit dan dia terpaksa menarik diri daripada bermain supaya dia tidak melihatnya menangis. Apa yang telah berlaku kepada gadis sensitif kecil itu? Bagaimana dia dapat mengkhianatinya seperti itu? Semasa dia dilahirkan, dia tidak menafikan mempunyai perasaan tidak baik tertentu kerana dia telah dilahirkan wanita. Yang paling sesuai untuknya ialah mempunyai seorang anak lelaki, seseorang untuk menggantikannya dalam kezaliman, kuasa politik dan kesombongan sosial. Tetapi dari masa ke masa, dia menunjukkan nilainya dan memenangi semua orang dalam keluarga. Rancangannya berubah untuk mengatur menantu yang baik untuk menjaga anak perempuannya dan menggantikannya. Rancangan-rancangan ini seolah-olah akan turun ke bawah pada berita terkini yang diterimanya. Dengan cepat, utama mematikan air dan meninggalkan bilik mandi. Dia tergesa-gesa untuk melaksanakan rancangannya.

Dia pergi ke dapur dan bersarapan. Dia menyambut isterinya tetapi berpura-pura tidak melihat anak perempuannya. Christine mengambil inisiatif dan bercakap dengannya, tetapi dia bertindak balas dengan pahit dan kering kepadanya. Dia fikir sikap ayahnya adalah pelik tetapi tetap diam. Mejar mempunyai sarapan pagi, memberitahu mereka bahawa dia akan hilang beberapa hari, bangun dan pergi. Sudah keluar dari rumah, dia mula membentuk rancangan tindakan: Pertama dia akan pergi ke balai polis dan papan kedua kereta api yang menuju ke Recife. Rancangannya diterjemahkan ke dalam negeri utama adalah, gelisah, tidak selesa dan kecewa. Dia tidak selesa mencari dirinya dalam keadaan sekarang: Bapa mertua seorang penjawat awam yang sederhana. Dia merasa khuatir kerana tidak mengetahui dengan tepat apa hasil yang akan dicapainya dalam perjalanan ini. Dia kecewa kerana dikhianati oleh satu-satunya anak perempuan tercinta. Apa lagi yang boleh berlaku? Nah, dia tidak tahu. Beberapa minit kemudian dia sudah dapat melihat balai polis dan kebenciannya semakin meningkat. Siapa pemungut cukai yang tidak masuk akal itu? Tidak juga dalam impiannya yang paling liar, dia dapat menyertai keluarga Matias. Ini adalah keluarga yang tradisional dan yang telah menakluki hampir semua tanah di barat Pesqueira. Siapa Pereira? Hanya keluarga saudagar sederhana yang tidak sampai ke tahap anak perempuannya. Dia tidak akan membenarkan kedua-duanya tinggal bersama selagi dia hidup.

Akhirnya, jurusan memasuki stesen dan pergi ke pejabat Perwakilan Pompeu. Dia menganggguk kepalanya dan mula bercakap.

" Tuan Pompeu, saya mempunyai pekerjaan untuk anda. Saya mahu anda menangkap seorang lelaki untuk saya.

"Kenapa? Siapa lelaki itu?

"Ia adalah seorang lelaki yang tidak menghormati anak perempuan saya. Namanya Claudio, pemungut cukai.

"Claudio? Dia kelihatan seperti budak lelaki yang baik.

"Saya juga fikir begitu. Namun, dia telah mengecewakan saya dengan sikapnya. Sehingga hari ini, dia musuh saya dan mesti menderita kerana pengkhianatannya. Saya mahu anda menangkapnya dengan segera dan tidak membebaskannya sehingga saya berkata demikian.

"Baiklah, saya akan melakukannya. Anak buah saya akan menangkapnya hari ini.

"Itulah yang saya mahu dengar. Anda adalah kawan baik, Pompeu. Siapa tahu bila saya Datuk Bandar anda mungkin setiausaha saya?

"Pada perkhidmatan anda, Tuan.

Kedua-duanya berlepas dan kepala utama ke arah stesen kereta api. Kereta api yang menuju ke Recife akan bertolak dalam beberapa minit. Langkah-langkah utama menjadi semakin banyak biasa, dan dia berasa lebih baik. Langkah pertama rancangannya telah dicapai. Musuhnya, dalam masa yang singkat, akan menjadi tidak berdaya di belakang bar. Christine perlu membiasakan diri untuk hidup tanpa dia. Utama mula mereka bentuk, di kepalanya, langkah kedua rancangannya, satu langkah yang hanya dia dan Tuhan tahu. Dia tiba di stesen, membeli tiket, bertanya khabar kepada kakitangan dan papan.

Apabila memasuki kereta api, beliau terserempak dengan Kolonel Sungai Putih (Encik Henrique Cergueira). Dia duduk di sebelahnya dan gembira Kolonel telah memenuhi permintaannya. Mereka mula bercakap dan mengingati hari perintis mereka. Mereka masih ingat tentangan orang asli dan bagaimana mereka harus kejam untuk mengambil alih tanah mereka. Mereka adalah detik-detik kemuliaan bagi kedua-duanya. Mejar Quintino dan Petani Osmar mengambil alih tanah di rantau Mimoso dan Kolonel Henrique Cergueira mengambil tanah di Sungai Putih Rantau; sebuah kampung yang terletak di barat Mimoso. Kolonel itu ingat bagaimana dia dapat meyakinkan keluarga asli bahawa dia tidak akan membahayakan mereka. Masa berlalu dengan cepat untuk kedua-duanya mengingati masa lalu yang tidak begitu jauh.

Kereta api bersiul memberi isyarat bahawa ia akan berhenti. Mejar dan kolonel keluar untuk menikmati makanan ringan yang cepat. Mereka tiba di bar berhampiran stesen kereta api Pesqueira.

"Apa yang akan kamu miliki, tuan-tuan?

"Dua cawan barangan baik yang anda ada di sana dan sepinggan daging panggang. (Mejar)

"Baiklah, Mejar , anda telah meminta saya pergi ke Recife tetapi belum menjelaskan kepada saya mengapa kami benar-benar pergi ke sana.

"Saya mempunyai rancangan saya, tetapi saya tidak boleh bercakap sekarang. Saya perlu menyelesaikan masalah dengan gabenor dan kemudian berbincang dengan anda.

"Anda tidak boleh memberi saya petunjuk?

"Tidak. Tidak lebih daripada apa yang telah saya katakan.

Perbualan menjadi sejuk dan kedua-duanya selesai snek mereka. Mereka meninggalkan bar, kembali ke stesen kereta api dan menaiki kereta api sekali lagi kerana ia akan pergi. Apabila memasuki kereta api, Datuk Bandar sudah hadir. Mejar gembira kerana dia juga telah menjawab permintaannya. Mereka kekal di dalam kereta yang sama untuk bercakap tentang keluarga mereka, bintang bola sepak dan wanita. Bercakap tentang keluarganya, jurusan memetik isteri dan anak perempuannya sebagai khazanah terbesarnya. Kolonel bercakap tentang anaknya, Bernard, dan anak perempuannya Karina dan memastikan bahawa mereka akan menjadi pengganti sahnya dalam politik seperti cara mereka bertindak. Datuk Bandar mengatakan bahawa dia tidak mempunyai anak kerana isterinya adalah Tandus, tetapi dia bahagia berkahwin pula. Bercakap mengenai sukan, mereka menyebut Sport Recife dan nautika sebagai pasukan bola sepak terbaik di negeri ini. Mengenai wanita, jurusan menegaskan bahawa dia suka semua jenis. Kolonel berkata dia lebih suka wanita berkulit gelap dengan badan langsing. Datuk Bandar mendakwa bahawa dia tidak melihat wanita lain selain isterinya. Yang lain ketawa pada kenyataan itu. Mereka terus bercakap dan masa berlalu dengan cepat. Kereta api untuk dilakukan beberapa perhentian sebelum tiba di destinasi terakhirnya, Recife.

Ketiga-tiganya turun dan segera hujan batu kenderaan untuk membawa mereka ke istana yang merupakan kerusi kerajaan negeri. Di dalam kereta, pemandu memperkenalkan dirinya dan bertanya beberapa soalan. Mereka bertindak balas berterusan dalam perbualan. Pemandu bercakap tentang Recife, menonjolkan jambatan, pantai, sungai, gereja dan mercu tanda lain. Dia menyimpulkan dengan mengatakan bahawa orang-orang Recife ramah dan mesra. Mejar tidak banyak memberi perhatian kepada perbualan kerana dia memberi tumpuan kepada rancangannya. Perbualan dengan gabenor akan menjadi penentu baginya. Kadang-kadang kemudian kereta berhenti di hadapan istana, dan semua keluar.

Ketiga-tiga mereka berkeliaran beberapa kaki yang memisahkan mereka dari istana dan masuk melalui pintu utama. Di dalamnya mereka diarahkan ke kabinet dan diberitahu bahawa gabenor akan melihatnya. Mereka memasuki kawasan itu dan diterima oleh gabenor. Datuk Bandar untuk dilakukan pengenalan yang betul.

"Ini adalah Mejar Quintino, pihak berkuasa politik terbesar di rantau kampung Mimoso yang berkembang maju. Dan ini adalah Kolonel Sungai Putih (Henrique Cergueira), jejak penting di rantau barat Pesqueira.

"Saya pernah mendengar ceramah Mimoso. Tempat ini telah menjadi jawatan perdagangan penting Pernambuco, dengan penggunaan kereta api. Bagi anda, Kolonel, anda terkenal dengan pencapaian hebat anda. Ia adalah satu penghormatan untuk mengalu-alukan anda di sini di bangunan ini yang mewakili kekuatan rakyat kita dan kebanggaan negara kita. Apa yang boleh saya bantu?

"Jurusan perlu tahu. Dia telah menjemput kami untuk datang ke sini tetapi tidak membiarkan kami masuk atas sebab mengapa. (Kolonel Sungai Putih)

"Ini kebenaran. Mengenai pilihan raya akan datang untuk Datuk Bandar Pesqueira, saya ingin, dengan segala hormatnya, Tuan, jika anda akan menyokong saya untuk pengganti sahabat kita, Encik Horacio Barbosa.

"Apa? Rantau Pesqueira mempunyai banyak kolonel. Salah seorang daripada mereka harus menjadi pengganti.

"Tiada seorang pun daripada mereka mempunyai kecerdasan dan kuasa politik saya. Saya telah melaksanakan instrumen penyeksaan yang dipanggil akhbar dan ia telah menjadi keganasan mutlak musuh saya. Saya bukan lagi jurusan yang mudah. Encik Horacio dan Encik Henrique, yang hadir di sini, boleh memberi keterangan yang memihak kepada saya.

"Ini kebenaran. Mejar Quintino menonjol di bandar Pesqueira. Beliau adalah ahli penting dalam sistem "Kolonel" kami. Saya, sebagai Kolonel Sungai Putih, menunjukkan kepadanya sokongan saya yang tidak terbatas.

"Saya juga menyokong beliau. Beliau adalah salah satu perintis pertama tanah di rantau Mimoso. Sikapnya dengan orang asli sangat penting dan tegas. Beliau adalah satu-satunya yang boleh menggantikan saya sebagai Datuk Bandar.

"Baiklah, jika anda berdua meluluskan pencalonannya dan membuktikan, saya tidak membantah. Saya menyokong beliau sebagai Datuk Bandar Pesqueira yang seterusnya.

Ketiga-tiga mereka memuji gabenor dan Mejar Quintino menarik Kolonel Sungai Putih ke bilik lain. Mereka akan mengadakan perbualan peribadi.

"Apa yang anda mahu beritahu saya? Mengapa anda menarik saya dengan cara itu?

"Saya ada sesuatu untuk ditawarkan kepada anda, Tuan. Saya mempunyai seorang anak perempuan cantik bernama Christine dan mahu dia berkahwin secepat mungkin. Saya memikirkan kemungkinan pelaut. Kemudian saya teringat anak anda Bernard dan bagaimana dia adalah pengganti anda yang sah baik dalam sikap dan juga politik. Saya fikir dia akan menjadi perlawanan yang sempurna untuk anak perempuan saya. Apa kata awak? Alangkah baiknya jika kedua-duanya menyatukan keluarga kita.

Sir Henrique berfikir sejenak dan menjawab.

"Saya juga berfikir untuk mendapatkan Bernard berkahwin. Ada masanya seorang lelaki perlu bijak dan meletakkan akar. Anak perempuan anda akan menjadi kelebihan yang besar untuknya. Namun, bukankah dia akan menjadi biarawati?

"Dia sudah meninggalkan idea itu. Isteri saya mengisi kepalanya ketika dia masih perempuan. Sekarang, dia sudah menetap dan bersedia untuk berkahwin. Bilakah kita boleh mendirikan perkahwinan?

"Saya rasa sebulan sudah cukup untuk menguruskan percaturan. Kita perlu mengadakan parti yang besar dan menjemput rakan-rakan kita dalam sistem.

"Sudah tentu. Segala-galanya untuk kebahagiaan kedua-duanya. Saya tidak boleh menunggu sehingga rumah saya penuh dengan cucu.

Kedua-duanya berjabat tangan dan kembali ke pejabat gabenor di mana mereka menyertai Datuk Bandar. Mereka mengucapkan selamat tinggal kepada pihak berkuasa politik tertinggi negeri dan menuju ke hotel berdekatan. Mereka akan menghabiskan dua hari lagi di ibu kota Pernambuco mengambil bahagian dalam upacara dan menikmati keindahan pantai.

Kembali ke Pedalaman

Ketiga-tiga pelancong dari pedalaman berlepas dari hotel dan kemudahan ibu kota Pernambuco. Mereka menyewa kenderaan terus ke stesen kereta api. Dalam masa yang singkat, mereka tiba di destinasi mereka. Mereka keluar dari kereta, membeli tiket mereka dan akhirnya memulakan. Mereka duduk di bahagian kelas pertama. Datuk Bandar dan Kolonel Sungai Putih mula bercakap tetapi Mejar kelihatan bijaksana, fikirannya bertaburan. Imej Claudio dan Christine datang ke fikirannya. Tidak, mereka tidak boleh bersama kerana mereka tergolong dalam dunia yang sama sekali berbeza. Dia tidak membesarkan anak perempuannya untuk menjadi kerani di kedai runcit. Dia berhak mendapat lebih banyak daripada itu kerana dia adalah anak perempuan seorang mejar, pihak berkuasa politik tertinggi di rantau Mimoso. Dalam fikirannya, jurusan melihat Claudio di penjara dan ia memberinya perasaan keseronokan yang pelik. Siapa yang menyuruhnya mengkhianati dia seperti itu? Siapa yang membenarkannya bermimpi begitu tinggi? Dia hanya membayar harga kegilaannya sendiri. Utama membayangkan seluruh adegan dan tidak menyesal. Lagipun, dia menjaga kepentingan anak perempuannya dan masa depannya.

Kereta api dan utama mula masuk ke dalam perbualan dengan dua sahabatnya. Mereka bercakap tentang projek masa depan mereka. Kolonel Sungai Putih kalah untuk menjadikan kampungnya sebuah bandar dalam beberapa tahun dan kemudian mendapat kemerdekaan dari bandar Pesqueira. Beliau bermimpi menjadi Datuk Bandar dan mendapat jawatan yang baik untuk rakan-rakan dan keluarganya. Datuk Bandar bercakap tentang meninggalkan politik dan menjadi tuan tanah yang hebat di kawasan pedalaman, sekitar Vila Bela. Dia bercakap tentang menjaga kawanan lembu dan menanam ladang yang luas. Wang yang dia dapat dengan langkah-langkah penipuan akan cukup untuk mencapai rancangan ini. Utama lebih sederhana. Dia mahu melihat anak perempuannya berkahwin dan mempunyai anak-anak. Beliau juga mengharapkan kata-kata gabenor yang berjanji untuk menyokongnya untuk datuk bandar. Ketiga-tiga mereka terus bercakap dan seorang pekerja menawarkan mereka jus dan makanan ringan. Mereka terima. Masa berlalu dengan cepat dan mereka melalui bandar-bandar utama di negeri ini. Apabila mereka tiba di Pesqueira, Datuk Bandar mengucapkan selamat tinggal dan turun.

Laluan selebihnya (lima belas batu) antara Mimoso dan ibu pejabat selesai dengan lancar dan selamat. Mejar dan Kolonel Sungai Putih berdiam diri pada kebanyakan masa. Apabila kereta api tiba di Mimoso, tawaran utama mengucapkan selamat tinggal dan turun. Setelah pergi, ia menunjukkan di wajahnya betapa gembiranya dia kerana dia telah kembali berjaya.

Perkahwinan Yang Diatur

Selepas menyambut pegawai stesen, ketua utama untuk rumahnya. Dia melihat beberapa orang di sepanjang jalan tetapi tidak banyak memberi perhatian kerana dia memikirkan cara terbaik untuk menyampaikan berita kepada wanitanya. Apakah reaksi Christine? Apa yang akan dikatakan oleh isteri tercinta? Yang pertama telah mengkhianati keyakinannya dengan jatuh cinta pemungut cukai mudah. Yang kedua masih mendoakan anak perempuannya seorang biarawati. Nah, dia tidak peduli. Dia adalah lelaki rumah dan kedua-duanya perlu mematuhi keputusannya. Apa yang dia putuskan adalah yang terbaik untuk seluruh keluarga. Dengan pemikiran itu, taufan utama dan sebelum lama tiba di rumah. Dia membuka pintu depan dan kepala ke ruang tamu tetapi tidak ada orang di sana. Dia memanggil anak perempuannya dan isteri, dan mereka bertindak balas dari dapur. Dengan cepat, dia menuju ke sana.

"Saya telah pulang dari Recife. Tidakkah anda akan memeluk saya?

Christine dan Helena dengan mesra bertindak balas terhadap permintaan utama. Mereka bertukar-tukar belaian seketika.

"Saya membawa berita baik untuk anda. Lihatlah, apa penghormatan, saya mempunyai keistimewaan untuk bercakap dengan gabenor secara peribadi.

"Saya selalu tahu anda seorang lelaki yang hebat. Sejak saya bertemu dengan anda, saya tahu anda adalah lelaki dalam hidup saya. Seorang lelaki penglihatan dan kejayaan. Anda membeli pangkat utama, kami berpindah ke Recife, dan anda mempunyai idea yang cerah untuk mendapatkan sebahagian besar tanah yang terletak di barat Pesqueira. Sejak itu, kami mempunyai banyak pencapaian. Saya bangga dengan awak, cinta saya. (Helena)

Mejar dan isterinya memeluk dan mencium dan Christine teruja dengan adegan itu. Dia juga mahu gembira seperti ibu bapanya.

"Berita apa yang kamu ada, ayah? Saya ingin tahu.

Mejar meminta mereka duduk dengan pandangan yang serius dan misteri di wajahnya.

"Nah, ada dua pengumuman besar. Yang pertama ialah gabenor akan memberi sokongan penuh kepada pencalonan saya untuk Datuk Bandar Pesqueira. Yang kedua, dan tidak kurang pentingnya, adalah bahawa saya telah merancang perkahwinan yang baik untuk anda, Christine. Suami anda akan menjadi anak kepada Kolonel Sungai Putih yang penting. Namanya Bernard, dan dia adalah usia yang sama dengan anda. Perkahwinan itu akan berlangsung dalam sebulan.

Kesejukan sejuk mengalir ke tulang belakang Christine dan dia menjadi sedikit pening. Adakah dia mendengar dengan betul? Realiti ini lebih buruk daripada mimpi buruk.

"Apa? Anda telah mengatur perkahwinan untuk saya? Saya tidak menjangkakan perkara itu. Bapa, saya tidak bersedia untuk itu. Saya bahkan tidak tahu lelaki ini lebih kurang mencintainya. Tolong maafkan saya, tetapi saya tidak akan berkahwin dengannya.

"Saya juga menentangnya. Saya selalu bermimpi bahawa dia menjadi kacang. Saya masih mempunyai harapan bahawa dia akan kembali ke biara. Perkahwinan tidak akan membawa kebahagiaan kepada anak perempuan saya.

"Ia diputuskan. Anda fikir saya akan menerima anda bermain-main dengan Claudio? Tidak juga dalam impiannya yang paling liar, dia boleh menjadi menantu saya. Saya tidak membesarkan anak perempuan saya untuk memberi dirinya terlalu hanya sesiapa sahaja. Bagi cinta, jangan risau, anda akan memperolehnya dari semasa ke semasa.

Christine mula menangis tentang keseluruhan keadaan. Adakah itu bermakna dia sudah tahu tentang dia dan Claudio? Dia tidak mengatakan apa-apa.

"Ayah, saya suka Claudio dengan segala kekuatan saya. Walaupun saya tidak dapat bersamanya, saya tidak akan melupakannya. Perkahwinan yang anda atur untuk saya ini hanya akan membawa rasa tidak senang. Saya merasakan bahawa ini tidak akan berakhir dengan baik.

"Tidak masuk akal. Semuanya akan baik-baik saja. Bagi Claudio, dia tidak akan lagi membahayakan anda. Saya telah membawanya keluar dari ... Peredaran.

"Apa yang kamu lakukan dengannya?

"Saya memberitahu Timbalan Pompeu untuk menangkapnya. Di sana, dia akan menyesal pada hari dia menyentuh anda.

"Kamu raksasa yang tidak berhati perut. Saya benci awak!

Christine meninggalkan dapur dan pergi dan mengunci dirinya di dalam biliknya. Dia akan menangis sepanjang hari kerana cintanya yang mustahil.

Melawat

Ketibaan hari baru nampaknya tidak membayangkan Christine. Dia baru sahaja bangun tetapi tetap tidak bergerak di atas katil. Hari sebelumnya telah dahsyat dalam hidupnya. Dengan berita perkahwinan yang diatur, hatinya musnah dan harapannya juga bahagia. Dia hanya dapat memikirkan Claudio dan penderitaannya. Dia cuba bangun, tetapi badannya yang lemah menentang percubaan itu. Dia cuba sekali, dua kali, tiga kali sehingga dia dapat bangun. Dia melihat cermin dan melihat jatuh dan mengalahkan Christine. Apa yang akan menjadi dia? Bolehkah dia menyembunyikan rasa jijik yang dia rasakan untuk orang asing ini yang akan menikahinya? Lagipun dia memusnahkan kisah cinta yang indah. Dia mencerminkan lebih baik dan mengubah pendapatnya. Kedua-duanya tidak boleh dipersalahkan. Sistem kuno yang mengatakan bahawa ibu bapa harus mengatur perkahwinan untuk anak-anak mereka harus dipersalahkan. Di manakah kebebasan berhala yang diilhamkan dalam Revolusi Perancis? Ia tidak wujud di Brazil. Kesaksamaan dan persaudaraan juga merupakan matlamat yang jauh untuk dicapai. Dalam dunia di mana kolonel dan autoritarian memerintah tidak ada tempat untuk hak asasi manusia.

Christine berjalan jauh dari cermin dan memutuskan untuk mandi. Mungkin sedikit air sejuk akan menenangkan saraf dan mood? Ia adalah dengan harapan bahawa dia masuk ke bilik mandi. Kira-kira dua puluh minit kemudian dia keluar mencari sedikit lebih baik. Air benar-benar mempunyai keupayaan untuk memulihkan kuasa. Dia mengeringkan dirinya dan memakai pakaian yang bagus. Tidak lama selepas itu, dia pergi bersarapan di dapur. Dia mendapati ibunya dilayan oleh Gerusa.

"Di mana ayah?

"Dia pergi lebih awal. Dia pergi membeli lembu di ladang berhampiran. Kemudian, beliau mengadakan mesyuarat perniagaan di Persatuan Penduduk. (Helena)

"Adakah dia masih berpegang pada idea mahu saya berkahwin?

"Beliau sangat jelas semalam. Perkahwinan anda dijadualkan pada bulan depan. Sekiranya saya adalah anda, saya akan belajar menerimanya kerana dia tidak akan mengubah fikirannya.

"Anda, ibu saya, tidak dapat merayu untuk saya? Perkahwinan ini tidak akan membawa apa-apa yang baik untuk keluarga kita.

"Saya tidak mahu bertengkar dengan ayah anda. Perkahwinan kami telah berlangsung begitu lama kerana saya tahu bagaimana untuk berhati-hati dan tunduk. Sekiranya anda telah mendengar saya dan tinggal di biara, anda tidak akan menghadapi keadaan ini. Anda akan betul pada masa ini, dalam persekutuan penuh dengan Tuhan Nabi Isa kami.

"Saya tidak akan menjalani impian anda, ibu. Saya mempunyai kehidupan saya sendiri. Terdapat banyak cara lain untuk melayani Tuhan Nabi Isa kita.

"Kalau begitu jangan tanya apa-apa daripada saya.

Christine tenang dan selesai bersarapan. Dia bangun dan menjemput Gerusa untuk menemaninya berjalan-jalan, dan dia dengan mudah bersetuju. Kedua-duanya pergi agar tidak membangkitkan syak wasangka Helena. Apabila mereka berada di luar rumah, Christine menyampaikan arahan kepada pembantu rumah. Dia menerima dan kedua-duanya terus berjalan. Mereka menuju ke balai polis di mana Christine berhasrat untuk melihat, jika hanya sebentar, cintanya yang besar, Claudio. Dia hancur memikirkan kekejaman yang mereka serahkan kepadanya. Dia mempercepatkan langkahnya, tidak sabar untuk melihatnya. Dia tidak melupakan detik-detik di gunung atau Sucavão di mana dia menyerahkan dirinya sepenuhnya. Bapanya boleh berkahwin dengannya dengan yang lain lelaki, tetapi itu tidak akan membunuh perasaan yang dia bawa di hatinya. Walaupun dia mahu, dia tidak dapat melakukannya.

Kadang-kadang kemudian mereka akhirnya sampai ke balai polis. Christine memerintahkan Gerusa untuk menunggu di luar dan dia menuju ke pejabat perwakilan.

"Pagi yang sangat baik, puan Christine, apa yang anda mahukan?

"Saya mahu bercakap dengan banduan, Claudio.

"Saya minta maaf tetapi saya mempunyai arahan tegas bahawa dia tidak menerima kunjungan daripada sesiapa. Dengan cara ini, ibu bapanya berada di sini, dan saya menghantar mereka. Dia diadakan tanpa pelawat.

"Anda tahu betul bahawa penangkapannya menyalahi undang-undang. Sekiranya pihak berkuasa perbandaran mengetahui, anda menghadapi masalah besar.

"Sebenarnya, satu-satunya kuasa yang saya tahu ialah ayah anda, mejar. Lelaki itu mengerikan, jika anda memaafkan saya kerana mengatakan demikian.

"Anda tidak faham saya. Saya mahu berjumpa dengannya sekarang atau adakah anda akan menolak untuk menjawab permintaan daripada anak perempuan jurusan?

Perwakilan Pompeu memikirkannya untuk seketika dan memutuskan untuk tidak mengambil risiko. Dia memanggil salah seorang bawahannya dan memerintahkan mereka untuk meninggalkan Claudio bersendirian dengan Christine, di dalam bilik simpanan. Kedua-duanya memeluk dan mereka mencium panjangnya.

"Apa khabar? Adakah mereka menyakiti anda?

"Saya dipukul. Berada jauh dari anda adalah yang paling besar dari semua penyeksaan. Rawatan dan makanan tidak baik, tetapi saya masih hidup. Anda betul Christine; Ibu bapa anda sangat berat sebelah.

Christine melepaskan tangannya di belakang Claudio dan menyedari terdapat tanda-tanda penderitaannya kelihatan. Menggigil berjalan melaluinya badan, dan dia mula menangis.

"Mengapa semua ini perlu berlaku? Mengapa dua manusia tidak boleh mempunyai hak untuk mencintai dengan bebas? Dan permintaan yang kami buat untuk gunung? Adakah ia akan menjadi kenyataan suatu hari nanti?

"Percaya kepada cinta dan di gunung, Christine. Selagi kita masih hidup, ada harapan, bagaimanapun kecil. Kami masuk ke gua putus asa, walaupun dalam imaginasi kami, dan kami mengalahkan halangan dan perangkap. Gua ini mampu untuk dilakukan keinginan yang paling mendalam menjadi kenyataan.

"Ya, memang betul. Selalunya, dalam imaginasi saya, saya telah pergi ke pesawat selari di mana hanya kami berdua tinggal. Saya melihat diri saya berkahwin dengan tujuh anak cantik anda.

"Itulah caranya. Walau bagaimanapun, anda tidak sepatutnya mengambil risiko begitu banyak dengan datang ke sini. Tempat ini mengotorkan keindahan anda. Saya akan baik-baik saja, jangan risau. Jika anda melihat salah seorang ibu bapa saya, sila beritahu mereka bahawa saya kalah mereka.

"Saya mengambil peluang kerana saya sayang awak. Jangan lupa. Saya akan berdoa kepada Suci Sebastian, askar yang berani, meminta kebebasan anda.

"Terima kasih. Saya cintakan awak juga.

Kedua-duanya Pelukan, ciuman dan akhirnya mengucapkan selamat tinggal. Masa sudah habis. Apabila meninggalkan bilik, Christine mengucapkan terima kasih kepada perwakilan dan pergi. Gerusa berada di luar, menunggu. Christine memberinya beberapa arahan lagi dan kedua-duanya pulang ke rumah.

Pukulan

Mejar Quintino berada dalam mesyuarat perniagaan di bangunan Persatuan Penduduk. Beliau memberi isyarat, mencadangkan perjanjian dan mendengar aduan daripada ahli-ahli persatuan. Pangkat utamanya memberinya hak untuk mempunyai perkataan terakhir. Di tengah-tengah mesyuarat, Perwakilan Pompeu muncul meminta lima minit perhatiannya. Dia memberi alasan kepada dirinya sendiri dan pergi bercakap dengannya di luar persatuan.

"Apa yang sangat penting sehingga anda terpaksa mengganggu mesyuarat? Tidakkah anda sabar untuk bercakap dengan saya nanti? (Mejar)

"Saya datang untuk memberitahu anda bahawa anak perempuan anda muncul di balai polis menuntut untuk bercakap dengan banduan Claudio.

"Apa? Anda tidak membenarkannya, adakah anda?

"Dia berkeras begitu banyak, saya mengalah. Lagipun, dia anak perempuan anda.

"Anda benar-benar tidak cekap. Adakah saya tidak memberi arahan untuk tidak membenarkan sesiapa melawat? Satu-satunya sebab anda tidak dialih keluar serta-merta daripada siaran anda adalah kerana anda telah memberi perkhidmatan kepada komuniti dengan berkaitan. Sehingga hari ini, jangan biarkan dia menerima lebih banyak pelawat, walaupun ia adalah Paus sendiri. Anak perempuan saya membiarkan saya turun sekali lagi. Saya fikir saya perlu mengambil tindakan serius.

"Saya akan patuh, tuan. Terima kasih kerana tidak memecat saya.

"Anda dibuang kerja. Saya sudah cukup mendengar.

Tawaran utama mengucapkan selamat tinggal kepada perwakilan dan kembali ke bangunan persatuan untuk memberitahu mereka bahawa dia telah pergi. Sesetengah orang mengadu tetapi dia tidak peduli. Terpegun, dia menuju ke rumahnya di mana Christine menanti, tidak bersalah. Bergelora pemikiran mengisi minda keliru utama. Dia mengingati pengkhianatan oleh Christine dan darahnya mendidih lebih banyak lagi. Siapa yang dia fikir dia berurusan? Dengan bapa yang komprehensif dan penyayang? Dia bahkan tidak menunggu reaksi utama. Dia mengingati reaksi Christine apabila mengetahui perkahwinan yang diatur dan bagaimana dia salah faham. Semangat untuk keluarganya dan masa depan anak perempuannya mengambil tempat pertama untuknya. Dia akan memanjat sebarang halangan untuk mencapai matlamatnya. Walaupun itu bermakna dia kehilangan kasih sayang dan kasih sayang satu-satunya anak perempuannya. Dia akan berterima kasih kepadanya, kemudian, pada masa akan datang. Kadang-kadang selepas jurusan tiba di rumah, buka pintu depan dan masuk. Orang pertama yang dilihatnya ialah isterinya, Helena.

"Di mana Christine?

"Dia ada di biliknya, berehat.

"Panggil dia segera. Saya mahu bercakap dengannya.

Helena mengetuk pintu biliknya dan memanggilnya. Beberapa saat kemudian dia muncul dan menghadapi jurusan.

"Andalah yang saya mahu bercakap. Apakah ini yang saya dengar tentang anda bercakap dengan Claudio? Adakah anda tidak faham bahawa anda berdua tidak mempunyai masa depan?

"Hati saya menyuruh saya berjumpa dengannya dan melihat bagaimana keadaannya. Anda boleh memaksa saya untuk berkahwin dengan lelaki lain tetapi tidak memadamkan apa yang saya rasakan untuknya. Cinta kita kekal.

"Anda akan membayar dengan sayang kerana telah menentang saya. Saya utama, pihak berkuasa untuk dilakukan keputusan tertinggi di rantau ini, dan bahkan anda, anak perempuan saya, boleh menentang kehendak saya. Dengar dengan teliti: Sehingga hari ini, saya melarang anda pergi tanpa kebenaran saya dan saya akan melakukan sesuatu yang sepatutnya saya lakukan lama dahulu.

Yang utama membongkar tali pinggang kulit yang ada di seluarnya dan dengan langkah pantas merebut Christine dengan salah satu lengannya yang kuat dan maskulin. Christine cuba melarikan diri tetapi tidak boleh. Tanpa belas kasihan, dia mula menghadapi pukulan serius kepadanya dengan tali pinggang. Christine menjerit kesakitan dan ibunya, Helena cuba menyelamatkannya. Utama mengancamnya dan dia bergerak pergi. Dia terus mengalahkan Christine sebentar dan apabila dia menyedari bahawa sudah cukup, dia berhenti. Christine jatuh letih dan cedera di atas tanah. Helena datang untuk membantunya dan pesara utama. Christine menangis, bukan dari kesakitan, tetapi dari mengetahui bahawa bapanya adalah orang jahat yang tidak berhati hati.

Dia tidak menyesal apa-apa yang dia lakukan atau cinta yang dia rasakan untuk Claudio. Dia sanggup menderita untuk sesuatu yang dianggapnya suci. Pukulan dan ancaman utama tidak menghalangnya daripada bermimpi tentang cinta sejatinya. Lagipun, apa makna hidup jika dia kehilangan harapan untuk bahagia? Untuk cinta, dia akan berisiko kehilangan nyawanya jika perlu.

Helena membantu Christine mandi dan kemudian mengumpul dirinya di dalam biliknya. Dia tidak berada dalam keadaan untuk menerima sesiapa atau mengambil bahagian dalam sebarang aktiviti.

Sepupu Gerusa

Mimoso telah menerima seorang penduduk baru yang baru tiba di stesen kereta api. Ia adalah Clemilda, sepupu Gerusa. Berasal dari Bahia, kelahirannya dikelilingi oleh misteri. Dia telah dilahirkan pada saat yang tepat ketika ibunya mengambil bahagian dalam penghormatan ritual ghaib. Sejak dia dilahirkan, gadis itu menunjukkan keupayaan semula jadi tertentu dalam menangani kuasa-kuasa ini. Takut dengan hadiahnya, ibunya meninggalkannya tidak lama selepas itu di pintu sebuah institusi amal. Dia diselamatkan oleh pekerja dan dibesarkan sebagai anak perempuan mereka. Sejak penerimaannya, kejadian misteri mula berlaku di institusi yang sama. Kaca dan cermin pecah kerap, kebakaran berlaku tanpa sebab yang jelas dan bunyi cakar boleh didengari di atas bumbung dan di tingkap. Dalam salah satu kebakaran itu, dia adalah satu-satunya kanak-kanak yang melarikan diri. Institusi itu ditutup dan dia telah menjadi anak yatim lagi. Dia kemudian dirampas oleh seorang lelaki gelandangan dan mula mengamalkan jenayah kecil untuk terus hidup. Hadiahnya ditemui dan dermawannya mula menggunakannya untuk kepentingannya untuk mengumpulkan kekayaan. Dia membesar dengan curang, mencuri dan mengganggu keputusan loteri. Tidak lama selepas dermawannya mati dan dia bebas daripada pengaruhnya. Dia bersendirian di Penyelamat. Dia kemudian memutuskan untuk menulis surat kepada sepupunya Gerusa (yang melawatnya dengan kerap dan merupakan satu-satunya keluarga yang pernah dia temui) memberitahunya keadaannya. Dia menjemputnya untuk tinggal di Mimoso, di mana dia bekerja sebagai pembantu rumah di rumah kaya. Clemilda mudah diterima.

Dia sekarang berada di sana, di stesen, yakin sepenuhnya dan yakin dengan keputusannya. Dia akan melaksanakan rancangannya tidak lama lagi kerana dia mempunyai kawalan penuh ke atas pasukan ghaib. Mimoso akan menjadi tempat yang ideal untuk kerajaan ketidakadilannya. Selepas menakluki Mimoso, dia berhasrat untuk mengambil alih dunia. Walau bagaimanapun, untuk ini berlaku, dia perlu mengimbangi "pasukan lawan" dan menggunakannya untuk kelebihannya. Langkah-langkah untuk mencapai ini adalah untuk menyebarkan kutukan, memutarbelitkan cinta sejati dan menyebabkan tragedi. Dengan segala-galanya lengkap, dia dapat menyekat agama yang benar dan mengawal segala-galanya.

Dia menyemak alamat yang terkandung dalam suratnya dan bertanya kepada orang yang berdekatan bagaimana untuk sampai ke sana. Dia diarahkan oleh orang itu dan mula berjalan. Fikirannya penuh dengan tenaga negatif dan dia hanya berfikir tentang memusnahkan, memalukan dan sesat. Dalam beg pakaiannya, dia membawa panduan yang berfungsi sebagai perantara antara dia dan Tuhan Kegelapan. Dia mengingati hubungan pertamanya dengan dunia bawah tanah dan bagaimana dia merasa gembira dan berkuasa untuk mencapai prestasi sedemikian. Selepas itu, dia mempunyai banyak hubungan. Mesej terakhir yang diterimanya telah menjelaskan fakta tertentu yang tidak diketahui olehnya. Sekarang dia bersedia untuk mengambil tindakan dan memulakan kerajaan ketidakadilannya.

Dia terus berjalan dan tidak lama lagi melihat banglo yang indah itu. Dia merasakan campuran kesedihan dan penderitaan di dalam rumah. Dia ketawa ketika dia senang dalam situasi ini. Dia berjalan sedikit lebih cepat dan tidak lama lagi datang ke rumah. Dia bertepuk tangan dan menjerit untuk dihadiri. Beberapa saat berlalu dan Gerusa datang untuk menjawab pintu.

"Sepupu saya, Clemilda. Betapa baiknya melihat anda di sini.

"Saya tiba sebentar tadi. Anda mempunyai tempat untuk saya?

"Belum lagi. Rumah jurusan dan anda boleh bercakap dengannya secara peribadi. Tolong, masuk.

Clemilda menerima jemputan itu dengan segera. Dia memasuki rumah (diiringi oleh Gerusa) dan pergi bercakap dengan jurusan. Dia menemuinya di ruang tamu.

" tuan Mejar , ini adalah sepupu saya, Clemilda, yang berasal dari Bahia. Dia datang untuk bercakap dengan rahmat anda.

"Senang berjumpa dengan awak. Nama saya Quintino dan seperti yang anda mungkin sudah tahu, saya adalah pihak berkuasa politik terbesar di rantau ini. Apa yang awak mahu?

"Sepupu saya Gerusa menjemput saya untuk datang dan tinggal di sini di Mimoso kerana saya bersendirian di Penyelamat. Saya tertanya-tanya sama ada anda, tuan, boleh mendapatkan saya pekerjaan yang baik dan juga tempat tinggal.

"Nah, salah satu rumah saya tidak didiami dan melihat bagaimana anda sepupu Gerusa, dan dia telah bersama kami selama bertahun-tahun, saya dapat memberikannya kepada anda. Mengenai pekerjaan itu, tiada apa yang terlintas di fikiran sekarang tetapi apabila saya melihat peluang yang baik, saya akan memberitahu anda. Adakah itu semua? Gerusa akan memberi anda kunci rumah. Malah, ia adalah istana gergasi. Saya fikir anda mungkin menyukainya.

-" Itu sahaja. Terima kasih.

Gembira mendapat penginapan, ahli sihir itu pergi ke rumah barunya. Keesokan harinya akan menjadi permulaan rancangan kejam-nya.

"Berkat"

Sehari selepas ketibaan Clemilda, penduduk banglo yang indah sedang bersarapan. Christine mengelak daripada bercakap dengan bapanya kerana dia masih marah dengan pukulan yang diambilnya. Helena dan ceramah utama dengan bebas.

"Anda bermaksud bahawa budak lelaki itu tidak mahu datang bertemu dengan anak perempuan kami? Saya dapati ini tidak masuk akal. (Helena)

"Bapanya lebih suka dengan cara itu. Ia adalah untuk mengekalkan udara misteri tertentu. Sayang sekali anak perempuan kami tidak menikmati idea untuk berkahwin. Saya akan memberikan apa sahaja untuk meyakinkannya bahawa ia adalah yang terbaik. (Mejar)

"Lupakan sahaja. Jangan minta yang mustahil.

Gerusa mendengar dan memutuskan untuk campur tangan.

"Saya kenal seseorang yang boleh membantu. Sepupu saya Clemilda berpengalaman dalam hubungan.

"Saya fikir ia adalah idea yang baik. Gerusa, menemani anak perempuan saya ke rumah Cik Clemilda. Jika anda berjaya, saya akan memberi ganjaran kepada anda. (Mejar)

"Saya tidak akan pergi. (Christine)

"Anda tidak perlu mahu. Jangan untuk dilakukan saya merengek anda lagi. (Mejar)

Seorang menggigil berjalan melalui tubuh Christine mengingati hukuman. Dia tidak sanggup mengalami perasaan itu lagi. Dia bersetuju walaupun ia bukan kehendaknya sendiri. Dia bangun dari meja dan menemani Gerusa. Kedua-duanya meninggalkan rumah dan sudah dapat melihat kediaman Clemilda, yang terletak di seberang jalan. Kesejukan dirasai oleh Christine sebagai amaran bahawa dia tidak boleh pergi. Walau bagaimanapun, ketakutan terhadap bapanya adalah lebih besar, dan dia memutuskan untuk berdiam diri. Beberapa kaki yang menuju ke kediaman itu dilindungi. Gerusa mengetuk pintu untuk dipenuhi. Dalam beberapa saat Clemilda muncul.

"Saya sedang menunggu awak. Masuklah. Anda adalah Christine, bukan?

"Bagaimana anda mengenali saya, puan?

"Semua orang memberi komen tentang anda. Mereka bercakap tentang kecantikan anda dan cara baik anda. Saya hanya menganggap apabila anda tiba. Nah, masuklah.

Gerusa dan Christine masuk, dan persekitaran penuh dengan getaran negatif. Objek-objek yang sebelum ini membentuk adegan seram telah dikeluarkan oleh Clemilda.

"Saya membawa Christine ke sini untuk anda menasihatinya untuk menerima perkahwinan yang telah diaturkan oleh mejar. Dia tahan terhadap idea ini.

"Baiklah, saya rasa saya boleh bercakap dengannya. Gerusa, bolehkah anda meninggalkan kami sendirian sejenak? Dengan cara ini, terdapat timbunan barang yang perlu dibasuh di dapur.

"Anda tidak pernah berubah. Sentiasa cuba mengeksploitasi saya.

Gerusa mematuhi dan pergi ke dapur. Clemilda mendekati Christine dan mula mengelilingi dia.

"Saya melihat seorang lelaki di jalan anda. Namanya Claudio, bukan? Dia seorang lelaki muda, berotot dan cantik. Anda bertemu di tempat kerja dan benih cinta disimpan di dalam hati anda. Namun, fikirkan dengan saya, mengapa dia tidak berminat dengan anda? Anda masih muda, cantik, pintar dan di atas semua, anak perempuan jurusan yang kuat. Boleh jadi cinta yang anda rasa tidak dibalas? Saya menjamin anda bahawa dia akan mempunyai alasannya: kebanggaan, cita-cita dan kuasa. Itulah yang dicari oleh orang ramai. Cinta yang anda lukis di dalam hati anda hanyalah ilusi.

"Anda tidak akan meyakinkan saya dengan mudah. Saya tahu Claudio dan apa yang kita rasa adalah nyata. Saya tidak perlu membaca fikirannya untuk memastikan perasaannya. Ilusi adalah perkahwinan ini yang mereka bawa saya masuk.

"Adakah anda menganggap bahawa ia hanya boleh menjadi rancangannya? Tidakkah anda fikir pelik persahabatan tiba-tiba yang anda mulakan? Orang benar-benar boleh diramalkan. Apa yang mereka mahu adalah berakhir di atas, tanpa mengira perasaan orang lain.

"Mulut beracun anda tidak akan mengelirukan saya. Saya tidak sepatutnya datang ke sini kerana saya tidak berasa sihat.

"Tunggu, sayang. Izinkan saya memberkati anda supaya anda akan bahagia dalam perkahwinan anda.

Sebelum Christine dapat bertindak balas, Clemilda meletakkan tangannya di kepalanya. Dia bercakap kata-kata yang tidak dapat difahami dan Christine mula pening. Angin putar tenaga melompat keluar dari tangannya dan ke kepala Christine. Operasi berlangsung lebih kurang daripada tiga puluh saat. Kemudian, Christine melepaskan tangannya dan memanggil Gerusa. Dia menjawab, kedua-duanya meninggalkan kediaman dan pulang ke rumah. Berkat itu telah menjadikan Christine sebagai penyelewengan.

Fenomena

Selepas pertemuan yang menarik dengan Clemilda ahli sihir, Christine mula merasa sama sekali berbeza daripada sebelumnya. Aktiviti biasa dia dilakukan, dan yang memberi kesenangannya seperti mengait, membaca dan pergi bekerja telah menjadi membosankan. Apa yang tetap utuh dan satu-satunya perkara yang perlu dilakukan, adalah perasaan yang dia ada untuk Claudio. Di samping itu, fenomena aneh mula berlaku di sekelilingnya. Mengait yang dia pelajari semasa kecil tiba-tiba tidak akan membentuk apa-apa. Garisan tidak lagi masuk akal. Semasa membaca buku, halaman yang dibacanya terkena sinar api dan terbakar. Dia merasakan matanya terbakar pada masa itu. Melewati objek logam, dia akan menarik mereka. Setiap penemuan, dia menjadi cemas dan tertanya-tanya apa maksudnya. Adakah ia kutukan? Apa yang dia jadi? Tiada siapa yang boleh tahu atau sebaliknya dia akan menghadapi risiko dimasukkan ke hospital dan doktor dari seluruh dunia akan bereksperimen dengannya.

Untuk mengelakkan mereka mengetahui, dia berhenti keluar bersama rakan-rakannya dan hanya mengambil bahagian dalam aktiviti sosial yang sangat diperlukan seperti kerja, misalnya. Pada setiap masa, dia berusaha mengawal dirinya kerana fenomena itu hanya berlaku ketika dia tidak stabil secara emosi. Untuk menghilangkan kutukan itu, dia menggunakan pelbagai kaedah tetapi tidak ada yang terbukti berkesan. Pahit dan marah, Christine semakin mengasingkan dirinya di dunianya sendiri.

Rakan Baru

Rutin kerja, setiap lima belas hari, boleh dikatakan satu-satunya aktiviti sosial yang Christine mengambil bahagian. Melaluinya dia bertemu dengan banyak orang dan berkawan. Antaranya ialah seorang gadis muda, lebih kurang umur yang sama dengan Christine, bernama Rosa. Keserasian adalah bersama dan setiap kali mereka melihat satu sama lain mereka bersenang-senang bercakap. Pada satu kesempatan itu, Christine memintanya untuk datang ke rumahnya dan dia mudah diterima. Pada hari dan pada masa mereka memutuskan, Rosa tiba, masuk ke taman rumah, bertepuk tangan untuk mengumumkan dirinya. Gerusa, pembantu rumah, menjawab pintu.

"Bagaimana saya boleh membantu anda?

"Saya datang untuk bercakap dengan Christine.

"Sekejap sahaja saya akan menghubunginya.

Kadang-kadang selepas itu, Christine muncul dan menjemputnya untuk keluar bersamanya di anjung rumah kerana ia adalah tempat yang paling berventilasi dan santai.

"Baiklah, Christine, saya ingin mengenali anda dengan lebih baik. Anda memberitahu saya sebelum ini bahawa anda akan menjadi biarawati. Bagaimana kehidupan di biara?

"Saya menghabiskan tiga tahun berharga dalam hidup saya di sana. Nah, biarawati itu baik kepada saya walaupun mereka agak ketat. Masa yang dikhaskan untuk solat agak luas dan kadang-kadang membosankan saya. Saya berpendapat bahawa jika seorang manusia mahu bersentuhan dengan Tuhan, tidak perlu begitu mementingkan diri sendiri dan setia kerana Tuhan maha kuasa dan memahami segala yang kita inginkan. Lama kelamaan, mereka menyedari bahawa saya tidak mempunyai kerjaya dan mereka menendang saya keluar.

"Jadi anda meninggalkan biara dan kembali ke dunia. Anda tidak menyesali keputusan ini?

"Ia semua bergantung kepada bagaimana anda melihatnya. Segera, tidak. Walau bagaimanapun, sekarang ayah saya memaksa saya untuk berkahwin, saya fikir lebih baik jika saya berada di sana. Walaupun itu hanya saya bersembunyi dari dunia yang tidak adil, kita tinggal di mana ibu bapa memutuskan masa depan anak-anak mereka.

"Adakah anda pernah menghancurkan atau jatuh cinta?

"Ketika saya berada di biara, saya berjumpa dengan seorang anak tukang kebun yang memikat saya. Saya fikir ia adalah cinta pada masa itu tetapi tidak lama selepas pengabaiannya saya menyedari bahawa ia hanya semangat. Cinta sejati yang akhirnya saya temui dengan Claudio, rakan sekerja saya. Walau bagaimanapun, penentangan ibu bapa saya menjadikan hubungan kita mustahil. Satu-satunya harapan saya ialah permintaan yang saya buat di gunung yang semua orang dakwa adalah suci. Beritahu saya sedikit tentang diri anda. Penahkah anda mengasihi seseorang?

"Seperti yang telah saya katakan, saya mempunyai teman lelaki bernama Felipe, anak pemilik gudang itu. Kami berdua saling mencintai dan mungkin suatu hari nanti kami boleh berkahwin. Ibu bapa kami telah menyokong kami sepenuhnya.

"Saya iri dengan awak. Anda tidak tahu betapa salah faham ibu bapa saya menyakiti saya. Saya harap saya hanya seorang gadis biasa dan bukan anak perempuan jurusan yang maha kuasa.

Air mata mencurahkan wajah Christine dan rakannya cuba menghiburkannya. Beban yang dibawanya di belakangnya terlalu berat kerana ketidakmatangan mereka. Dia mahu gembira dan melihat peluang untuk tergelincir melalui jarinya. Hanya dua hari tinggal untuk dia menyerahkan dirinya ke perkahwinan tanpa masa depan dan kepada orang asing yang dia hanya tahu dengan nama. Melihat bahawa rakannya tidak lagi mempunyai keinginan untuk bercakap, Rosa mengucapkan selamat tinggal dan berjanji untuk kembali pada masa yang lain. Persahabatan mereka penting bagi Christine kerana dia tidak merasa begitu terpencil dan ditinggalkan sepenuhnya.

Sehari sebelum perkahwinan

Kedekatan perkahwinan itu menyebabkan Christine menjadi semakin gelisah. Dia telah bercakap dengan imam, bercakap dengan rakan dan telah untuk dilakukan satu percubaan terakhir untuk meyakinkan ibu bapanya untuk melepaskan idea untuk mengahwininya. Setakat ini, dia tidak mendapat sebarang keputusan. Imam mencadangkan bahawa dia meletak jawatan dan menerima keadaannya. Bagaimana dia boleh melakukannya? Ia adalah kehidupan dan kebahagiaan yang dipertaruhkan. Dia belajar, dalam biara, bahawa semua manusia bebas untuk dilakukan keputusan mereka sendiri dan memimpin nasib mereka sendiri. Hak-haknya ditindas oleh masyarakat di mana kanak-kanak dikahwinkan oleh ibu bapa mereka. Bersama rakannya, dia membincangkan masa depannya dan Claudio. Kedua-duanya tidak menemui alternatif yang nyata dan ketara yang boleh membawa kedua-duanya bersama selain harapan gunung suci dan permintaan yang selesai Christine kepadanya. Ia adalah satu-satunya perkara yang tersisa untuk dia lakukan; tunggu keajaiban atau tidak mungkin berlaku.

Christine pergi ke arah teres dan mula menghadiri langit. Dia mengingati detik-detik yang dihabiskan di gunung dan bintang-bintang yang dia dan Claudio diperhatikan bersama. Mereka adalah saksi kepada perasaan bahawa menyatukan kedua-duanya dan walaupun utama dan konvensyen sosialnya tidak akan membenarkannya, kedua-duanya akan terus saling mencintai. Melihat langit, dia berharap dunia seterusnya akan menjadi tempat yang lebih adil dan lebih baik dan mereka yang benar-benar tahu cinta sejati dapat mencapai kebahagiaan. Dia mengingati Tuhan dan bagaimana dia belajar betapa indahnya dia. Dia meminta Tuhan untuk memberikan kehendak para pemimpi yang paling mudah tanpa perlu memasuki gua atau sesuatu yang serupa. Dia juga meminta kekuatan untuk menahan syahidnya hingga akhir. Dia berasa seperti penyelewengan dan kecewa dengan cinta. Dia menangis air mata terakhir yang dia tinggalkan untuk menangis dan pulang ke rumah.

Tragedi

Ia akhirnya siang hari dan ini bermakna bahawa hari yang dahsyat telah tiba. Christine bangun tetapi cuba berpura-pura tidur agar tidak menghadapi realiti. Siapa tahu, mereka mungkin melupakannya dan mungkin semua yang dia alami dalam beberapa hari terakhir hanya menjadi mimpi ngeri yang sederhana? Dia mahu membuka matanya dan mencari Claudio, cinta sejatinya. Dia mahu berkahwin dengannya, bukan orang asing, anak Kolonel Sungai Putih ini. Sejenak, dia merasa seolah-olah dia berada di Sucavão dan mengingati setiap perincian tentang apa yang berlaku di sana. Dia nampaknya berada di sana merasakan kekuatan air, lelaki itu memeluk Claudio dan menghidu baunya. Dia mendalami pemikiran ini sehingga suara mengganggunya dan membawanya kembali ke realiti. Ia adalah ibunya.

"Christine, anak perempuan saya, bangun, tetamu perkahwinan sudah tiba. Adakah anda lupa bahawa ia akan diadakan pada 8:00 AM?

"Oh, Ibu, bersabar. Saya hampir tidak tidur sepanjang malam memikirkan perkahwinan ini.

Christine naik agak muram dan pergi ke bilik mandi untuk mandi. Ibunya sedang menunggu di biliknya. Kira-kira dua puluh minit kemudian dia kembali dan mendapati pakaiannya yang cantik tersebar di atas katil. Dia memerhatikannya dan menganggapnya cantik, walaupun kemurungan. Ibunya membantu dia berpakaian dan memakai solek. Dengan segala-galanya siap, dia mendekati cermin untuk melihat bagaimana rupanya. Dia melihat versi dirinya yang patah hati, walaupun dia selesai dengan cantik. Dia berfikir tentang idea tentang apa yang akan berlaku dan tentang masa depannya di sisi seorang lelaki yang tidak dikenali. Tiba-tiba, cermin retak dan pecah, dengan sentap yang hebat. Christine menjerit dan ibunya bergegas untuk menyelamatkannya. Nasib baik, dia tidak terluka. Dia merasakan kesakitan di dadanya dan tertanya-tanya apa yang akan berlaku. Dia mengingati impiannya yang berulang. Ibunya menenangkannya dan mengatakan itu bukan apa-apa. Mereka berdua masuk ke ruang tamu untuk bertemu keluarga pengantin lelaki dan menerima beberapa tetamu. Mejar mengambil tangan Christine dan mula memperkenalkannya.

"Encik Henrique, ini adalah anak perempuan saya Christine. Bukankah dia cantik?

"Ya, dia sangat cantik. Anak saya seorang lelaki yang bertuah. Hari ini akan melengkapkan kesatuan keluarga kami dan ini untuk dilakukankah saya sangat gembira.

Christine memaksa ketawa agar tidak menjadi tidak menyenangkan. Ibu pengantin lelaki juga cuba bersikap baik.

"Selepas berkahwin jika anda memerlukan bantuan, jangan teragak-agak untuk bertanya kepada saya. Wanita keluarga kami sangat rapat.

Karina, kakak pengantin lelaki, melangkah ke hadapan juga dan memuji rambut Christine. Mejar dan Helena mengalu-alukan tetamu mereka yang masih tiba. Apabila jam menyerang tepat 8:00 AM semua orang keluar ke teres di mana perkahwinan itu akan berlaku. Christine berjalan, oleh jurusan, ke altar sementara. Dalam perjalanan ke altar, dia mempunyai peluang untuk melihat, sekilas pandang, wajah dengan ekspresi cemas. Dia melihat Ibu Superior dan biarawati yang tinggal bersamanya di biara. Dia juga melihat profesor pertamanya dan sepupunya yang berasal dari Recife. Secara keseluruhannya, dia dapat merasakan jangkaan dan keseronokan masa ini. Melangkah ke hadapan sedikit lagi, dia sudah dapat melihat pengantin lelaki dan Bapa Chiavaretto. Tiba-tiba, kemarahan di dalam dirinya mengambil alihnya dan untuk dilakukannya membenci mereka berdua. Mengapa lelaki bernama Bernard itu bersetuju untuk mengahwininya? Lagipun, dia seorang lelaki dan mempunyai lebih banyak kebebasan bertindak. Dia akan menyerahkan dirinya kepada perkahwinan tanpa masa depan dan tidak akan berpuas hati sepanjang hayatnya. Bagaimana pula dengan Bapa? Bagaimana dia terkunci untuk mengambil bahagian dalam kentut itu? Gereja sepatutnya berdiri olehnya dan menjadi rakan sejenayahnya daripada menerima keadaan.

Dia semakin dekat dengan pengantin lelaki dan kemarahannya tidak berkurangan. Apabila melihatnya, sinar kilat datang terus dari matanya dan memukulnya tepat di dada. Dia jatuh, mati. Kekecohan di khalayak kacau dan Christine jatuh di kakinya.

"Dia raksasa! (Ada yang menjerit)

Tindakan utama pantas dan menghantar ahli perniagaannya untuk membantu Christine bangkit dan melindunginya daripada orang ramai yang marah. Sementara itu, biarawati melintasi diri mereka sendiri, tidak mempercayai apa yang baru mereka lihat. Keluarga pengantin lelaki cuba memberi tekanan kepada perwakilan untuk mengambil tindakan tetapi Mejar menolak tindakannya. Akhirnya, Christine diselamatkan dan jurusan menghantar tetamu pergi. Parti dan semua perayaan dibatalkan. Perkahwinan yang diatur telah mengakibatkan tragedi.

Awan Hitam

Dengan tragedi itu selesai, Clemilda mula membuang mantera yang akan sampai ke seluruh rantau Mimoso. Dia mempunyai kuasa untuk melakukan ini kerana dia telah memenuhi tiga langkah: Dia telah menetapkan kutukan, telah memutarbelitkan cinta sejati dan menyebabkan tragedi. Sekarang, kementerian yang tidak suci bersedia untuk bertindak, mencekik agama Kristian. Dia mendekati kuali dan meletakkan bahan-bahan terakhir di dalamnya untuk jampi itu. Mengucapkan katakata yang tidak dapat difahami, dia menari di sekelilingnya. Tiba-tiba, dia berhenti dan berkata dengan suara yang mendalam dan kuat: -Awan gelap, muncul!

Segera, awan besar, hitam, tebal meliputi langit Mimoso. Matahari juga ditutup dan dengan cahaya semula jadi langit berkurangan dengan ketara. Sumpahan itu diprogramkan berkuat kuasa setiap hari selepas

12:00 PM. Dengan ini, ahli sihir akan mempunyai kuasanya dua kali ganda dan boleh bertindak lebih bebas.

Syahid

Tidak lama selepas penggunaan awan hitam, ahli sihir mula bertindak. Dia mengupah dua orang kafir, Totonho dan Cleide untuk membantunya dalam kerja-kerja ghaibnya. Di samping itu, beliau mengarahkan kedua-duanya untuk menyingkirkan wakil-wakil agama Kristian di tempat itu. Mangsa pertama ialah Bapa Chiavaretto dan imam Nunes, yang melawat Mimoso. Di samping itu, sesetengah orang percaya telah ditangkap dan yang lain meletakkan kepentingan untuk membakar dalam api unggun. Selepas pembunuhan itu, mereka mula memusnahkan gereja kecil yang telah didirikan untuk menghormati Suci Sebastian. Hampir tidak ada yang tersisa tetapi salib yang berdiri utuh walaupun percubaan untuk memusnahkannya. Ia adalah simbol bahawa agama Kristian masih hidup dan boleh bertindak balas.

Dengan penguasaan selesai, bulatan "pasukan lawan" dibubarkan dan ia menimbulkan ketidakseimbangan. Sekiranya keadaan kekal seperti ini untuk masa yang lama, Mimoso akan berisiko hilang. Ini kerana kuasa-kuasa kebaikan tidak akan kekal ditawan sebelum korban ini. Pada akhirnya, ini akan mengakibatkan perang yang tidak dapat diramalkan yang boleh memusnahkan kedua-dua dunia.

Akhir Wawasan

Urutan imej dari penglihatan yang memenuhi fikiran saya tiba-tiba berhenti. Kesedaran secara beransur-ansur kembali dan saya mendapati diri saya memegang halaman akhbar dengan tajuk utama: Christine, Raksasa Muda. Saya memerhatikannya dan menganggap tajuk utama itu tidak mencukupi kerana tragedi yang berlaku tidak dalam apa cara sekalipun salahnya. Dia tetapi seorang lagi mangsa ahli sihir yang kejam dan kuat Clemilda. Tiba-tiba, saya mula memahami mengapa perjalanan masa saya dan kemenangan saya ke atas gua itu datang. Saya adalah sebahagian daripada plot oleh takdir untuk cuba mendapatkan Mimoso yang diberkati dari tangan tragedi. Misi saya adalah untuk menyatukan semula "pasukan lawan" dan membantu pemilik jeritan yang didengar di dalam gua. Saya benar-benar yakin bahawa pemilik suara itu adalah puan Christine yang cantik. Christine yang bermutasi dan pahit menanti saya. Saya perlu meyakinkannya untuk bertindak balas dan menjadikannya sekutu saya dalam memerangi kuasa-kuasa jahat. Pada akhirnya, saya harus ingat ajaran penjaga dan gua putus asa yang ditakuti, gua yang telah merealisasikan impian saya dan menjadikan saya Penilik nasib. Saya kini mempunyai cabaran baru dan bersedia untuk menemuinya.

Dengan akhbar di tangan, saya membaca keseluruhan cerita mengenai Christine. Mereka mendakwa bahawa dia adalah raksasa sejak kecil dan barulah ia ditemui. Campuran kemarahan dan kemarahan mengisi seluruh makhluk saya. Bagaimanakah wartawan tersebut mempunyai keberanian untuk menerbitkannya? Mereka telah mengambil kesempatan daripada tragedi untuk memberitahu pembohongan. Christine tidak pernah, dan juga tidak boleh menjadi raksasa. Dia baru sahaja dikutuk oleh ahli sihir jahat dan songsang. Terserah kepada orang yang baik untuk membantunya dan menyembuhkannya. Saya terus membaca kertas kerja itu dan mereka mendakwa bahawa Christine adalah pemberontak muda yang meninggalkan biara kerana tingkah laku buruk. Saya memberontak lagi. Saya rasa seperti merobek seluruh akhbar. Wartawan yang terkutuk, mereka memutarbelitkan segala-galanya untuk menjana wang. Christine adalah seorang gadis muda yang tunduk dan telah mengikuti nasihat ibunya untuk biara dirinya dalam biara. Ketika saudara-saudari menyedari bahawa dia tidak mempunyai kerjaya, mereka menendangnya keluar. Saya berhenti membaca berita kerana ia tidak benar. Visi itu cukup untuk saya tahu di mana saya berdiri. Saya mengambil akhbar dan mengembalikannya ke laci kabinet, di sebelah meja, dari mana saya mendapatnya. Saya bangun dan mula merangka pelan tindakan dalam fikiran saya. Saya perlu menyatukan semula "pasukan lawan" dan membantu Christine mencari kebahagiaan sebenar. Saya menghampiri pintu dan saya akan membukanya.

Testimoni

Apabila ia dibuka, saya terkejut melihat perhimpunan orang di ruang legar kecil hotel. Apakah maksud semua itu? Saya semakin dekat supaya saya boleh bertanya.

"Apa yang berlaku di sini?

Pompeu, perwakilan, bersuara.

"Kami berada di sini kerana tuduhan serius telah selesai terhadap anda. Anda perlu datang bersama kami, budak lelaki.

Isyarat perwakilan kepada orang bawahan anda dan mereka membawa gari. Mereka meletakkan mereka di pergelangan tangan saya dan saya merasa dianiaya, seperti hamba pada zaman dahulu. Carmen cuba campur tangan tetapi perwakilan tidak mendengar.

"Adakah itu benar-benar perlu? Saya mempunyai hati nurani yang jelas.

"Kita akan lihat perkara itu di stesen, anak lelaki. (Mejar)

Mematuhi perintahnya, saya mula berjalan dan kereta api juga pergi. Setelah meninggalkan hotel, saya menyedari bahawa terdapat lebih banyak orang yang hadir, berminat dengan apa yang sedang berlaku. Apa yang mereka mahu dengan saya? Adakah saya melakukan jenayah? Sejak saya tiba di Mimoso, saya telah berusaha keras untuk tidak menarik perhatian kepada diri saya sendiri. Walau bagaimanapun, sekarang saya digari dan dibawa ke balai polis. Saya mula bimbang tentang apa sebenarnya yang perlu diberitahu kepada mereka. Saya tidak dapat memberitahu keseluruhan kebenaran dan menjejaskan misi. Saya perlu mempertahankan diri daripada tuduhan itu dengan akal dan kecerdasan yang baik. Saya mula memikirkan Claudio dan cara dia dibuang ke penjara. Saya akan memikirkan cara untuk mengelakkan perkara yang sama berlaku kepada saya.

Kira-kira sepuluh minit selepas meninggalkan hotel, kami akhirnya tiba di balai polis yang akan datang. Mejar Quintino dan Perwakilan Pompeu datang bersama saya. Yang lain berada di luar menunggu keputusan. Apabila memasuki pejabat peribadi perwakilan, mereka mengeluarkan gari tangan saya dan dengan itu saya lebih lega.

"Baiklah, duduklah, Tuan Penilik nasib. Saya sekarang adalah orang yang akan bertanya soalan. Pertama, apakah nama sebenar anda dan dari mana anda? (Wakil)

"Nama saya Aldivan dan saya berasal dari Recife.

"Apa yang kamu lakukan di sini jika anda dari Recife? Apa profesion anda?

"Saya seorang wartawan untuk Akhbar Ibu Kota dan saya datang mencari cerita yang baik. Saya memberi jaminan, niat saya adalah yang terbaik. Saya bukan penjenayah dan saya tidak mahu menyakiti sesiapa pun.

"Apa yang anda perlu katakan mengenai soal siasat tanpa henti yang telah anda serahkan kepada rakyat tempat ini? Apa sebenarnya yang anda maksudkan dengan melakukan ini?

"Ia adalah sebahagian daripada tugas saya, strategi untuk mengumpul maklumat. Walau bagaimanapun, jika ini menjadi janggal bagi sesiapa sahaja, saya akan berhenti.

"Seperti yang anda ketahui, Ratu Clemilda telah untuk dilakukan keputusan terhadap orang anda. Apa yang anda katakan kepada itu? Secara kebetulan, adakah anda musuhnya?

"Saya rasa lebih baik saya tidak menjawab soalan itu.

"Baiklah, saya tidak mempunyai soalan lanjut. Mejar , adakah anda mempunyai lebih banyak soalan yang ingin anda tanyakan kepada lelaki ini?

"Boleh. Saya nak tahu sama ada beliau bekerja untuk lawan kerajaan.

"Tidak, tidak sama sekali. Saya tidak mahu melibatkan diri dalam isu politik walaupun saya fikir sistem semasa agak tidak adil.

"Baiklah, Tuan Aldivan, saya rasa saya akan membiarkan anda tinggal di penjara selama beberapa hari untuk memeriksa apakah semua yang telah dikatakan di sini benar.

"Saya tidak akan tinggal di sini. Ini tidak adil. Sekiranya anda untuk dilakukan keputusan aneh ini, saya akan mengecam anda kepada gabenor yang merupakan kawan rapat saya.

Mejar dan perwakilan kagum dengan reaksi saya dan dengan berita yang baru saya berikan. Mereka berkumpul untuk berkomunikasi dalam diam dan berazam untuk tidak mengambil risiko. Akhirnya, saya dibebaskan walaupun terdapat bantahan beberapa orang di luar balai polis. Rancangan saya telah berjaya.

Kembali ke Hotel

Apabila saya meninggalkan stesen, saya mula tertanya-tanya mengapa orang-orang Mimoso telah bertindak balas secara pasif. Mereka hidup di bawah kezaliman ahli sihir yang kejam dan utama. Saya fikir mungkin ketakutan yang menghentikan sebarang tindak balas daripada mereka. Tiba-tiba, saya mula mengingati tiga pintu yang harus saya pilih untuk maju di dalam gua. Mereka mewakili ketakutan, kegagalan dan kebahagiaan. Di sana, saya belajar mengawal ketakutan saya dan menghadapi mereka walaupun semua faktor di dalam gua yang suka menempuh saya seperti gelap, yang tidak dijangka dan semua perangkap. Saya belajar juga untuk menghadapi kegagalan bukan sebagai akhir tetapi sebagai penyambungan semula rancangan baru. Saya akhirnya memilih pintu kebahagiaan dan itulah yang sering dipilih oleh orang ramai. Ramai yang menjadi hamba kepada kehidupan seharian mereka, egoisme, moral, rasa malu dan kebolehan mereka sendiri untuk bermimpi. Mereka adalah orang-orang yang gagal dan takut. Mereka bahkan tidak berisiko memasuki gua untuk mencapai keinginan mereka. Mereka menjadi orang yang tidak berpuas hati tanpa cinta diri.

Saya melihat ke sisi saya. Saya melihat orang yang belum mengenali saya yang sangat marah dengan pembebasan saya dari balai polis. Di bahagian bawah hati mereka, mereka telah menghakimi dan menjatuhkan hukuman kepada saya. Berapa kerapkah kita melakukannya? Berapa kerapkah kita fikir kita memiliki kebenaran dan bahawa kita mempunyai kuasa untuk mengutuk? Ingatlah apa yang Yesus katakan: Keluarkan dahulu rasuk dari matamu sendiri sebelum menunjuk kepada saudaramu. Beliau berkata, ini kerana kita semua mempunyai kelemahan dan ini menjadikan penghakiman kita separa dan tidak jelas. Hanya mereka yang mengetahui hati manusia dan yang bebas dari semua dosa mempunyai keupayaan untuk melihat semuanya dengan jelas. Saya mencari kali terakhir pada orang-orang ini dan saya merasa kasihan kepada mereka kerana mereka lebih suka rasa tamak keadilan mereka daripada memikirkan kehidupan mereka sendiri. Saya meninggalkan mereka di belakang dan terus dalam perjalanan pulang ke hotel. Saya mula mengatur setiap langkah yang akan saya lakukan untuk menyatukan semula "pasukan lawan" dan membantu puan Christine. Dia telah menjadi pemilik jeritan itu yang saya dengar di gua putus asa dan itu menyebabkan saya mengembara melalui masa. Perjalanan ini adalah sebahagian daripada proses peningkatan rohani dan manusia untuk saya dan pada masa yang sama mempunyai tujuan untuk membetulkan ketidakadilan. Saya terus berjalan dan selepas kira-kira lima minit saya sampai ke hotel. Renato dan Carmen sedang menunggu di pintu pagar. Mereka adalah sahabat saya dalam perjuangan ini. Keesokan harinya adalah masa yang paling sesuai untuk memulakan rancangan saya.

Idea ini

Sinar pertama matahari menjaga wajah saya dan kekuatan cahaya semula jadi baru sahaja membangkitkan saya. Saya tetap tidak bergerak sebentar kerana saya tidak mempunyai malam yang baik. Saya masih mengingati mimpi ngeri yang saya alami malam tadi yang untuk dilakukan saya bangun. Dalam mimpi itu, saya bersama beberapa orang muda bercakap mengenai buku saya. Saya bercakap tentang jangkaan saya dan harapan untuk mendapatkan penerbit komersial untuknya.

Along datang sedikit syaitan mengganggu dan menakutkan semua orang. Orang melarikan diri dan iblis, yang tidak menunjukkan wajahnya, berseru: -Jadi anda semua tahu!

Pada masa itu, mimpi ngeri berakhir dan saya bangun di tengah malam, berpeluh dengan banyak. Apa maksudnya? Adakah ia ada kaitan dengan sejarah Mimoso? Saya tidak pasti. Apa yang saya tahu ialah saya ingin mempunyai tempat yang baik di alam semesta dan jika takdir saya dan kerjaya saya dalam kesusasteraan, saya akan mengikutinya dengan penuh semangat. Lagipun, mengapa saya memasuki gua jika saya tidak menjadi Penilik nasib, seseorang dapat melampaui masa, meramalkan masa depan dan memahami hati yang paling keliru dan tertekan? Dengan pemikiran itu, saya berpaling di atas katil dan berdiri. Saya memerhatikan Renato yang masih tidur dan tertanya-tanya mengapa penjaga telah berkeras begitu banyak tentang saya membawanya bersama saya. Sehingga kini beliau hampir tidak menyumbang. Apa yang boleh dilakukan oleh seorang kanak-kanak untuk saya? Baiklah, saya tidak tahu. Saya mengalihkan perhatian saya daripadanya dan saya menuju ke bilik mandi untuk mandi dengan cepat. Mandi akan menjadikan saya lebih mudah diakses. Saya masuk, hidupkan air, dan mula merasakan faedahnya. Saya memikirkan keluarga saya dan saya berasa rindu. Saya masih ingat ibu dan kakak saya dan bagaimana mereka sangat bertentangan dengan impian saya. Perasaan pengampunan menyerang makhluk saya dan saya akhirnya melupakan fakta ini. Lagipun, saya yang terpaksa mempercayai bakat dan panggilan saya sendiri. Selain mencuci badan, saya cuba membersihkan fikiran saya daripada sebarang kekotoran kerana saya perlu bersedia untuk mengatasi halangan dan cabaran yang mungkin muncul. Saya mematikan air dan sabun.

Pada masa itu penurunan kecil, dengan sendirinya, menyentuh kepala saya dan saya bergerak serta-merta melalui dimensi yang jauh. Saya melihat diri saya di syurga, bercakap dengan malaikat dan bertanya kepada mereka apa makna hidup. Sebagai tindak balas, saya mendengar deringan dan ini untuk dilakukan saya lebih keliru. Selepas malaikat, saya bercakap dengan Rasul dan salah seorang daripada mereka memberitahu saya bahawa saya sangat istimewa kepada Tuhan. Dia menganggap saya anaknya. Saya lihat, dari jauh, Perawan dan dia kelihatan sama dengan saya seperti masa-masa lain saya melihatnya: tulen dan bijak. Selepas itu, saya melihat Nabi Isa di atas takhtanya, dengan segala kemuliaannya, dan dia memberitahu saya untuk menjadi baik dan mempercayai bakat saya. Semua ini telah berlaku dalam masa kurang dari satu saat, masa yang diambil setitik air untuk menyentuh kepala saya. Kemudian saya melihat keran, air mengalir ke bawah badan saya, dan saya kembali ke realiti. Saya memutuskan untuk mematikannya kerana saya cukup bersih. Keluar dari bilik mandi, saya dapati Renato masih tidur dan saya kecewa. Saya menggelengkan badannya dengan kuat untuk membangunkannya. Dia bangun merungut dan pergi mandi. Saya mengambil peluang ini untuk pergi ke dapur hotel dan bersarapan. Apabila saya tiba, saya diterima dengan baik oleh semua dan Carmen menghidangkan saya beberapa makanan ringan.

"Maksud anda bahawa semalam perwakilan mengeluarkan anda seperti itu? (Rivanio)

"Saya dapat meyakinkannya. Dia tidak mempunyai alasan untuk membiarkan saya dipenjarakan di sana.

"Kamu bernasib baik, budak lelaki. Adalah perkara biasa di kampung ini kerana banyak ketidakadilan berlaku. Contohnya ialah Claudio. Dia ditangkap kerana dia terlibat dengan anak perempuan mejar. (Gomes)

"Ia sungguh memalukan. Jika saya boleh melakukan sesuatu untuknya ...

"Anda lebih baik tidak berani. Mejar akan menganggap anda musuhnya dan itu akan menjadi mimpi buruk. Kaedah yang digunakan oleh utama untuk menangani musuh-musuhnya tidak menyenangkan. (Carmen)

Amaran dari Carmen meninggalkan saya agak mencerminkan. Saya terpaksa berhati-hati kerana jurusan dan ahli sihir tidak boleh diculik. Saya sedang membaca di wilayah musuh dan perlu memainkan langkah yang betul untuk mengeluarkan pemenang. Perbualan berterusan ke subjek lain dan saya selesai sarapan pagi. Sebaik sahaja saya selesai, Carmen memanggil saya untuk perbualan peribadi.

"Sudah tiba masanya untuk membincangkan pembayaran seperti yang saya nyatakan sebelum ini. Adakah anda mempunyai wang?

Soalan itu mengejutkan saya sedikit tetapi saya teringat bahawa saya telah membawa beberapa bersama saya dalam perjalanan. Saya maafkan diri saya, melihat beg saya dan kembali dengan beberapa perubahan. Carmen mengambil wang itu dan bertanya;

"Dari negara mana wang ini? Saya tidak pernah mendengar tentang "Reais." Malangnya, saya tidak boleh menerimanya. Saya mahu mata wang negara.

Sambutan Carmen seperti tamparan di muka dan kemudian saya menyedari bahawa pada tahun 1910 wang saya tidak mempunyai nilai. Saya tidak mempunyai jawapan.

"Baiklah, saya melihat anda tidak mempunyai wang. Kemudian anda perlu mendapatkan pekerjaan untuk membayar saya. Bagaimana pula jika anda bekerja untuk jurusan sebagai wartawan?

"Saya tidak fikir itu idea yang baik. Walau bagaimanapun, ia adalah satu-satunya pilihan yang saya ada. Saya akan bercakap dengan jurusan dan meminta pekerjaan.

"Itulah caranya. Saya doakan semoga berjaya.

Carmen memberi saya pelukan dan bersara. Ideanya tidak begitu buruk. Saya akan berpeluang bertemu Christine dan siapa tahu, mungkin juga mempunyai hubungan dengannya.

Tokoh Utama

Tidak lama selepas bercakap dengan Carmen dan dia telah memberi saya idea itu, saya memutuskan untuk menubuhkan semuanya. Lagipun, jam itu berdetik dan saya kini hanya mempunyai lebih dari dua minggu untuk mengumpulkan "pasukan lawan" dan membantu Christine mencari nasibnya. Dengan itu, saya pergi ke bilik saya, meletakkan pakaian yang baik dan pergi. Apabila meninggalkan hotel, saya mula menumpukan perhatian dan berfikir tentang cara terbaik untuk merawat jurusan kerana dia seorang lelaki yang sukar, sangat prejudis, bangga dan sombong. Christine dan Claudio adalah sebahagian daripada mangsa cara berfikir dan bertindak. Saya tidak mahu menjadi satu lagi dan perlu memilih kata-kata yang betul. Saya terus memikirkan jurusan dan memikirkan banyak kesukaran yang dilaluinya ketika dia masih kecil. Namun, dia nampaknya tidak belajar apa-apa kerana dia tidak dapat melepaskan peluang untuk mengaibkan dan membahayakan orang. Kehidupan telah mengeraskan hati dan jiwanya. Dia bukan idea siapa pun tentang bos yang sempurna tetapi saya memerlukan tugas untuk melaksanakan rancangan saya.

Sejenak, saya berhenti memikirkannya dan mempercepatkan sedikit kerana saya berhampiran banglo. Saya melihat sekeliling saya dan orang-orang yang saya lihat sedih dan patuh. Saya fikir rakyat Mimoso sebahagiannya bertanggungjawab terhadap keadaan semasa kezaliman dan ketidakadilan yang berlaku di tempat ini. Mereka dikuasai oleh ahli sihir jahat dan oleh wakil utama Sistem Kolonel. Satu mengancam orang-orang dengan sihir hitam dan yang lain menggunakan kekerasan untuk menakut-nakutkan dan membuli. Kedua-duanya boleh dibatalkan jika semua bersatu dalam pemberontakan terhadap mereka. Kekurangan inisiatif dan patuh menjadikan mereka dalam keadaan yang sama, dikuasai. Jadi, kuasa-kuasa baik mengambil tindakan dan untuk dilakukan saya pergi ke gunung yang semua orang berkata adalah suci. Di sana, saya bertemu dengan penjaga, gadis muda, hantu, budak lelaki itu, melakukan tiga cabaran dan memasuki gua yang mampu untuk dilakukan impian yang paling dalam menjadi kenyataan. Di dalam gua, saya melarikan diri dari perangkap dan saya maju senario sehingga saya sampai ke penghujungnya. Saya berubah menjadi Penilik nasib dan saya mengembara tepat pada masanya mengejar suara yang saya tidak tahu. Ia adalah suara puan Christine, anak perempuan utama yang baru berubah. Seorang jurusan yang saya akan hadapi sekarang untuk mendapatkan pekerjaan dan membayar apa yang saya berhutang dengan

Carmen. Akhirnya, saya datang ke banglo dan pembantu rumah datang untuk menyambut saya di taman.

"Bagaimana saya boleh membantu anda, tuan?

"Nama saya Aldivan dan saya seorang wartawan. Saya mahu bercakap dengan jurusan. Adakah dia pulang?

"Boleh. Masuklah, dia berada di ruang tamu.

Dengan hati saya berlumba, saya memasuki banglo yang indah. Kegelisahan dan kegelisahan saya membunuh saya. Saya masuk ke dalam bilik dan menyambut jurusan.

"Apa yang membawa anda ke sini, Tuan Penilik nasib?

"Seperti yang Tuan Yang Terutama tahu, saya seorang wartawan. Jadi, saya fikir Tuan Yang Terutama mungkin memerlukan perkhidmatan saya dan saya memutuskan untuk datang ke sini untuk menyemak kontrak saya.

"Lihat, saya tidak mengenali anda dengan baik dan saya masih tidak pasti sama ada anda seorang perisik atau jika anda tergolong dalam pembangkang. Saya tidak fikir saya boleh membantu anda.

"Saya jamin saya boleh dipercayai dan besar seperti anda memerlukan sokongan kewartawanan untuk diluluskan oleh masyarakat. Seperti kata pepatah, media adalah siapa yang mencipta seorang lelaki.

"Melihat dengan cara itu, saya fikir ia mungkin idea yang baik. Mari kita lakukan percubaan untuk melihat sama ada ia berfungsi. Walau bagaimanapun, jika anda merosakkan imej saya, anda akan dianggap sebagai musuh dan anda mungkin pernah mendengar bahawa ini bukan dengan apa-apa cara perkara yang selesa untuk berlaku. Bagi gaji, ia akan menjadi wang yang baik. Anda tidak perlu risau.

"Terima kasih. Saya berjanji untuk tidak mengecewakan anda. Bilakah saya bermula?

"Pergi bekerja secepat mungkin. Saya mahu melihat nama saya diedarkan di seluruh Pernambuco. Saya mahu menjadi legenda dan diingati oleh banyak generasi.

"Ia akan jadi, Mejar. Saya berjanji dengan awak.

Saya mengucapkan selamat tinggal dan pergi. Dengan misi yang dicapai, saya berasa lebih santai dan yakin. Meyakinkan jurusan tidak begitu sukar kerana dia dahagakan kuasa dan kemasyhuran. Saya telah bermain dalam kelemahannya dan jadi saya muncul pemenang.

Pekerjaan

Mejar memberi saya arahan pertama saya dan saya mula bekerja untuk memajukan namanya. Pada asasnya, tugas saya adalah untuk menguatkannya dengan menyebarkan perbuatan dan nikmatnya kepada penduduk tempatan dan menyumbang kepada kempennya apabila dia akan bertanding untuk datuk bandar perbandaran. Tugasan ini tidak meletakkan saya dalam kedudukan yang selesa kerana saya benar-benar bertentangan dengan cita-cita Sistem Kolonel dan sikap utama. Walau bagaimanapun, saya tahu ini adalah satu-satunya peluang untuk mendekati Christine kerana dia benar-benar terpelihara selepas tragedi itu. Moto saya ialah: Ia adalah akhir yang membenarkan cara. Salah satu artikel berita pertama yang perlu saya dedahkan adalah seperti berikut: keluarga utama yang memerlukan. Saya menyatakan tarikh itu, bercakap tentang kebaikan utama dan tindakannya, dan saya menyebut terima kasih rakyat dan keadaan bencana yang mereka hadapi. Walau bagaimanapun, perkara yang paling penting tidak didedahkan. Saya tidak menyebut bahawa wang yang digunakan untuk membeli bakul makanan itu datang daripada cukai dan sebagai balasan, jurusan memerlukan keluarga untuk mengundinya sebagai Datuk Bandar. Tindakan "kebaikan" tidak lain hanyalah permainan kepentingan yang sangat popular semasa pemerintahan Sistem Kolonel. Saya kini menjadi rakan sejenayah sistem ini walaupun bertentangan dengan kehendak saya sendiri. Saya cuba tidak memikirkannya lagi dan terus bekerja. Strategi saya sekarang adalah untuk mencari jalan untuk berkomunikasi dengan Christine dan membiarkan dia mencari nasib sendiri.

Pertemuan Pertama dengan Christine

Dengan banyak bahan yang dihasilkan, saya mendekati banglo di mana kehidupan utama. Kelulusan beliau diperlukan untuk penerbitan karya selanjutnya. Sepanjang perjalanan, idea datang kepada saya dan saya fikir saya akan menyebutnya kepadanya. Saya fikir lebih baik dan akhirnya melepaskan idea itu kerana jurusan adalah orang yang keras dan secara amnya tidak menerima cadangan. Saya berjalan beberapa langkah lagi dan akhirnya saya datang ke kediaman. Apabila saya bertepuk tangan, seorang gadis cantik datang untuk menyambut saya.

"Apa yang kamu mahu, tuan?

"Saya telah datang untuk bercakap dengan jurusan.

"Dia tidak ada di sini. Bolehkah anda datang pada masa yang lain?

"Tiada masalah. Bolehkah saya bercakap dengan anda? Anda adalah puan Christine, bukan?

"Boleh. Nama saya Aldivan dan saya seorang wartawan untuk Akhbar Ibu Negara. Saya bekerja untuk ayah awak.

"Oh, ayah saya telah bercakap tentang anda. Anda melakukan artikel tentang dia, bukan?

"Boleh. Di samping itu, saya berminat dengan cerita anda. Bolehkah kita bercakap sebentar?

"Kisah saya? Saya fikir ia tidak membimbangkan anda.

"Saya berkeras. Saya boleh membantu anda mencari diri sendiri. Beri saya peluang.

Tiba-tiba, mata Christine membetulkan saya dan rantai pemikiran kita bersatu. Dalam beberapa saat, dia berpeluang mengenali saya dengan lebih baik. Dia berfikir sebentar dan memutuskan.

"Baiklah, saya akan mendapatkan dua kerusi untuk kami duduk di sini di anjung.

Dia memasuki rumah dan kembali tidak lama kemudian. Dia duduk di sebelah saya dan saya dapat menghidu minyak wangi semula jadinya yang menggembirakan.

"Baiklah, Christine, apa yang menarik perhatian saya ialah berita yang saya baca dalam akhbar di Recife baru-baru ini. Ia bercakap tentang tragedi dan tentang anda sebagai orang.

"Apa yang ditulis adalah benar dan dilaporkan di seluruh Pernambuco. Saya raksasa! Saya raksasa! Saya mengakhiri kehidupan budak lelaki itu. Dia adalah mangsa keadaan seperti saya. Sekarang, selepas tragedi itu, saya bersendirian dan semua orang melarikan diri dari saya. Saya tidak mempunyai kawan lagi, bahkan Tuhan. Saya berada di bahagian bawah batu.

"Jangan cakap begitu, Christine. Jika anda rasa bersalah maka berhenti kerana apa yang berlaku adalah plot keji kuasa-kuasa jahat yang diwakili oleh Clemilda. Mereka mengambil segala-galanya daripada kamu, bahkan Tuhanmu. Jika anda bertindak balas, mungkin ada harapan.

"Bagaimana anda tahu semua ini? Siapa awak sebenarnya?

"Sekiranya saya cuba menjelaskannya kepada anda sekarang, anda tidak akan faham. Saya mahu anda tahu bahawa, dalam diri saya, anda mempunyai kawan yang hebat, selama-lamanya. Anda tidak lagi bersendirian.

Air mata mencurahkan wajah Christine dengan keikhlasan saya. Dia memeluk saya dan mengatakan bahawa dia kurang kasih sayang sejak kebelakangan ini. Saya cuba memulakan semula perbualan.

"Beritahu saya, bagaimana pengalaman anda di biara. Adakah anda menemui Tuhan di sana?

"Ya, saya buat. Walau bagaimanapun, kita boleh mencari Tuhan di mana sahaja. Dia berada di dalam air terjun yang turun, dihantar sepenuhnya ke destinasinya, Dia dalam nyanyian burung di subuh, dan Dia berada dalam isyarat ibu yang melindungi anaknya. Bagaimanapun, dia berada di dalam diri kita dan meminta didengar secara berterusan. Apabila saya mengetahui perkara ini dan belajar mendengarnya, saya faham bahawa kerjaya saya bukanlah sebagai kacang. Saya belajar bahawa saya boleh melayan dengan cara lain.

"Saya mengagumi anda kerana isyarat ini dan saya bersetuju dengan definisi anda. Berapa ramai orang yang menipu diri mereka sepanjang hidup mereka dan menyerahkan diri mereka ke jalan dalam kehidupan yang bukan untuk mereka. Kadang-kadang, ini berlaku di bawah pengaruh ibu bapa, masyarakat, atau hanya tidak tahu bagaimana untuk mendengar suara dalaman yang kita semua ada dan bahawa anda memanggil Tuhan. Oleh kerana anda memutuskan untuk meninggalkan kehidupan keagamaan, saya menganggap anda telah menemui cinta.

"Ya, tetapi saya tidak mahu membincangkannya. Ia masih menyakitkan begitu banyak, tragedi itu, dan semua peristiwa sebelum itu.

Saya berazam untuk menghormati kesunyian Christine dan tidak berani bertanya apa-apa lagi. Saya mengucapkan selamat tinggal dan bertanya sama ada kita boleh bercakap beberapa waktu lain. Dia berkata ya dan itu untuk dilakukan saya gembira. Pertemuan pertama saya dengan Christine telah berjaya.

Kembali ke Istana

Selepas pertemuan pertama dengan Christine, saya memutuskan untuk sekali lagi menghadapi ahli sihir yang kuat Clemilda. Dia harus tahu bahawa kuasa-kuasa kebaikan sedang bekerja dan Kementerian Kejahatan akan berakhir. Dengan ini, saya pergi lagi ke istana hitam yang ditakuti. Ia mempunyai aspek yang sama seperti masa sebelumnya dan saya mula menggigil, bernafas tidak teratur dan hati saya agak dipercepatkan. Apakah jenis mistik ini? "Pasukan lawan" menjerit dalam diri saya. Semasa semakin dekat, suara bermasalah dan keliru cuba untuk dilakukan saya keluar dari jalan saya. Saya berlutut di atas lantai dan cuba membersihkan fikiran saya untuk meneruskan. Suaranya benar-benar kuat. Saya mula ingat ajaran penjaga, cabaran dan gua. Saya juga ingat meditasi saya dan bagaimana ia membantu saya. Saya menerapkan apa yang saya pelajari dan mula berasa lebih baik dan saya boleh meneruskannya. Saya bangun dan berjalan langkah terakhir, akhirnya tiba. Pintu akses serta-merta terbuka dan tanpa rasa takut saya melaluinya. Adegan seram masa sebelum mengulangi dirinya sendiri tetapi saya tidak memberi perhatian lebih kepadanya. Tegas dan tegas, saya pergi ke lorong di mana saya disambut oleh Totonho, salah seorang kawan Clemilda. Dia menghantar saya ke sebuah bilik. Di dalam, di tengah, adalah Clemilda memakai tudung.

"Kepada apa yang saya berhutang dengan penghormatan lawatan lain dari Penilik nasib? Adakah anda datang untuk mengucapkan tahniah kepada kerja yang saya lakukan di tempat desa ini?

"Jangan mulakan dengan saya. Anda tahu, lebih daripada saya, bahawa ketidakseimbangan dalam "kuasa lawan" mengancam Mimoso dan juga alam semesta. Saya mahu anda pergi ke sini secepat mungkin. Kecederaan yang anda telah menyebabkan orang, terutamanya seorang gadis muda bernama Christine terlalu banyak. Saya gembira kerana saya berkawan dengannya dan saya mula untuk dilakukannya melihat nasibnya sendiri.

"Saya ragu anda akan dapat meyakinkannya untuk menjadi seorang gadis muda yang yakin, benar-benar bebas rasa bersalah. Tragedi itu menjejaskan deria dan perasaannya. Mengenai "pasukan lawan," anda betul, tetapi tidak mudah untuk membawa saya keluar dari sini. Saya mencadangkan perjanjian. Jika anda memujuk Christine untuk benar-benar mengubah kursusnya dan jika anda menyelesaikan tiga cabaran pada tiga hari berbeza, anda berhak mendapat pertempuran akhir. "Pasukan lawan" akan bertemu dan menghadapi satu sama lain, dan sesiapa yang menang akan memerintah untuk keabadian.

"Pertempuran? Bukankah itu berbahaya? Alam semesta berada dalam bahaya hilang jika ada yang tidak kena.

"Anda tidak mempunyai pilihan. Ia mengambilnya atau meninggalkannya. Adakah anda benar-benar mahu menyelamatkan Mimoso? Kemudian menghadapi kekuatan "Kegelapan."

"Berurusan. Saya akan buat.

Setelah mengatakan itu, saya bersara dari bilik dan mencari jalan keluar. Perang akan bermula antara "pasukan lawan" dan saya adalah salah satu watak utama konfrontasi ini. Saya tidak tahu apa yang akan berlaku tetapi saya sanggup melakukan apa sahaja untuk membalikkan ketidakseimbangan "pasukan lawan" dan membantu Christine.

Mesej II

Pertemuan dengan Clemilda memberitahu saya bahawa saya perlu bertindak segera dan melaksanakan rancangan saya. Perang antara "pasukan lawan" diisytiharkan dan saya mempunyai peranan utama di dalamnya. Jadi, saya memutuskan untuk menulis nota, ditujukan kepada Christine, menjemputnya untuk mesyuarat lain. Selepas saya menulisnya, saya memanggil Renato dan memintanya untuk menyampaikan nota itu ke tangannya. Dia mengambilnya dan pergi tanpa berlengah-lengah. Kira-kira dua puluh minit kemudian dia kembali, membawa bersamanya jawapannya. Saya ambil kertas dengan berhati-hati dan bukanya perlahan-lahan seolah-olah saya takut jawapannya. Ia mengandungi mesej berikut: Temui saya pada 07:00 pagi di jalan ke Climério. Saya gembira mendengar bahawa dia menerima jemputan dan harapan saya untuk memulihkan kenaikannya. Dia adalah pemain utama dalam perjuangan menentang pasukan yang menentang kami.

Lawatan ke Climério

Hari mesyuarat akhirnya di sini. Saya bangun dan mengatur strategi yang paling sesuai untuk digunakan pada mesyuarat. Saya pergi ke bilik mandi dan mandi, berus gigi dan pergi sarapan pagi. Selepas menyelesaikan semua langkah ini, saya bersedia untuk keluar dan mencari Christine. Tempat pertemuan yang saya kenal dengan baik. Ia berada di Climério, terletak di timur Mimoso. Dengan perangai yang saya bangun, saya mula berjalan ke arah tempat pertemuan. Ia adalah masa lalu 7:00 AM dan tepat pada masa ini Christine sepatutnya telah meninggalkan rumahnya. Ingatan pertemuan pertama kami terlintas di fikiran dan saya tertanya-tanya apakah Christine mempercayai saya kerana dia banyak ditarik balik semasa saat-saat pertama wawancara. Nah, tidak hairanlah. Saya adalah orang asing, orang asing yang ternyata sangat berpengetahuan tentang butiran hidupnya. Ini menjana kesan yang tidak pernah berlaku sebelum ini. Saya gembira kerana saya telah menyatakan dengan jelas bahawa saya mahu menjadi kawannya dan melihat bagaimana dia merasa sangat kesepian sejak kebelakangan ini, dia menerima, sekurang-kurangnya buat sementara waktu, peguam saya dan nasihat saya. Sekarang saya sudah bersedia untuk peringkat kedua yang paling penting.

Saya berjalan untuk beberapa waktu ke arah yang sama dan lebih jauh sepanjang saya melihat tokoh Christine. Segera, saya mula berlari untuk bertemu dengannya.

"Bagaimana kamu, Christine? Adakah anda mempunyai malam yang baik?

"Sejak tragedi itu berlaku, saya tidak mempunyai sebarang malam yang baik. Saya selalu bermimpi tentang perkahwinan saya dan semua yang berlaku di sana. Saya tidak tahu berapa lama saya akan hidup seperti ini.

"Anda perlu melepaskannya, Christine. Lupakan rasa bersalah dan penyesalan kerana mereka hanya membahayakan anda. Saya belajar bahawa dalam kehidupan kita mesti hidup pada masa kini dan melupakan masa lalu yang menyakitkan. Masa yang baik adalah yang harus kita ingat untuk menguatkan diri kita dan terus berjalan dengan kepala kita yang dipegang tinggi.

"Itu hanya kata-kata. Kesakitan yang saya rasa di dalam masih terlalu banyak.

"Suatu hari nanti anda akan mengatasinya. Saya pasti. Nah, Christine, saya mempunyai sesuatu yang serius untuk dibincangkan dengan anda. Ia adalah mengenai ahli sihir ini Clemilda yang menggunakan kuasa kegelapan untuk mengambil alih kampung Mimoso. Dia bertanggungjawab atas tragedi itu dan semua peristiwa buruk yang lain di sini sejak itu. Saya berhadapan dengannya dan saya bertekad untuk menamatkan pemerintahannya. Sebagai tindak balas, dia menawarkan saya perjanjian. Sekarang, saya perlu mengumpulkan "kuasa kebaikan" untuk pertempuran. Apa kata awak? Adakah anda bersedia mempertahankan saya dalam perjuangan ini?

"Saya tidak tahu sama ada saya sudah bersedia. Clemilda adalah sepupu Gerusa dan Gerusa boleh dikatakan seorang ibu kepada saya. Saya tahu dia buruk dan saya benar-benar menentang tindakannya. Sebaliknya, dia boleh dikatakan keluarga. Ia adalah "kuasa lawan" yang mengelirukan hati saya dan untuk dilakukan saya ragu-ragu.

"Saya faham. Saya mesti mengingatkan anda bahawa anda mempunyai peranan penting dalam perang yang akan datang. Sebelum anda untuk dilakukan keputusan, fikirkan orang-orang, agama Kristian dan tentang diri anda.

"Saya berjanji saya akan memikirkannya. Ingin memberitahu saya apa-apa lagi?

Saya fikir beberapa saat sebelum menjawab dan saya tertanya-tanya sama ada dia benar-benar bersedia. Saya memutuskan untuk mengambil risiko.

"Ya, keseluruhan kebenaran. Christine, selama bertahun-tahun saya seorang pemimpi muda dan penuh harapan. Namun, di sebalik usaha terbaik saya, saya tidak dapat mencapai matlamat saya. Saya menghabiskan tiga tahun hidup saya sepenuhnya sepi: Saya tidak mempunyai pekerjaan dan saya tidak belajar. Berada di bahagian bawah batu membawa saya kepada krisis yang hampir mendorong saya ke kegilaan. Semasa krisis ini, saya cuba mendekati Pencipta untuk mendapatkan ketenangan dan ketenangan. Walau bagaimanapun, semakin saya berkeras, semakin kurang saya menerima jawapan. Jadi, saya cuba berlindung di Iblis mencari penyembuhan dan jawapan. Saya pergi ke sesi dan mereka berjanji kepada saya bahawa saya akan dapat sembuh dan gembira. Sebagai balasan, saya perlu menukar agama dan melakukan apa yang mereka katakan. Pada hari dan pada jam menandakan kepulangan saya kembali ke tempat ini, saya mendapat jawapan bahawa Tuhan mengambil berat tentang saya. Dia menghantar Malaikatnya dan memberi amaran kepada saya untuk tidak kembali, bahawa saya tidak akan menemui kebahagiaan dan penawar yang sangat lama. Jadi, saya mematuhi amaran itu dan saya tidak berani kembali ke sana. Saya berjumpa doktor dan dia berkata kes saya tidak serius, bahawa ia adalah kerosakan saraf yang mudah. Jadi, saya mengambil ubat dan bertambah baik. Tuhan menggunakan doktor itu untuk membantu saya. Berapa kali dia berbuat demikian tanpa kita sedari. Semasa krisis saya, saya mula menulis untuk bersenang-senang sedikit, sebagai terapi. Kemudian saya menyedari bahawa saya mempunyai bakat yang tidak pernah saya perhatikan. Selepas krisis, saya mendapat pekerjaan dan kembali ke sekolah. Pada masa yang sama, keinginan untuk menjadi penulis dan berkomunikasi dengan orang semakin meningkat dalam diri saya. Ketika itulah saya mendengar tentang Gunung Ororubá, gunung suci. Ia menjadi suci kerana kematian dukun misteri, dan ia mempunyai gua yang megah di bahagian atasnya yang dipanggil gua putus asa. Ia mampu mencapai sebarang impian, selagi ia tulen dan jujur. Jadi, saya memutuskan untuk mengemas dan memulakan perjalanan ke gunung. Saya mengucapkan selamat tinggal kepada keluarga saya tetapi mereka tidak memahami impian saya. Walau bagaimanapun, saya pergi. Saya terpaksa mempercayai bakat dan potensi saya sendiri. Jadi, saya mendaki gunung dan bertemu dengan penjaga, semangat kuno. Dengan ajarannya, saya dapat mengatasi cabaran yang tiket saya ke dalam gua. Walau bagaimanapun, cerita itu tidak selesai. Gua putus asa tidak pernah membenarkan sesiapa untuk melaksanakan impiannya melaluinya. Semua yang telah mencuba telah dihapuskan secara ringkas. Walau bagaimanapun, saya mempunyai mimpi, dan mempertaruhkan nyawa saya tidak akan menjadi penghalang bagi saya. Saya memutuskan untuk memasuki gua. Saya mula berjalan ke dalamnya dan tidak lama kemudian, perangkap pertama muncul. Saya berjaya menyingkirkan mereka semua dan tidak lama selepas itu, saya terjumpa tiga pintu. Mereka mewakili kebahagiaan, kegagalan dan ketakutan. Saya memilih pintu yang betul dan saya maju di dalam gua. Kemudian, saya menemui pahlawan dan dengan seni mempertahankan dirinya dia cuba memusnahkan saya. Pengalaman itu membawa saya kepada kemenangan dan saya jatuh pahlawan. Kemudian saya maju lebih banyak di dalam gua dan menemui maze. Saya memasukinya dan tersesat. Ketika itulah saya mempunyai idea dan saya berjaya mencari jalan keluar. Kemudian, saya menemui satu set cermin. Senario ini untuk dilakukan saya merenung dan membantu saya mencari diri saya sendiri. Jadi, saya menolak sedikit lebih jauh ke dalam gua. Pendek kata, saya dapat memajukan semua senario gua dan ia melihat dirinya diwajibkan untuk memberikan hasrat saya. Saya menjadi Penilik nasib dan saya mengembara kembali tepat pada masanya, mengikuti suara yang saya tidak tahu. Suara ini adalah milik anda, Christine, dan saya di sini untuk membantu anda.

"Itu banyak maklumat sekaligus. Saya tidak tahu sama ada anda gila atau saya kehilangan fikiran kerana mendengarnya. Saya sudah mendengar gua dan kuasa indahnya tetapi tidak pernah membayangkan bahawa seseorang telah masuk dan mengatasi apinya. Saya perlu berfikir sedikit dan merenungkan semua yang saya dengar.

"Fikirkan, Christine, tetapi jangan terlalu lama. Masa saya di sini sudah habis dan saya perlu memenuhi misi saya.

"Saya berjanji akan memberi maklum balas tidak lama lagi. Nah, sekarang saya perlu menyelesaikan berjalan kaki saya dan pulang ke rumah.

Saya mengucapkan selamat tinggal kepada Christine dan saya kembali ke hotel. Saya telah melakukan bahagian saya, sekarang semua yang tersisa adalah jawapannya. Harapan saya berada di tangan takdir dan saya tidak tahu cara mana ia menunjuk. Perang antara "pasukan lawan" akan berlaku tidak lama lagi dan tindak balas Christine akan menjadi faktor penentu.

Keputusan

Perang yang akan berlaku antara "pasukan lawan" meninggalkan saya sama sekali tidak yakin. Saya tidak pernah mengambil bahagian dalam pertandingan jenis ini dan ia akan menjadi pengalaman yang unik. Untuk melegakan hati dan fikiran saya, saya meninggalkan hotel dan saya mengarahkan diri saya ke runtuhan gereja Suci Sebastian, yang sangat dekat. Sepanjang perjalanan, saya tertanya-tanya apa cabaran yang akan saya hadapi dan jika mereka akan menjadi sukar seperti halangan di dalam gua. Baiklah, saya akan melakukan segala-galanya dalam kuasa saya untuk menang di tengah-tengah sebarang kesulitan. Fikiran saya meningkat dan saya berfikir tentang impian saya dan setiap halangan yang melibatkannya. Saya tertanya-tanya sama ada saya akan mendapat penerbit komersial untuk buku saya. Adakah pelaburan yang sama cukup untuk buku itu mencapai kejayaan? Saya sangat sedar bahawa gua itu sebenarnya telah membantu saya tetapi tidak akan menyelesaikan semua masalah saya. Saya menjangkakan bahawa gua itu hanya permulaan kerjaya sastera yang panjang dan kuat. Walau bagaimanapun, bukan masanya untuk saya bimbang tentang perkara itu. Saya mempunyai perkara yang lebih penting untuk dilakukan. Saya perlu menyatukan semula "pasukan lawan" dan membantu Christine mencari dirinya sendiri. Matlamat ini untuk dilakukan saya lebih dekat dengan runtuhan dan detik-detik kemudian saya menyentuh sisa-sisa simbol agama Kristian. Saya mencari salib yang dibiarkan utuh dan apabila menyentuhnya, saya mula memahami lebih lanjut mengenai agama saya dan pengasasnya. Dia telah menyerahkan dirinya untuk kita hanya untuk cinta yang tidak dapat kita fahami. Cinta yang begitu hebat ia dapat melakukan mukjizat. Itulah yang saya perlukan: Keajaiban.

Saya akan menghadapi kuasa yang tidak diketahui yang melepaskan egoisme, ketagihan, kelemahan dan kebencian manusia, kuasa yang mampu memusnahkan kehidupan manusia. Saya melihat semula salib dan ia mengisi saya dengan keberanian. Terdapat contoh pemenang. Dia juga seorang pemimpi seperti saya dan ajarannya telah menakluki dunia. Dia mengajar kita untuk mencintai dan menghormati orang lain dan ini adalah mesej yang saya berdakwah di zaman saya. Saya melihat segala-galanya yang berhampiran dengan saya: Saya melihat orang, langit biru, dan jauh, cakerawala. Saya tidak boleh mengecewakan mereka atau diri saya sendiri. Dengan semua kekuatan di dada saya, saya menjerit:

"Saya sudah bersedia!

Bumi mula menggigil dan dalam beberapa saat saya merasa dirampas dari tempat saya berada. Saya dipimpin oleh rambut dan emosi saat ini mengaburkan penglihatan saya, semuanya gelap dan kosong.

Pengalaman di Gurun

Saya baru sahaja bangun dan saya bangun untuk mengetahui dengan tepat di mana saya berada. Saya melihat ke empat arah dan saya hanya dapat melihat pasir dan langit. Rasanya saya berada di tengah-tengah padang pasir. Apa yang saya buat di sini? Jenaka macam apa ini? Dalam sekelip mata, saya berada di runtuhan gereja (di Mimoso) dan di tempat lain saya berada di tempat yang gelap dan kosong ini. Saya mula berjalan, mencari sesuatu. Siapa tahu mungkin saya akan mencari oasis atau seseorang yang boleh membimbing saya dan memberitahu saya dengan tepat di mana saya berada. Perasaan kesepian meningkat setiap minit walaupun saya percaya bahawa saya sentiasa diiringi oleh malaikat. Pada saat-saat ini saya akhirnya mengingatkan diri saya betapa pentingnya mempunyai kawan atau seseorang yang boleh anda percayai. Wang, kemegahan sosial, kesombongan, kejayaan dan kemenangan tidak berguna jika anda tidak mempunyai seseorang yang berkongsi dengannya. Saya terus berjalan dan peluh mula menitis, kelaparan mula menggigit saya dan dahaga juga. Saya rasa hilang seperti yang saya lakukan di labirin gua. Strategi apa yang akan saya gunakan sekarang? Oasis boleh berada di mana-mana sahaja. Saya berhenti sebentar. Saya perlu memulihkan kekuatan saya dan bernafas. Saya belum mencapai had saya tetapi saya berasa agak letih. Kenaikan tangga curam datang ke fikiran, yang ada di tempat perlindungan puan anugerah kami, tapak penjaga, dalam kekuda. Saya hanya seorang kanak-kanak dan usaha pendakian telah membebankan saya. Apabila tiba di bahagian atas, saya masuk ke tempat yang selamat kerana takut jatuh dari rabung curam. Ibu saya menyalakan lilin dan membayar janji yang telah ia dicapai. Kuil itu dikunjungi oleh ramai pelancong dan ia mengambil rupa Perawan Maria di tempat itu.

Kisah ini adalah seperti berikut: Pada tahun 1936, penyamun Virgulino Ferreira, " tanglung ", dan gengnya menunggang melalui Pesqueira di mana mereka telah melakukan kekejaman terhadap petani tempatan. Maria da Luz telah bertanya kepada Conceição apa yang akan dia lakukan jika Tanglung muncul di sana pada masa itu. Gadis itu berkata: "Oh saya, saya harus memikirkan jalan supaya pelaku jahat ini tidak akan dapat membahayakan kita". Ketika itulah, melihat rabung gunung, mereka melihat imej dalam bentuk seorang wanita. Penampakan berulang pada hari-hari berikutnya dan berita tersebar di seluruh rantau ini. Vatican telah mengakui bahawa wanita rahmat kami muncul di Pesqueira dan di lima lokasi lagi di bahagian-bahagian yang berlainan di bumi. Penampakan di tapak jam tangan adalah satu-satunya yang didaftarkan di benua Amerika.

Apabila turun ke tempat perlindungan, saya berasa lebih santai dan yakin. Itulah perasaan saya apabila mencari oasis. Saya kembali berjalan-jalan dan mempunyai soalan di fikiran saya yang tidak akan keluar dari kepala saya. Di manakah cabarannya? Tidak masuk akal bagi saya untuk terus berjalan tanpa jawapan. Oleh kerana saya telah untuk dilakukan perjalanan ke gunung suci, mencapai cabaran dan memasuki gua saya mempunyai rancangan dan tujuan. Saya kini hanyut dan tanpa arah. Saya mula merenung langit dan saya melihat beberapa burung. Idea yang bagus muncul di kepala saya dan saya memutuskan untuk mengikuti mereka seperti yang saya lakukan dengan kelawar di dalam gua. Selepas tiga puluh minit mengejar, saya melihat tasik di mana burung mendarat dan harapan saya dikembalikan dengan kekuatan yang lebih besar. Saya berhampiran tasik dan mula minum airnya. Saya minum sedikit tetapi rasa tidak enak untuk dilakukan saya berhenti. Jadi, saya duduk sebentar di tepi tasik untuk merehatkan kaki dan kaki saya yang letih dari perjalanan. Seketika kemudian, tangan menyentuh bahu saya dan saya berpatah balik. Penjaga yang saya temui di gunung itu berada di hadapan saya.

"Kamu, di sini? Saya tidak menjangkakan perkara itu.

"Anak saya, awak kelihatan sedikit letih. Tidakkah anda mahu pulang? Keluarga anda sangat kalah anda.

"Saya tidak boleh. Saya perlu memenuhi misi saya. Ia adalah wanita yang sama yang menghantar saya ke Mimoso untuk menyatukan semula "pasukan lawan" dan membantu Christine.

"Lupakan misi anda. Anda tidak mempunyai kekuatan untuk mengalahkan lawan anda. Ingatlah bahawa walaupun tuan anda Nabi Isa binasa di atas salib kerana tidak mematuhi Syaitan.

"Anda salah. Nabi Isa keluar pemenang pertikaian itu dan salib adalah simbol kemenangannya. Tunggu. Anda tidak pernah bercakap seperti itu. Siapa awak? Saya yakin bahawa anda bukan penjaga walaupun penampilan anda.

Wanita itu menangis sindiran dan hilang. Jadi, ia hanya visi yang mahu mengacaukan saya. Saya perlu berhati-hati dengan penampilan. Saya tetap duduk tanpa sebarang idea bagaimana untuk meninggalkan tempat yang luas dan kosong itu. Saya hanya merasakan jantung saya berdenyut, kaki saya berkedut dan bawah sedar saya mengatakan ia tidak berakhir. Apa yang hilang? Saya sudah bosan dengan cabaran ini. Saya melihat ke ufuk dan dalam jarak. Saya melihat seseorang menghampiri. Adakah ia lebih daripada sekadar visi? Saya perlu berhati-hati. Apabila saya semakin dekat, saya ketakutan dan tidak percaya. Orang itu memeluk saya dan saya mengembalikannya walaupun tidak percaya.

"Adakah anda benar-benar ibu saya? Bagaimana anda sampai di sini?

"Saya. Penjaga membantu saya mencari anda. Selepas anda pergi, saya pergi ke gunung kerana saya sangat bimbang. Jadi, saya menemui penjaga dan dia membimbing saya.

"Tunggu. Saya perlu mempunyai bukti bahawa anda benar-benar ibu saya. Apakah nama kucing kegemaran saya dan nama panggilan mana yang diberikan oleh anak saudara saya?

"Itu mudah. Nama kucing kegemaran anda ialah Pecho dan nama panggilan anda ialah pakcik Divinha.

Jawapannya menenangkan saya dan saya memeluknya. Saya benar-benar memerlukan seseorang yang biasa di padang pasir itu.

"Apa yang kamu lakukan di sini?

"Saya di sini untuk meyakinkan anda untuk melepaskan semua ini. Anda berisiko bahaya besar di padang pasir ini. Mari pergi. Saya tidak sepatutnya membiarkan anda meninggalkan rumah.

"Saya tidak boleh. Saya perlu menyelesaikan misi. Saya perlu menyatukan semula "pasukan lawan" dan membantu Christine. Di samping itu, saya perlu mendokumenkan segala-galanya dalam buku supaya saya boleh memulakan kerjaya sastera saya.

"Misi anda ini gila. Anda tidak boleh mengalahkan kuasa kegelapan dan anda juga tidak boleh menerbitkan buku. Berapa kali saya harus mengatakan bahawa menulis buku tidak akan membawa anda apa-apa hasil? Anda miskin dan tidak diketahui. Siapa yang akan membelinya? Di samping itu, anda tidak mempunyai bakat.

"Anda benar-benar tersilap. Saya boleh menyatukan semula "pasukan lawan" dan menjadikan impian saya menjadi kenyataan. Saya tidak percaya bahawa anda adalah ibu saya walaupun dia juga tidak menggalakkan saya. Saya tahu dia mempunyai sinar harapan bahawa saya benar-benar akan menjadi seorang penulis. Saya mempunyai bakat atau jika tidak, saya tidak akan memasuki gua untuk meminta gunung itu mengubah saya menjadi Penilik nasib.

Seketika, ibu saya menjadi lelaki yang kelihatan berwarna terang dan dengan mata api. Saya sedikit terkejut, tetapi saya mengesyaki itu bukan dia. Lelaki itu mula berputar di sekeliling saya.

"Penilik nasib, Anak Tuhan. Penahkah anda terfikir tentang maksud semua nama ini? Kewaskitaan adalah hadiah yang membantu individu mengetahui masa depan atau mempunyai tanggapan yang tepat tentang apa yang berlaku di tempat lain. Anda tidak mempunyai kebolehan ini. Sebenarnya, apa yang anda ada adalah kewajaran yang kurang berkembang. Ia cukup berlagak untuk anda mendakwa sebagai psikik yang kuat. Bagi hakikat bahawa anda adalah Anak Tuhan, itu adalah jenaka besar. Adakah anda tidak ingat kesilapan yang anda lakukan di padang pasir sama seperti ini? Adakah anda fikir Tuhan memaafkan anda? Bagaimana pula anda mempunyai saraf untuk memanggil diri anda

Anak Tuhan? Bagi saya, anda lebih kepada syaitan daripada anak Tuhan. Itu betul. Awak syaitan, seperti saya!

"Saya mungkin bukan psikik yang kuat, tetapi saya mendapat mesej daripada Pencipta. Dia memberitahu saya bahawa saya akan mempunyai masa depan yang cerah. Saya membinanya setiap hari dalam kerja saya, dalam pelajaran saya dan dalam buku yang saya tulis. Mengenai kesilapan saya, saya mengenali mereka dan saya telah meminta ampun. Siapa yang tidak untuk dilakukan kesilapan? Saya telah memberi tumpuan untuk menjadi lelaki baru dan saya telah melupakan semua masa lalu saya. Mesej yang saya terima adalah bahawa Tuhan menganggap saya anaknya dan saya sangat mempercayainya. Jika tidak, dia tidak akan menyelamatkan saya berkali-kali.

Dengan mata yang penuh dengan air mata, saya melihat alam semesta dan berpaling kepada penuduh saya. Saya memberi tangisan yang kuat.

"Saya bukan Syaitan! Saya seorang manusia yang mendapati suatu hari bahawa saya mempunyai nilai yang tidak terhingga kepada Tuhan. Dia menyelamatkan saya dari krisis dan menunjukkan kepada saya jalan. Sekarang, saya mahu tinggal bersamanya dan memenuhi diri saya tidak kira halangan dan kesukaran yang perlu saya atasi. Mereka akan matang saya dan saya akan menjadi manusia yang lebih baik. Saya akan gembira kerana alam semesta berkomplot untuk itu.

Syaitan mundur sedikit dan berkata:

"Kami akan berjumpa lagi, Aldivan. Perang antara "pasukan lawan" baru bermula. Akhirnya, saya akan keluar pemenang.

Dengan mengatakan itu, dia hilang. Sekejap selepas itu, sekali lagi saya terpesona. Dalam beberapa saat saya mendapati diri saya dalam senario sebelumnya, sekali lagi di bawah runtuhan gereja. Saya berazam segera untuk kembali ke hotel untuk berehat dan memulihkan kekuatan dan semangat saya. Cabaran pertama telah selesai, kini hanya ada dua yang tinggal.

Penyembah Kegelapan

Keesokan harinya, saya kembali ke tempat yang sama di mana saya telah dibawa ke pengalaman pertama. Tanpa sedar, saya fikir ia adalah pintu masuk kepada cabaran. Apabila saya melihat runtuhan, saya merasakan hati saya terkoyak oleh kehancuran tempat itu. Jalan sebenar telah dibanjiri oleh ahli sihir yang jahat dan songsang. Sekarang, tugas saya adalah untuk mengimbangi "pasukan lawan" dan meneruskan keamanan yang hilang di tempat itu. Siap, saya ulangi kata laluan dari hari sebelum dan sekali lagi saya diangkut. Saya mendapati diri saya berada di tempat yang pelik dan gelap di mana ritual sedang dilakukan. Terdapat kira-kira sepuluh orang, disusun dalam kalangan yang merungut kata-kata dalam bahasa yang saya tidak tahu. Di tengah-tengah, seorang lelaki mencangkung dan yang lain menuangkan cecair dengan bau yang tidak tertanggung di kepalanya. Seketika kemudian, dua tanduk tumbuh di kepalanya dan kiraannya menjadi kelihatan mengerikan. Dia melihat saya dan bangun. Dia menghampiri, mengambil pedang dan melemparkan yang lain kepada saya. Saya gementar kerana saya tidak biasa berurusan dengan senjata.

Dia memanggil saya untuk bertarung dan mula menyerang beberapa pukulan. Saya cuba menyekat mereka dengan pedang saya dan saya melakukannya, hampir dengan keajaiban. Dia terus menyerang dan saya mempertahankan diri. Saya mula menghadiri pergerakannya untuk dilakukan reaksi seterusnya. Dia agak pantas dan mahir. Secara beransur-ansur, saya mula melawan dan dia kelihatan terkejut. Salah satu langkah saya menyakitkan dia tetapi dia masih kelihatan tidak kenal lelah. Jadi, saya tekad untuk merayu. Saya mendekatinya dan tanpa dia perasan, bersedia untuk serangan akhir. Pedang membantu saya tidak mengimbanginya dan dengan penumbuk yang dikepalkan saya memukulnya dengan semua yang saya ada. Dia jatuh ke tanah, tidak sedarkan diri. Pada masa yang sama, saya diangkut ke runtuhan gereja. Cabaran kedua telah dipenuhi.

Pengalaman Pemilikan

Hari ketiga akhirnya di sini. Sekali lagi, saya pergi ke runtuhan gereja. Pengalaman ketiga ditandakan dan saya tidak sabar lagi. Apa yang menanti saya? Saya benar-benar tidak tahu tetapi saya berasa bersedia untuk apa-apa. Penjaga, cabaran dan gua telah menyumbang dengan ketara kepada perkara ini. Saya sekarang adalah Penilik nasib dan tidak lagi boleh takut. Yakin dan tenang saya ulangi kata laluan dari hari sebelumnya. Angin sejuk melanda, badan saya goncang dan suara yang tidak henti-henti mula mengganggu saya. Dalam sekelip mata, hati nurani saya diangkut ke fikiran saya dan apabila tiba di sana, saya mendengar seseorang mengetuk pintu. Saya tekad untuk menjawabnya. Apabila membuka pintu, subjek berwarna terang, langsing, dengan mata berwarna madu dan mahkota duri di kepalanya masuk.

"Siapa awak?

"Saya Nabi Isa. Tidakkah anda mengenali mahkota saya? Ia adalah dengan itu bahawa mereka mencederakan kepala saya.

"Apa yang kamu lakukan di sini, dalam fikiran saya?

"Saya datang untuk mengambil alih anda. Jika anda bersetuju, saya akan menjadikan anda lelaki yang paling berkuasa dan paling berbakat.

"Bagaimana saya tahu anda siapa yang anda katakan? Saya mahukan bukti.

"Itu mudah. Anda seorang lelaki muda dua puluh enam, tenang, bagus dan sangat pintar. Impian anda adalah untuk menjadi seorang penulis dan itulah sebabnya anda untuk dilakukan perjalanan ke gunung yang semua mendakwa sebagai suci. Anda bertemu dengan penjaga, gadis muda, hantu, budak lelaki itu, mengalahkan cabaran dan memasuki gua paling berbahaya di dunia. Mengelak perangkap dan memajukan senario, anda menang. Jadi, ia memenuhi impian anda dan mengubah anda menjadi Penilik nasib. Walau bagaimanapun, gua itu hanya satu langkah dalam pertumbuhan rohani anda. Sekarang, anda memerlukan saya untuk meneruskan jalan.

"Jadi, kamu benar-benar Nabi Isa. Walau bagaimanapun, saya tidak tahu sama ada saya mahukan seseorang dalam fikiran saya. Sukar untuk membiasakan diri dengan suara yang membimbing saya sepanjang masa. Anda tidak boleh menolong saya dari Syurga? Ia akan menjadi lebih selesa untuk saya.

"Jika saya tidak tinggal di sini, anda akan menjadi kegagalan. Tentukan dengan cepat: Adakah anda mahu menjadi seorang lelaki atau adakah anda mahu menjadi Tuhan? Jika anda memilih pilihan kedua saya akan untuk dilakukan anda terbang, berjalan di atas air dan melakukan keajaiban.

"Saya tidak percaya. Sekali lagi, saya memerlukan bukti.

Saya memusingkan badan saya ke dataran banjir, di mana sungai melepasi Mimoso. Saya mahu mempunyai bukti sebenar apa yang berlaku kepada saya. Apabila tiba di sungai, saya cuba mengambil langkah pertama saya di atas air. Apabila menyeberanginya, saya ditunjukkan bukti penipuannya. Saya ditipu.

-"Raksasa! Anda bukan Nabi Isa! Keluar dari fikiran saya sekarang, saya memerintahkan anda!

Lelaki itu berubah menjadi makhluk dengan tanduk dan ekor panjang. Angin kencang mula meniupnya dan menolaknya ke pintu masuk fikiran saya. Dia keluar dan pintu ditutup. Hati nurani saya kembali normal dan saya berasa lebih baik. Pengalaman itu telah meletihkan kekuatan saya dan oleh itu saya berazam untuk kembali segera ke hotel dengan cabaran ketiga bertemu. Sekarang saya hanya perlu meyakinkan Christine dan pergi untuk pertempuran terakhir.

Penjara

Apabila tiba di hotel, saya terkejut dengan kehadiran Perwakilan Pompeu dan bawahannya.

"Nah, lihat siapa yang telah tiba, siapa yang kami harapkan. Tuan Penilik nasib, tuan anda, sedang ditangkap. (Pompeu)

"Bagaimana? Apakah tuduhan itu?

"Dia dipenjarakan atas perintah Ratu Clemilda dan itu sudah cukup.

Dengan cepat, orang bawahan meletakkan gari pada saya. Campuran kemarahan dan kemarahan mengisi seluruh makhluk saya. Angkatan Kegelapan menggunakan jalan terakhir mereka untuk mengelakkan kejayaan kebaikan. Dipenjarakan saya tidak dapat berbuat apa-apa dan dengan Mimoso ini akan hilang. Apa yang akan berlaku kepada "pasukan lawan" dan kepada Christine? Pada masa yang tepat ini saya sudah kehilangan semua harapan. Mereka memerintahkan saya berjalan dan itulah yang saya lakukan. Dalam perjalanan ke stesen, semua ketidakadilan yang saya alami dalam hidup saya terlintas di fikiran: Ujian yang kurang diperbetulkan, atendan awam yang tidak berperikemanusiaan, percubaan yang buruk dan ketidakcekapan dari orang lain. Dalam semua situasi ini saya merasakan cara yang sama: tertindas. Saya mengarahkan perhatian saya kepada perwakilan dan saya bertanya kepadanya sama ada dia tidak merasa menyesal. Dia mengatakan bahawa dia tidak, tetapi dia akan jika dia tidak memenuhi perintah itu kerana dia pasti akan kehilangan pekerjaannya. Saya faham maksudnya dan saya tidak mempunyai soalan lagi. Kadang-kadang kemudian, kami tiba di destinasi kami. Mereka mengeluarkan gari tangan saya dan meletakkan saya di dalam sel di mana terdapat beberapa tahanan lain. Saya menghabiskan malam pertama saya sepenuhnya terkunci.

Kotak dialog

Dalam masa yang singkat saya mencari jalan untuk menyesuaikan diri dengan tahanan lain. Mereka berada di sana kerana beberapa sebab: Satu untuk mencuri ayam, yang lain kerana enggan membayar cukai dan beberapa kerana mereka tidak mengundi calon yang dicalonkan oleh utama. Antaranya ialah Claudio. Saya mula berbual dengannya.

"Adakah anda sudah lama berada di sini?

"Ya, masa yang lama. Saya telah berada di sini sejak jurusan mendapati bahawa saya sedang berpacaran dengan anak perempuannya. Dan kamu, kenapa kamu di penjara?

"Baiklah, saya tidak bersetuju dengan seorang wanita bernama Clemilda. Dia telah melakukan kezaliman mengunci saya di sini seperti ini. Tetapi beritahu saya tentang diri anda, anda sangat menyayangi gadis ini sehingga anda berisiko menghadapi jurusan?

"Ya, saya sayang dia. Sejak saya bertemu dengan Christine, saya seorang lelaki baru. Saya telah menghargai perkara-perkara yang sangat penting. Saya juga melepaskan tabiat buruk dan cara liar saya. Tanpa dia, saya tidak tahu apa yang akan menjadi hidup saya.

"Saya faham. Sebaik sahaja saya bertemu dengannya, saya fikir dia benar-benar istimewa. Sungguh memalukan dia terpaksa melalui tragedi seperti itu.

"Saya mendengar mengenai tragedi di sini, di penjara. Walau bagaimanapun, saya enggan mempercayai bahawa wanita yang saya cintai adalah pembunuh. Perangainya tidak sesuai dengan fakta itu.

"Dia hanyalah seorang lagi mangsa ahli sihir Clemilda. Makhluk ini tidak seimbang dengan "kuasa lawan" dan ia mengancam seluruh alam semesta. Jadi, ia dibiarkan takdir untuk menghantar saya ke gunung suci di mana saya bertemu dengan penjaga, gadis muda, hantu, dan budak lelaki itu. Saya menyelesaikan cabaran dan dengan itu menakluki hak untuk memasuki gua putus asa, gua yang memberikan impian anda yang paling mendalam. Mengelak perangkap dan memajukan senario yang saya berjaya sampai ke penghujungnya. Kemudian gua mengubah saya menjadi Penilik nasib dan saya untuk dilakukan perjalanan tepat pada masanya berikutan jeritan yang saya dengar. Jeritan ini adalah dari Christine. Apabila tiba di hari ini, saya berdiri di Clemilda dan dia memberi saya tiga cabaran yang saya selesaikan. Sekarang satu-satunya perkara yang masih perlu dilakukan ialah meyakinkan kekasih anda untuk mempunyai pertempuran akhir. Bagaimanapun, saya kini berada di penjara dan itu menghalang saya daripada mengambil sebarang tindakan.

"Apa cerita! Saya sudah mendengar gua dan kuasa indahnya tetapi tidak pernah membayangkan bahawa seseorang dapat mengatasinya.

Anda adalah yang pertama yang saya dengar bercakap mengenainya. Lihat, jika anda memerlukan bantuan saya, saya ada.

"Terima kasih. Adakah terdapat cara untuk melarikan diri dari sini?

"Saya minta maaf, tetapi tidak ada. Pintu gerbang ini sangat kuat dan pintu keluar bangunan semuanya dipantau.

Jawapan Claudio mengecewakan saya. Apa yang akan menjadi "pasukan lawan," Christine dan Mimoso? Setiap saat berlalu keadaan semakin buruk dengan saya di penjara. Sekarang, satu-satunya perkara yang perlu dilakukan ialah berdoa dan menunggu keajaiban.

Lawatan Renato

Saya baru bangun dan perasaan yang saya rasa, seperti semuanya salah, tidak untuk dilakukan saya berasa baik sama sekali. Tempat ini tidak sesuai untuk saya kerana saya terjejas oleh caj negatif yang tinggi. "Pasukan lawan" menjerit di dalam diri saya dan lebih aktif daripada sebelumnya. Tidak lama kemudian, salah seorang pengawal datang dan membuka sel untuk kita keluar ke matahari. Saya masukkan barisan yang terbentuk. Kami berjalan sedikit dan dalam masa yang singkat kami dikembalikan ke sel. Apabila pulang, saya dimaklumkan ada yang menanti saya di kawasan lawatan. Seorang pengawal menemani saya dan saya pergi menemui orang ini. Apabila memasuki bilik lawatan, saya terkejut.

"Kamu? Apa yang awak buat di sini, budak lelaki?

"Saya datang untuk membantu anda. Sudah tiba masanya untuk saya membuktikan bahawa saya berguna dan penjaga adalah betul untuk menghantar saya menemani anda.

"Tolong saya? Bagaimana?

"Jangan risau. Saya sudah mempunyai segala-galanya yang dirancang. Apabila semuanya berlaku jangan berfikir dua kali, lari.

"Apa yang anda ingin lakukan? Bukankah itu berbahaya?

"Saya tidak boleh berkata apa-apa. Lakukan apa yang saya katakan.

"Terima kasih, tetapi jangan terlalu mengambil risiko hanya untuk saya. Anda hanya kanak-kanak.

"Saya seorang kanak-kanak tetapi saya tahu membezakan hati manusia. Saya merasakan bahawa anda adalah orang yang sangat istimewa.

Kata-kata Renato menyentuh saya dan saya memeluknya. Dia telah bersama saya hampir sepanjang masa sejak perjalanan bermula dan ini telah mewujudkan kasih sayang antara kita. Saya sudah berasa seperti bapanya tetapi pada masa itu dia adalah orang yang menghiburkan dan memberi semangat kepada saya. Selepas pelukan, dia mengucapkan selamat tinggal dan saya kembali ke sel, disertai oleh pengawal. Saya mencari Claudio dan kami memulakan perbualan baharu. Kira-kira tiga puluh minit selepas pemergian Renato, saya menghidu bau ganjil, asap menutup kandang dan semua mula panik, termasuk diri saya sendiri. Wakil dipanggil dan mengarahkan semua sel dibuka. Dalam kekeliruan, saya ingat nasihat Renato dan saya mengarahkan diri saya keluar dari balai polis tanpa sesiapa yang melihat saya kerana asapnya sangat padat. Dalam perjalanan keluar, saya dapati Renato dan kami melarikan diri bersama. Kami kembali ke hotel dan di sana Carmen meletakkan kami di dalam bilik khas. Ia mempunyai pintu masuk bawah tanah dan di sana kami ditempatkan. Saya akan selamat sehingga pertempuran terakhir.

Pertemuan Ketiga dengan Christine

Christine akhirnya memutuskan dan bersedia bertemu dengan saya lagi. Dia mendengar bahawa saya telah ditangkap dan fakta ini membantunya untuk dilakukan keputusan. Dia juga haus ketidakadilan yang dilakukan oleh bapanya dan oleh ahli sihir jahat Clemilda. Dengan cara tertentu, dia sudah mengawal "pasukan lawan" dan ini sangat penting dalam keputusannya. Jadi, dia memutuskan untuk mencari Carmen, pemilik hotel. Dia yakin bahawa Carmen tahu sesuatu di mana saya berada. Dia bertepuk tangan di pintu masuk hotel dan segera dihadiri.

"Adakah anda Cik Carmen? Saya perlu bercakap dengan anda puan.

"Boleh. Masuklah.

Christine menjawab jemputan dan masuk. Carmen pergi untuk mengambil teh dan biskut. Dia kembali dengan senyuman yang menawan.

"Apa yang boleh saya lakukan untuk anda, sayang? (Carmen)

"Saya mencari Aldivan, Penilik nasib. Dia berada di penjara tetapi hari ini saya mendengar bahawa dia melarikan diri dari penjara. Adakah anda mempunyai idea di mana dia berada? Ia penting.

"Saya tidak tahu. Sejak dia ditangkap, saya berhenti menghubunginya.

"Ia tidak mungkin. Saya sangat memerlukannya dan Mimoso. Jadi, maka semuanya akan kekal seperti biasa? Berapa lama kita akan mengambil pemerintahan diktator Clemilda?

Air mata mencurahkan wajah Christine dan dia putus asa. Reaksinya menggerakkan Carmen dan dia pergi untuk menenangkannya.

"Jika pertemuan dengan beliau begitu penting maka saya fikir saya boleh mencari jalan.

Carmen bergerak jauh dari ruang tamu sejenak dan memanggil saya ke dalam bilik. Setelah mengetahui tentang kehadiran Christine, saya menjadi gembira dan berazam segera untuk berjumpa dengannya. Saya berpatah balik ke ruang tamu sementara Renato kekal di dalam bilik dan Carmen pergi ke dapur untuk menyiapkan makan malam. Apabila dia melihat saya, Christine bangun dan berlari untuk memeluk saya. Saya membalas kasih sayang. Kami duduk bersebelahan di dalam bilik.

"Jadi, adakah anda telah memutuskan?

"Saya telah banyak berfikir tentang apa yang anda katakan dan saya ingin mengatakan bahawa saya mempercayainya. Dalam biara, mereka mengajar saya untuk mengenali apabila seseorang itu ikhlas.

"Selain percaya, adakah anda sanggup mengubah hidup anda?

"Ya, dan saya mahu melupakan semua yang berlaku. Anda betul tentang hakikat bahawa saya tidak bersalah atas tragedi itu. Ia adalah kutukan bahawa ahli sihir melancarkan saya apabila dia menyentuh kepala saya. Saya masih mempunyai harapan bahawa dia dikalahkan dan hasrat yang saya buat ke gunung itu diberikan.

"Jadi, saya melakukannya. Anda mendapati diri anda. Anda tidak lagi kelihatan sebagai gadis muda yang sedih dan kecewa. Saya gembira untuk awak. Sekarang saya boleh mempunyai hak untuk pertempuran akhir. Pertemuan "pasukan lawan" semakin hampir.

"Pertempuran? Apa yang awak cakapkan?

"Ia adalah perjanjian yang saya buat dengan Clemilda. Sekiranya saya memenuhi tiga cabaran dan meyakinkan anda untuk mencari nasib anda, saya akan mempunyai hak untuk pertempuran ini. Ia adalah satu-satunya peluang untuk mengumpulkan "pasukan lawan" dan mengimbangi mereka sekali lagi.

"Saya faham. Bolehkah saya membantu? Kuasa penyelewengan saya akan sangat membantu dalam pertempuran.

"Saya tidak tahu. Ia sangat berbahaya. Sekiranya anda terluka, Christine, saya tidak akan dapat memaafkan diri saya sendiri.

Saya fikir untuk beberapa saat mengenai cadangan beliau. Saya tertanya-tanya sama ada dia benar-benar perlu di medan perang. Saya tidak tahu apa jenis perang ini.

"Baiklah, anda boleh. Walau bagaimanapun, anda mesti berada di belakang saya. Saya akan melindungi anda daripada Kuasa Kegelapan. Sementara itu, anda menutup belakang dengan kuasa penyelewengan anda.

"Terima kasih. Bilakah ini akan berlaku?

"Esok. Jumpa saya di runtuhan gereja pada jam 7:00 pagi.

Saya mengambil cuti saya dan memintanya untuk merahsiakan lokasi saya. Dia bersetuju dan pergi. Taubat tertentu memakan saya kerana telah menerima a pertempuran, tetapi sudah terlambat. Keesokan harinya adalah muktamad mengenai nasib Mimoso, dan saya akan mengambil bahagian dalam pertempuran yang akan mengubah hidup saya sepenuhnya dan pastinya alam semesta juga.

Pengabdian Malaikat

Christine dan saya tiba tepat pada masanya di titik perjumpaan. Dia bertanya kepada saya mengapa laman Internet ini dan saya menjawab bahawa ini adalah pintu masuk ke pengalaman saya. Saya menerangkan kepadanya butiran mengenai "pasukan lawan" dan ketidakseimbangan semasa. Selepas itu, saya meminta diam dan mula memohon Malaikat kerana ia akan sangat membantu dalam pertempuran.

"Perang antara "pasukan lawan" mendekati. Dalam perjuangan ini, makhluk material dan tidak penting akan menghadapi satu sama lain. Kumpulan kami terdiri daripada hanya dua orang: Saya, Penilik nasib, dan Christine, yang penyelewengan. Kita memerlukan kuasa yang lebih tinggi untuk memberi kita keselamatan yang tidak ketara, jadi kita meminta Bapa Kita, untuk menghantar Malaikatnya untuk menemani dan melindungi kita dalam perjuangan yang berbahaya ini. Nasib Mimoso tergantung dalam keseimbangan dan kekuatan kebaikan harus lengkap.

Saya ulangi doa tiga kali dan yang terakhir saya rasa hati saya menggigil dengan rentak yang tidak teratur dan deria keenam saya menjadi diasah sepenuhnya. Seketika kemudian, pintu saya terbuka, dan saya mempunyai kebenaran untuk membuka kunci misteri dunia lain. Saya lihat, di dalam bilik besar istana diraja, pintu dibuka dan dari situ meninggalkan tujuh malaikat yang bersama-sama mewakili Tuhan sendiri. Salah seorang daripada mereka membawa piala di tangannya yang kandungannya adalah doa saya yang tegas. Tujuh malaikat menghampiri takhta Tuhan yang Maha Kuasa. Yang mempunyai piala menumpaskannya ke atas api di sebelah kanan Bapa. Bunyi guruh dan suara yang diubah didengari. Pintu antara kedua-dua dunia dibuka dan malaikat dengan piala melaluinya. Pintu dimeteraikan dan dikunci sehingga kembali. Pada masa itu, pintu saya ditutup, dan saya kembali normal. Setelah sedar semula, saya melihat Christine berlutut dan di sebelah saya malaikat yang bersinar dengan sayap panjang dan terang, menyalakan seluruh tempat. Di wajahnya ditulis Raja dan Tuhan segala Tuhan. Kaki dan kakinya kelihatan terbakar dan badannya yang langsing mengatasi sebarang arca. Saya berdiri selama beberapa saat mengagumi keindahannya. Ia memutuskan untuk menghubungi saya melalui kuasa pemikiran. Ia meminta saya untuk bertenang dan menaikkan Christine ke kakinya kerana dia tidak mempunyai alasan untuk menyembahnya. Saya mematuhi Malaikat dan bertanya apa yang akan berlaku. Ia memberitahu saya bahawa ia tidak tahu bahawa pertemuan antara "pasukan lawan" tidak dapat diramalkan. Ia memberi jaminan kepada saya bahawa kami akan selamat dengannya. Dengan daya yang diperbaharui dan perlindungan angkasa, saya berazam untuk mencuba kata laluan yang sama dengan pengalaman saya sebelum ini. Dengan semua kekuatan di dada saya, saya menjerit:

"Kami sudah bersedia!

Goncang tanah, langit menjadi gelap, bintang-bintang adalah hancur, dan seluruh alam semesta merasakan emosi masa ini. Pertempuran terakhir akan bermula, dan masa depan kedua-dua dunia dipertaruhkan.

Pertempuran Terakhir

Senario masih berubah. Lantai hilang dan malaikat harus memberi kita kuasa supaya kita juga boleh terbang. Di kaki langit, garis pembahagi muncul sebagai sejenis medan daya yang menghalang kita daripada lulus. Kemudian datang masa di mana segala-galanya bermula. Pendekatan kegelapan yang besar bersama-sama dengan Pontianak dan beberapa lelaki bertudung. Di sisi lain ialah Clemilda, memerintah segala-galanya dengan kuasa besar setan. Perjuangan akhirnya bermula. Malaikat dan iblis, Christine dan Pontianak, dan saya dan lelaki bertudung. Perjuangan antara makhluk tidak ketara tidak dapat dibayangkan. Kedua-duanya bergerak dengan kelajuan yang luar biasa dan pukulan mereka sangat kuat. Dengan setiap kesan, kedua-dua dunia kelihatan gementar. Pertembungan antara Christine dan Pontianak juga sama seimbang. Dia menggunakan sinar apinya untuk melindungi dirinya daripada serangannya. Saya juga menghadapi kesukaran. Lelaki bertudung adalah pejuang mahir. Saya mesti menggunakan semua kuasa saya untuk menghadapi mereka. Perang antara "pasukan lawan" baru bermula dan kesukarannya banyak.

Perjuangan berterusan dan pertembungan secara beransur-ansur mula berubah. Beberapa lelaki bertudung jatuh masuk keletihan, dan saya berasa lebih bebas. Pertarungan antara malaikat dan syaitan dan Christine dan Pontianak tetap sama tetapi dari sudut pandangan saya baik telah menang. Hanya dalam beberapa saat, saya berjaya menggulingkan lawan saya baru-baru ini. Kemudian saya berehat sedikit dan memerhatikan pergaduhan yang lain. Saya mengharapkan kemenangan untuk mereka semua. Clemilda merasakan kekalahannya yang akan berlaku dan dengan kuasanya memohon mayat hidup. Mereka meninggalkan makam tanah perkuburan peribumi kuno dan semua orang yang dalam satu cara atau yang lain membiarkan diri mereka mengalihkan dari jalan sebenar mereka. Mereka adalah lawan baru saya dalam pertempuran. Antaranya, saya mengenali orang asli Kualopu, seorang ahli sihir yang hampir menyebabkan kepupusan Bangsa Xukuru. Dia adalah musuh saya yang paling ditakuti kerana, seperti Clemilda, dia menguasai kuasa gelap. Sebelum memulakan perjuangan, saya mula mengingati ajaran penjaga, cabaran dan gua. Semua langkah ini telah berfungsi sebagai pertumbuhan rohani yang luar biasa bagi saya. Sekarang, saya perlu menggunakan ini untuk memihak kepada saya dalam pertempuran. Perjuangan bermula dan orang mati yang hidup cuba mengurung saya dengan objektif menyerang saya sekaligus. Saya menyingkirkan pengepungan ini dengan cepat dan menyerang. Dengan kekuatan serangan saya, sebahagian daripada mereka merobek. Kualopu mula mengulangi doa senyap dan pada masa yang sama, bulatan bercahaya mengamankan saya dan meninggalkan saya tidak bergerak. Yang lain memanfaatkan mayat hidup untuk menyerang saya. Ingatan gua itu muncul apabila saya terpaksa menghadapi keseluruhan senario cermin. Tiga pantulan hidup dan mewakili seorang pemuda berusia lima belas tahun yang telah kehilangan bapanya, seorang anak dan seorang lelaki tua. Saya menentang semua aspek ini dan mendapati bahawa tiada seorang pun daripada mereka pada masa ini adalah seorang pemuda berusia dua puluh enam tahun, seorang penulis, berlesen dalam matematik. Bulatan yang memegang saya mewakili semua kelemahan, bahawa apabila memasuki gua, saya berjaya mengawal. Memikirkan perkara ini saya menumpukan kuasa saya dan dengan dorongan, bulatan itu rosak. Saya kemudian boleh membalas dan memusnahkan sejumlah besar mayat hidup. Kualopu enggan mengenali kekuatan saya dan dengan pukulan terakhir saya dapat mengatasinya. Setelah melihat ini, Clemilda panik dan mula menyatakan strategi terbarunya.

Semasa Clemilda sedang untuk dilakukan persediaan, saya memerhatikan bahawa kuasa-kuasa lain yang baik sudah mempunyai kelebihan terhadap kekuatan yang bertentangan. Ini untuk dilakukankah saya gembira dan santai. Saya juga meluangkan masa untuk berehat dan menarik nafas. Akhirnya, Clemilda memutuskan. Dia pergi untuk menyertai perjuangan secara langsung terhadap saya. Menggunakan kuasa gelap, dia melengkapkan dirinya dengan pedang dan perisai. Malaikat melihat keadaan saya dan dengan kuasanya memberi saya senjata yang sama. Pertarungan bermula dan saya kagum dengan ketangkasan saingan saya. Dia bukan amatur. Saya tetap bertahan untuk meluangkan masa untuk memerhatikannya dalam semua aspek. Sikap saya untuk dilakukan saya kehilangan keseimbangan dan ahli sihir dapat memukul saya di muka. Saya menyusun semula rancangan saya dan cuba menyerang balas. Jawapan saya mendapat keputusan dan saya kembali berjuang. Dengan menerjang lain, saya melucutkan senjata dia, dan dia ditinggalkan tanpa pembelaan. Kemudian untuk mengimbangi keadaan lebih jauh saya juga menyingkirkan perisai saya. Saya ambil dia dan kita mengukur pasukan kita. Dia memohon Iblis dan aku, Nabi Isa dan salibnya. Pada masa yang sama, dia jatuh dikalahkan. Syaitan dan Pontianak hilang; matahari dan tanah muncul. Malaikat bersinar lebih dari sebelumnya, dan saya dapat mendengar dari Syurga bunyi perayaan yang hebat. Saya telah berjaya mengumpulkan "pasukan lawan" dan membantu Christine. Dalam sekelip mata, malaikat mengucapkan selamat tinggal dan juga hilang. Perjalanan saya dalam masa telah berjaya dan saya akan mengulanginya apabila perlu berbuat demikian.

Keruntuhan struktur sedia ada

Dengan kejatuhan Clemilda, awan hitam hilang, anak buah melarikan diri, dan Christine sembuh. Dengan ini, Mimoso kembali normal, dan agama Kristian kembali ke tempatnya. Untuk meraikannya, Christine menganjurkan perayaan di bangunan Persatuan Penduduk. Saya adalah tetamu utama. Parti itu penuh dengan wartawan yang terus bertanya soalan.

"Adakah benar, Tuan Penilik nasib, bahawa kamu menyelamatkan Mimoso dari cakar ahli sihir jahat? Bagaimana keadaan ini berlaku?

"Baiklah, saya hanya alat takdir dan juga sahabat pertempuran saya di sini, Christine. "Pasukan lawan" tidak seimbang dan misi saya adalah untuk menyatukan semula mereka lagi.

"Apa yang akan kamu lakukan sekarang, Tuan?

"Baiklah, saya tidak tahu. Saya fikir saya mesti menunggu pengembaraan baru.

"Adakah anda sudah berkahwin, Tuan? Apakah profesion anda?

"Tidak. Saya mengutamakan pengajian saya. Mengenai profesion saya, saya seorang pembantu tadbir. Di samping itu, saya dilesenkan dalam matematik dan saya seorang penulis.

Soalan-soalan itu berterusan tetapi saya menarik diri daripada wartawan. Saya akan bercakap dengan Christine dan melihat bagaimana dia. Dia mengatakan bahawa dia lupa tragedi, tetapi dia masih prihatin terhadap Claudio. Dia ditangkap beberapa waktu yang lalu dan dia tidak mempunyai berita. Dia mengesahkan cintanya dan mengatakan bahawa dia tidak dapat dilupakan. Saya menghiburkannya dan cuba menghiburkannya. Semasa parti, saya tetap berada di sisinya untuk memberi kekuatan kepadanya. Apabila ia berakhir, saya mengucapkan selamat tinggal dan saya kembali ke hotel.

Perbualan dengan Mejar

Sebelum meninggalkan Mimoso, saya memutuskan untuk dilakukan satu usaha terakhir untuk Christine. Cinta yang hebat seperti dia dan Claudio tidak dapat pergi tanpa satu peluang terakhir. Jadi, saya pergi ke kediaman jurusan yang ditakuti untuk perbualan terakhir dengannya. Apabila memasuki taman rumah, saya mengumumkan diri saya dan tidak lama selepas itu berada di hadapannya.

" tuan Mejar , saya datang untuk bercakap dengan anda tentang anak perempuan anda yang cantik Christine. Saya hanya bersamanya dan menyedari bahawa dia menderita. Mengapa anda tidak memberi peluang kepada pemungut cukai, Claudio? Lihat, tidakkah anda melihat bagaimana dia adalah lelaki yang paling sesuai untuknya?

"Jangan libatkan diri dalam urusan keluarga. Saya tidak membesarkan anak perempuan saya untuk mempunyai pemungut cukai sebagai menantu saya.

"Saya melibatkan diri saya kerana saya kawan dan kebahagiaannya penting bagi saya. Tuanku menolak Claudio kerana dia miskin dan mudah. Adakah anda terlupa zaman kanak-kanak miskin anda di Maceió? Ke bawah Duli Yang Maha Mulia Tuanku juga telah mudah. Apa yang penting dalam manusia adalah kualiti, bakat dan karismanya. Status sosial kita tidak menentukan kita. Kita adalah apa yang dikatakan oleh perbuatan kita tentang kita.

Jawapan saya menggegarkan sebahagian besar dan air mata yang mendesak mengalir dari matanya. Dia menghapuskan mereka kerana malu.

"Bagaimana anda tahu ini? Saya tidak pernah memberitahu sesiapa tentang bahagian gelap dalam hidup saya ini.

"Anda tidak akan faham walaupun saya menjelaskannya. Masalahnya ialah anda tidak adil dengan Christine dan menghalangnya daripada cinta sejati. Adakah anda melihat tragedi yang anda provokasi dengan perkahwinan anda yang diatur? Sistem itu tidak berfungsi.

Mejar bertimbang rasa untuk beberapa saat dan tidak lama selepas menjawab.

"Baiklah. Saya akan membenarkan kedua-duanya setakat ini dan kemudian berkahwin tetapi saya tidak mahu melihat mereka di sini dekat. Anak perempuan saya terus menjadi kekecewaan dalam hidup saya.

"Dan bagi Claudio? Adakah anda akan melepaskannya?

"Ya, hari ini.

"Utama, satu perkara lagi. Saya berhenti kerja sebagai wartawan anda. Saya tidak tahan berbohong kepada orang-orang ini lagi tentang anda.

Mejar bergelut dalam kemarahan tetapi saya sudah keluar. Apabila pergi, saya menikmati hati nurani yang jelas kerana saya telah memenuhi peranan saya. Sekarang, semua yang tersisa untuk takdir adalah untuk menyertai kedua-dua hati yang benar-benar mencintai satu sama lain.

Selamat tinggal

Akhirnya, saat tiba untuk Claudio dibebaskan. Di luar kawasan polis, dia menunggu rakan-rakannya dan Christine yang tiada tandingannya. Semua bersemangat dan gementar untuk majlis itu. Di dalam stesen, Claudio menandatangani kertas terakhir yang akan dikeluarkan.

"Saya sudah selesai, Perwakilan Pompeu. Bolehkah saya pergi? Ia adalah masa yang banyak penderitaan dan penderitaan di sini. Saya masih ingat pada hari mereka mengunci saya di sini dan ia adalah hari terburuk dalam hidup saya. (Claudio)

"Anda boleh pergi sekarang. Lihat jika anda tidak dapat menjauhkan diri daripada menggoda gadis yang tidak sepatutnya, eh?

"Penangkapan saya adalah kejam, dan anda tahu, tuan. Adakah jenayah untuk mencintai? Saya tidak mengawal hati saya.

"Baiklah, kamu telah diberi amaran. Askar Peixoto mengiringi subjek sehingga keluar.

Claudio menarik diri dan askar mematuhi perintah perwakilan. Dalam perjalanan keluar, Claudio kelihatan sedikit mundur seolah-olah mengucapkan selamat tinggal kepada saat-saat yang telah dia habiskan di penjara. Selepas itu, dia mendongak ke langit seolah-olah mengambil kira seluruh alam semesta. Dia berasa bebas dan gembira kerana dia akan menyambung semula hidupnya. Beberapa saat kemudian, dia memeluk rakan-rakannya dan Christine menunggu gilirannya. Kedua-duanya memeluk dan mereka mencium panjangnya.

"Cinta saya! Anda percuma! Sekarang kita boleh bahagia kerana ayah saya telah membenarkan hubungan kita. Gunung ini benar-benar suci kerana ia menjawab permintaan kami. (Christine)

"Adakah ini benar? Saya tak percaya! Adakah ini bermakna kita boleh bersama dan mempunyai anak-anak kita? Gunung yang diberkati. Saya tidak menyangka keajaiban ini.

Kedua-duanya terus memperingati dan sementara itu, saya mendekati. Kami telah sampai pada masa pemergian saya.

"Betapa indahnya melihat anda bersama dan gembira. Saya fikir saya boleh kembali, yakin, kembali ke masa sebenar saya.

"Adakah anda benar-benar perlu pergi? Sayang sekali! Lihatlah bagaimana kami telah belajar mengagumi usaha dan keazaman anda. Saya tidak akan lupa apa yang telah anda lakukan untuk saya dan untuk Claudio, terima kasih!

"Saya juga akan kalah awak. Di penjara, di mana kami diadakan bersama, saya dapat mengenali anda sedikit dan saya fikir anda layak mendapat peluang dalam hidup dan di alam semesta. Semoga berjaya! (Claudio)

"Sebelum saya pergi, saya ingin bertanya satu perkara terakhir, Christine. Bolehkah saya menerbitkan buku dengan cerita anda?

"Ya, dengan satu syarat. Saya mahu tajuknya.

"Baiklah. Apa dia?

"Ia akan dipanggil "Pasukan Lawan."

Saya meluluskan petunjuk Christine dan memberi mereka satu pelukan terakhir. Mereka semua adalah sebahagian daripada cerita saya. Dengan air mata di mata saya, saya kembali dan mengarahkan diri saya ke hotel. Saya akan mengemas beg pakaian saya dan pergi. Sepanjang perjalanan, saya ingat sepanjang masa saya berada di tempat desa itu. Segala-galanya yang saya lalui telah menyumbang kepada pembentukan rohani dan moral saya. Sekarang, saya bersedia untuk pengembaraan dan perspektif baru. Dengan langkah perlahan, saya mendekati hotel.

Saya mengucapkan selamat tinggal buat kali terakhir kepada semua yang ada di sekeliling saya dan saya menyimpulkan bahawa saya tidak akan melupakan mereka sepenuhnya. Mereka akan selama-lamanya terpahat dalam fikiran saya sebagai kenangan dari perjalanan pertama saya pada waktunya, perjalanan yang mengubah sejarah kampung kecil yang dipanggil Mimoso. Memikirkannya, saya berasa gembira dan dipenuhi. Beberapa saat kemudian, saya tiba di hotel, dan saya pergi ke bilik saya. Renato sedang tidur dan saya membangunkannya. Kami mengemas beg pakaian kami dan pergi ke dapur untuk mengucapkan selamat tinggal kepada Carmen.

"Cik Carmen, kami akan pergi. Saya ingin mengatakan bahawa bantuan anda sangat penting bagi saya untuk mengetahui butiran tragedi itu. Di samping itu, saya ingin mengucapkan terima kasih atas layanan dan kesabaran anda.

"Sayalah yang ingin mengucapkan terima kasih atas semua yang telah anda lakukan untuk Mimoso. Kami hidup di bawah pemerintahan diktator, dan anda telah membebaskan kami. Saya harap semua impian anda menjadi kenyataan.

"Terima kasih. Renato, ucapkan selamat tinggal kepada Cik Carmen.

"Saya ingin mengatakan bahawa anda telah menjadi seperti seorang ibu kepada saya selama ini. Saya suka makanan dan nasihat anda.

Kami bertiga memeluk dan emosi ketika itu untuk dilakukan saya menitiskan air mata. Apa yang kita telah hidup selama tiga puluh hari ini akan berakhir. Dia akan selama-lamanya istimewa dalam hidup saya. Apabila pelukan berakhir, kami berjalan ke pintu dan melambaikan selamat tinggal terakhir. Setelah pergi, kami akan menuju ke titik yang sama di mana kami menyelesaikan perjalanan kembali tepat pada waktunya.

Pulangan

Dari luar hotel, saya melihat terakhir yang telah menjadi rumah saya selama tiga puluh hari ini. Di sana saya mempunyai visi pertama saya yang menunjukkan kepada saya keseluruhan cerita. Ia adalah merealisasikan impian Penilik nasib, makhluk yang maha kuasa, melalui visinya. Dengan fakta-fakta, saya dapat memasuki jadual peristiwa dan bertindak supaya ketidakadilan dibatalkan. Ini meninggalkan saya dengan hati nurani yang jelas dan gembira kerana saya telah memenuhi misi yang telah diamanahkan oleh penjaga kepada saya. Saya telah berjaya menyatukan semula "pasukan lawan" dan membantu Christine mencari kebahagiaan sebenar. Akibatnya, Mimoso kembali kepada agama Kristian dan ramai yang setia boleh menyembah, memuji dan membesarkan Pencipta. Saya harap saya boleh mempunyai sedikit masa lagi untuk menikmati semua kerja ini. Baiklah, saya akan memerhatikan semangat. Sekilas pandang, saya melihat Renato dan menyedari bagaimana dia penting dalam misi saya. Tanpa dia, hubungan saya dengan Christine tidak akan dilakukan dengan secukupnya dan saya juga tidak akan melarikan diri dari penjara. Ia benar-benar berbaloi untuk membawanya dalam perjalanan ini.

Kami terus berjalan dan cepat menghampiri kaki Gunung Ororubá, gunung yang semuanya dianggap suci. Di sana saya bertemu dengan penjaga, hantu, wanita muda dan kanak-kanak itu, saya menyelesaikan cabaran dan saya memasuki gua paling berbahaya di dunia. Di dalam gua, mengelak perangkap dan memajukan senario saya berjaya merealisasikan impian saya dan ia mengubah saya menjadi Penilik nasib. Semua ini sangat penting supaya saya dapat untuk dilakukan perjalanan tepat pada waktunya dan mengubah garis peristiwa. Sekarang saya berada di sana, di kaki gunung, dipenuhi dan sudah memikirkan pengembaraan seterusnya. Saya sangat tertumpu pada ini sehingga sedikit saya menyedari tangan kecil menarik saya. Saya berpaling untuk melihat apa yang sedang berlaku. Ia adalah Renato.

"Apa yang akan menjadi saya sekarang, Tuan Penilik nasib?

"Baiklah, saya akan mengembalikan anda kepada penjaga yang menjaga anda, bukan?

"Berjanji bahawa anda akan membawa saya dalam perjalanan anda yang seterusnya. Saya suka tinggal tiga puluh hari di kampung Mimoso. Buat pertama kalinya, saya berasa berguna dan penting.

"Saya tidak tahu. Hanya jika ia benar-benar perlu. Kita akan lihat.

Jawapan saya nampaknya tidak menjadikan Renato betul-betul gembira, tetapi saya tidak keberatan. Saya tidak dapat menjamin apa-apa tentang masa depan walaupun psikik. Di samping itu, saya tidak dapat meramalkan apa yang akan berlaku dengan buku yang akan saya terbitkan. Di atasnya pengembaraan baru saya bergantung. Saya lupa sedikit tentang isu buku ini, dan saya menumpukan perhatian di alam sekitar: Awan kelabu, udara tulen, tumbuh-tumbuhan yang menggembirakan dan matahari panas. Tujuh hari yang saya habiskan di puncak gunung telah mengajar saya untuk menghormatinya sepenuhnya. Apabila kita tidak melakukan ini, ia bertindak balas secara negatif. Contohnya tidak sedikit: Bencana alam, pemanasan global dan kekurangan sumber semula jadi. Kesudahannya hampir jika kita kekal dalam keadaan tidak rasional ini.

Masa berlalu dan kami mendaki gunung sepenuhnya. Kami kembali ke titik di mana kami untuk dilakukan perjalanan masuk masa, dan saya mula menumpukan perhatian. Saya mencipta bulatan cahaya di sekeliling kita, dan kita mula melambatkan. Ia perlu melakukan sebaliknya apa yang telah dilakukan sebelum ini untuk bergerak ke hadapan dalam masa. Angin sejuk melanda, hati saya mempercepatkan, daya graviti kehilangan kuasa dan dengan ini kita boleh mula untuk dilakukan perjalanan pulang. Cincin cahaya mengembang dan tahun-tahun berlalu: 1910, 1920, 1930, 1940, 1950, 1960, . . 2010. Apabila kita mendapat tepat pada ketika itu, bulatan menjadi dibatalkan, dan kita jatuh ke lantai. Apabila bangun, saya melihat penjaga, dan ini untuk dilakukan saya lebih bahagia.

"Jadi, saya lihat anda sudah kembali. Anda berjaya menyatukan semula "pasukan lawan" dan membantu gadis itu, Anak Tuhan?

"Boleh. Perjalanan itu berjaya dan saya berjaya menyusun semula makna sesuatu. Gua itu sangat penting agar saya berjaya.

"Gua itu hanya akan selangkah di laluan anda. Ia harus berfungsi sebagai sokongan untuk pertumbuhan dan pembelajaran. Penilik nasib masih mempunyai banyak cabaran yang perlu dihadapi. Jadilah bijak dan berhemah dalam keputusan anda.

"Baiklah, saya mengembalikan Renato kepada anda. Anda betul dalam menghantarnya bersama saya. Dia penting. Di samping itu, saya ingin mengucapkan terima kasih atas semua perhatian dan dedikasi yang anda berikan kepada saya. Tanpa ajaran anda, saya tidak akan mengalahkan gua atau menjadi Penilik nasib.

"Jangan berterima kasih kepada saya lagi. Anda mesti kembali ke tempat suci ini apabila perlu. Kemudian saya akan muncul dan akan menunjukkan jalan kepada anda. Sebelum apa-apa, ingat: Cinta dan iman adalah dua kuasa kuat yang apabila digunakan dengan betul menghasilkan mukjizat. Apabila ragu-ragu atau semasa malam paling gelap jiwa anda, berpaut kepada Tuhan anda dan kedua-dua kuasa ini. Mereka akan membebaskan anda.

Setelah mengatakan itu, penjaga hilang bersama Renato. Saya berdiri beberapa saat memikirkan apa yang dikatakan penjaga. Malam paling gelap jiwa saya? Saya fikir saya perlu mengetahui lebih lanjut mengenai perkara itu. Saya mengambil beg pakaian saya dan saya memulakan gunung. Saya akan menangkap kereta pertama untuk pulang ke rumah.

Di rumah

Saya baru sahaja pulang dari pelayaran saya dan saudara-mara saya menerima saya dengan pesta. Ibu saya kelihatan bimbang kerana dia tidak henti-henti bertanya soalan kepada saya. Saya menjawab beberapa dan dia menjadi lebih tenang. Saya pergi ke bilik saya untuk meletakkan beg pakaian saya. Sekali lagi, saya melihat karya-karya yang telah saya baca baru-baru ini bertahun-tahun, dan saya berasa lebih bahagia kerana tidak lama lagi saya akan menjadi antara mereka. Saya kini menjadi sebahagian daripada kesusasteraan dan berasa sangat bangga dengannya. Perhatian saya menyimpang dan saya perhatikan bahawa katil saya penuh dengan buku matematik. Saya rasa sedikit bersalah kerana telah meninggalkan mereka selama lebih kurang sebulan. Saya mula daun melalui mereka, melakukan beberapa pengiraan. Akhirnya, saya kembali melakukan matematik, semangat lain dalam hidup saya.

Epilog

Selepas meninggalkan Mimoso, banyak perkara berlaku. Christine dan Claudio berkahwin dan menjadi ibu bapa kepada tujuh anak yang cantik. Gereja kecil Suci Sebastian adalah dibina semula, dan gabenor menyelesaikan janjinya kepada Mejar dan menyokongnya untuk Datuk Bandar Pesqueira. Beliau dipilih dan meneruskan sejarah penguasaan dan autoritarianismenya. Pada masa lalu, lebuh raya BR-232 dibina dan yang membawa pemindahan perkhidmatan dan perniagaan ke Arcoverde (pada masa buku itu ditulis ia adalah Sungai Putih Kampung). Kemudian datang pelepasan kereta api secara beransur-ansur dan Mimoso menjadi bandar hantu.

Pada masa ini, Mimoso mempunyai tiga ribu penduduk, dan ekonomi daerah ini dikaitkan dengan bandar-bandar jiran, Pesqueira dan Arcoverde. Pada asasnya, ia berputar di sekitar pengeluaran dan gaji pembiakan lembu yang diterima oleh orang-orang bersara. Salah satu kemuncak Mimoso ialah yayasan Possidônio Tenório Brito, yang melalui hakim bersara Aluiz Tenório Brito, menawarkan peluang untuk pendidikan dan budaya. Beliau memasang perpustakaan berharga, memulakan kursus Pendidikan Maklumat dan juga memulakan perpustakaan video. Saya adalah salah seorang anak muda yang mendapat manfaat daripada inisiatif ini dan hari ini saya seorang penulis, pengarang "Pasukan Lawan."

Tamat.

www.ingramcontent.com/pod-product-compliance
Lightning Source LLC
LaVergne TN
LVHW050855051026
849532LV00006BA/2264